远行人必有故事

张莉 著

作家出版社

张莉

北京师范大学文学院教授，博士生导师。著有《浮出历史地表之前》《姐妹镜像》《持微火者》《众声独语》及随笔集《来自陌生人的美意》等。获唐弢青年文学研究奖、华文最佳散文奖、图书势力榜十大好书奖等。中国作家协会理论委员会委员，中国现代文学馆特邀研究员，茅盾文学奖评委。

目 录

有所评有所不评

自　序

　　"远行人必有故事"这句话出自本雅明《讲故事的人》。它潜藏在我的记忆深处，直至有天我将之作为一篇文章的标题。不过，本雅明引用的西方谚语原句是"远行人必有故事可讲"，而我则对它进行了改造。我不特别喜欢那种爱讲故事的远行人，却深沉热爱有故事的"那一个"。

　　此处所谓远行，固然是指足迹之远、抵达之远，也指一个人的眼光之远与思考之远。——每一位优秀写作者都是"远行人"，他要有"无穷的远方，无数的人们，都与我有关"的写作信念，也要有不断克服自身束缚、去往更高海拔的写作实践。

　　在这个浩瀚和广袤的天地间，有些人爱讲故事，有些人则不。有些故事被呈现得很精彩，有些故事沉潜在水面之下才更具力量。多年前，我着迷于那些被眉飞色舞讲述的、风生水起的故事，但是此时此刻，我却更心仪那些因足迹辽远而沉积在内心的、无以被讲述的沉默所在。

　　写作的意义是什么呢？它要记下那些万里之外发生的故事，更要踏入那些不能描述的隐秘之地。

　　此书所收录的，是我从2015—2018年间写下的评论文字。

其中有对于作为远行者的作家的认识，也有关于当下文学问题的思考。坦率说，这三年来，写作于我而言变得越来越艰难。一种因写作时间日久而唯恐陷入某种模式的不安感与羞愧感如影随形。

我渴望挣脱写作惯性，渴望摆脱写作中的某种"陈词滥调"，也渴望战胜平庸的想象，但是，这何其难。当然，工作环境从天津到北京的迁移，也使我开始面对许多从未思考过的精神疑难。好在，这个艰难的变动过程促使我面壁反省：我们都是卑微的个体，我们都所知有限，所能做的便是"攀山越岭"，自我教养、自我完善，以谦卑之心向苍茫的人世学习。

感谢家人和朋友的陪伴。感谢我的研究生闫东方同学所做的校对工作。感谢作家出版社吴义勤社长及责任编辑李宏伟先生，没有他们的努力，就没有此书的出版。

是为序。

张　莉

2019 年 1 月 28 日

像古镜一样越磨越亮

为什么"这一面"古镜越磨越亮？当然因
为它本身的青铜质地，更因为它在漫长岁月里
对岁月侵蚀的自我抵抗、自我反省、自我教养。

我们为什么对孙犁念念不忘?

——纪念孙犁先生逝世 15 周年

那是绿色的芦苇,一望无际。风吹过来,有如绿色的波浪。大片和大片的芦苇之间,是沉静的水,它们在阳光下泛着银光。如果是七八月间,你将看到荷花盛开。碧绿的荷叶间突然开出粉红色的花朵,鲜明纯净,如梦一般。有渔船从水面上倏忽划过,渔夫们通常戴着帽子,有时候你还会看到半大孩子跃到水中,像鱼儿一样,再出头时,已是好远。

这是白洋淀最日常的风光,它们仿佛从大淀出现就一直在,一直这么过了很多年。七十多年前,这里有许多关于抗战的传说,但只是人们口耳相传。直到有一天一篇名为《荷花淀》的小说发表。自此,中国文学的版图上,多了一块名为"荷花淀"的地方,那里风光秀丽、人民勇毅,自此,这里成为著名的文学地标,它永远与一位名叫孙犁的小说家紧密相关。

《荷花淀》:荷花荷叶总关情

1936 年,二十三岁的孙犁离开家乡安平,在白洋淀教书。1938 年,二十五岁的他正式参加抗日,离开白洋淀。但那里的生活让他难以忘怀。1939 年,在太行山深处的行军途中,孙犁将白洋淀记忆诉诸笔端，写成长篇叙事诗《白洋淀之曲》。它与孙犁后来的代表作《荷花淀》有千丝万缕的联系，甚至可以说前者是后者的"胚胎"。诗的故事发生在白洋淀，女主人公叫"菱姑"，丈夫则叫"水生"。他们和《荷花淀》中的年轻夫妻一样恩爱，但命运大不同。全诗分为三部分，第一部分是菱姑得知水生在抗击鬼子的战斗中受伤后，跳上冰床去探望。但是，水生牺牲了。第二部分写的是送葬。第三部分是菱姑的觉醒，"一股热血冲上她的脸 / 热情烧蓝她的瞳孔 / 水生的力量变成了她的力量 / 扳动枪机就握住了活的水生……/ 热恋活的水生 / 菱姑贪馋着战斗 / 枪一响 / 她的眼睛就又恢复了光 / 亮。"①

完成《白洋淀之曲》那一年，孙犁二十六岁。他热情洋溢，但文笔青涩。《白洋淀之曲》并不是成功的诗作，只能说是孙犁对白洋淀生活的尝试写作——白洋淀的生活如此刻骨铭心，那里人民的奋力反抗应该成为我们民族记忆的一部分。可是，怎样用最恰切的艺术手法表现他们的勇敢、爱和恨？一位优秀小说家得有他的语言系统，得有他的完整的精神世界，他对生活的理解要有超前性和整体视野，此时年轻的孙犁还未完全做好准备。时隔多年，孙犁在《白洋淀之曲》后记中坦承：这首长诗"只能说是分行的散文、诗形式的记事"。② 在他看来，好诗应该有力量："号召的力量，感动的力量，启发的力量，或是陶冶的力量。"③ 他自认自己的诗缺乏这些力量，"很难列入当前丰茂的诗作之林"。④

1944 年，孙犁来到延安，第二年，也就是 1945 年，他遇到了

① 孙犁，《白洋淀之曲》，《孙犁全集》（第 2 卷），北京，人民文学出版社，2004年，第 321—325 页。

②③ 孙犁，《白洋淀之曲·后记》，《孙犁全集》（第 2 卷），北京，人民文学出版社，2004 年，第 357 页。

④ 孙犁，《白洋淀之曲·后记》，《孙犁全集》（第 2 卷），北京，人民文学出版社，2004 年，第 358 页。

来自白洋淀的老乡。他们向孙犁讲起了水上雁翎队利用苇塘荷淀打击日寇的战斗故事，孙犁的记忆再次活起来。

《荷花淀》中的人物依然叫"水生"，故事依然发生在白洋淀，依然有夫妻情深和女人学习打枪的情节，但两部作品语言、立意、风格迥然相异。题目《白洋淀之曲》改成了《荷花淀》，用"荷花淀"来称呼"白洋淀"显然更鲜活灵动，读者们似乎一眼就能想到那荷花盛开的图景——这个题目是讲究的，借助汉字的象形特征给读者提供了重要的想象空间。

小说起笔干净，风景自然是美的，但这美并不是静止呆板的美，重要的是，这"美"里有人和人的劳作。在诗画般的风光里，小说家荡开一笔，写了白洋淀人的劳动生活：

> 要问白洋淀有多少苇地？不知道。每年出多少苇子？不知道。只晓得，每年芦花飘飞苇叶黄的时候，全淀的芦苇收割，垛起垛来，在白洋淀周围的广场上，就成了一条苇子的长城。女人们，在场里院里编着席。编成了多少席？六月里，淀水涨满，有无数的船只，运输银白雪亮的席子出口，不久，各地的城市村庄，就全有了花纹又密又精致的席子用了。大家争着买：
> "好席子，白洋淀席！"[1]

《白洋淀之曲》中的生硬表达消失了，孙犁起用了家常和平静的语调，他使用最普通的汉字和语词，小说简洁、凝练、有节奏感。日常而美的语言和生活的日常安宁相得益彰。但这日常安宁因"丈夫回来晚了"而打破。

---

[1] 孙犁，《白洋淀》，《孙犁全集》（第1卷），北京，人民文学出版社，2004年，第31页。

水生笑了一下。女人看出他笑得不像平常。

　　"怎么了，你？"

　　水生小声说：

　　"明天我就到大部队上去了。"

　　女人的手指震动了一下，想是叫苇眉子划破了手，她把一个手指放在嘴里吮了一下。水生说："今天县委召集我们开会。假若敌人再在同口安上据点，那和端村就成了一条线，淀里的斗争形势就变了。会上决定成立一个地区队。我第一个举手报了名的。"

　　女人低着头说："你总是很积极的。"①

　　每一个字每一句话都很平常，但传达出来的情感却是深刻的。此时的孙犁，追求意在言外，追求平淡中有深情。这是鬼子来之前的淀里风光："她们轻轻划着船，船两边的水哗，哗，哗。顺手从水里捞上一棵菱角来，菱角还很嫩很小，乳白色。顺手又丢到水里去。那棵菱角就又安安稳稳浮在水面上生长去了。"② 但片刻的美好瞬间就被鬼子打破。"后面大船来得飞快。那明明白白是鬼子！这几个青年妇女咬紧牙制止住心跳，摇橹的手并没有慌，水在两旁大声哗哗，哗哗，哗哗哗！"③

　　与之前轻划着船"哗，哗，哗"不同，鬼子来之后，"水在两旁大声哗哗，哗哗，哗哗哗！"这"哗"哪里只是象声词？它还是情感和动作，是紧张的气氛，是"命悬一线"。欢快与思念，热爱

---

① 孙犁，《白洋淀》，《孙犁全集》（第 1 卷），北京，人民文学出版社，2004 年，第 32—33 页。

②③ 孙犁，《白洋淀》，《孙犁全集》（第 1 卷），北京，人民文学出版社，2004 年，第 36 页。

与深情，依依不舍与千钧一发，都在《荷花淀》中了。这里的情感是流动变化的。这小说的逻辑也是情感的逻辑。情感在人的语言里，情感在人的行为里，情感也在人眼见的风景里。《荷花淀》中，花朵枝叶以及芦苇仿佛都有了生命。

他写出了那个时代人们的心之所愿

孙犁重写白洋淀故事，当然因为雁翎队员们的讲述，但也因为孙犁本人对家人的思念，1944年，孙犁刚到延安便听说了故乡人民经历了空前残酷的"五一大扫荡"。"我离开家乡、父母、妻子，已经八年了。我很想念他们，也很想念冀中。打败日本帝国主义的信心是坚定的，但很难预料哪年哪月，才能重返故乡。"[①]

哪一位丈夫愿意打仗，哪一位妻子希望生离死别？但是，当战火烧到家门口时，他们不得不战，不得不背井离乡。当作家想到远方的妻子儿女，想到美好水乡的人民时，他要怎样书写生活本身的残酷？《白洋淀之曲》中死去的水生在《荷花淀》里并没有死去，那位贤良妻子的生活依然安宁而活泼。故事情节的重大改动是否因为他对妻子与家人的挂念？是否因为他渴望传达一种乐观而积极的情绪？答案是肯定的。

完成《荷花淀》的那年，孙犁刚刚三十二岁。彼时，没有人知道战争哪一天结束，这位小说家／年轻的丈夫唯一能做的就是在纸上建设他的故乡、挂牵和祝愿。因而，《荷花淀》里，小说家选择让水生成为永远勇敢的战士，而水生嫂，则可以在文字中享受属于她的安宁和幸福，哪怕，这幸福只是片刻。

当年的延安士兵读到《荷花淀》时有新鲜之感。这里没有炮火

---

① 孙犁，《关于〈荷花淀〉的写作》，《孙犁全集》（第5卷），北京，人民文学出版社，2004年，第57页。

硝烟，也没有撕心裂肺，读者们嗅到了来自遥远水乡的荷花香气，感受到了切实而具体的人与人之间的妥帖情感。时任延安《解放日报》副刊编辑的方纪后来在《一个有风格的作家》一文中回忆说，读到《荷花淀》的原稿时，他差不多跳起来，小说引起了编辑部里的议论，"大家把它看成一个将要产生好作品的信号"。①回忆孙犁作品给延安读者带来的惊喜时，他多次使用了"新鲜"："那正是延安文艺座谈会以后，又经过整风，不少人下去了，开始写新人——这是一个转折点；但多半还用的是旧方法……这就使《荷花淀》无论从题材的新鲜，语言的新鲜，和表现方法的新鲜上，在当时的创作中显得别开生面。"②

　　1945 年 5 月，《荷花淀》先在延安《解放日报》首发；紧跟着，重庆的《新华日报》转载；各解放区报纸转载；新华书店出版单行本；香港的书店出版时，还对"新起的"作家孙犁进行了隆重介绍——这篇不仅写给自己，也写给亲人、写给"理想读者"的小说有如长出了有力的"翅膀"，安慰着战乱时代离乡背井的人们，也安慰着那些为了和平不得不战的战士们。而尤其令人心生喜悦的是，《荷花淀》发表三个月后，1945 年 8 月 15 日，日本宣布投降，水生和水生嫂们对安宁的向往终于不再是梦想。把《荷花淀》视作孙犁创作生涯的分水岭是恰当的，此前，他是作为战地记者和文学工作者的孙犁；此后，他是当代中国独具风格的小说家。

---

① 方纪，《一个有风格的作家》，《方纪文集》（第 4 卷），天津，百花文艺出版社，1985 年，第 96 页。
② 方纪，《一个有风格的作家》，《方纪文集》（第 4 卷），天津，百花文艺出版社，1985 年，第 96—97 页。

勾画出我们时代和生活的未来

在延安遇到白洋淀老乡，对家人和妻子的思念是促使孙犁一夜之间写下《荷花淀》的重要动因。但并不能说明他的小说何以发生那么重大的变化。重要的是文学观，是什么使这位作家的文学观发生变化是讨论《荷花淀》何以问世、孙犁何以成为中国当代文学重要作家的另一个切入点。

应该提到孙犁写于1941年冬季的那本名为《文艺学习》的小册子。在这本书中，孙犁思考了"如何成为一位好小说家"和"如何写出一部好作品"等问题。他认为，好的内容需要好的语言，"好内容必需用好的文字语言表达出来，才成了好作品……好的作家一生的工作，也可以说是文字语言的工作。不断学习语言，研究语言，创造语言。"[①] 在他眼里，"从事写作的人，应当像追求真理一样去追求语言，应当把语言大量贮积起来。应当经常把你的语言放在纸上，放在你的心里，用纸的砧，心的锤来锤炼它们。"[②]

那么，语言与内容之间是什么关系？"重视语言，就是重视内容了。一个写作的人，为自己的语言努力，也是为了自己的故事内容。他用尽力量追求那些语言，它们能完全而美丽地传达出这个故事，传达出作者所要抒发的感情。"[③] 到底什么样的语言是好的语言？在孙犁看来，好的语言就是要"明确、朴素、简洁、浮雕、音

---

① 孙犁，《文艺学习》，《孙犁全集》（第3卷），北京，人民文学出版社，2004年，第117页。

② 孙犁，《文艺学习》，《孙犁全集》（第3卷），北京，人民文学出版社，2004年，第150页。

③ 孙犁，《文艺学习》，《孙犁全集》（第3卷），北京，人民文学出版社，2004年，第170页。

乐性、和现实有密切联系"。① ——这些语言追求在《荷花淀》中得到了体现。

一位作家成熟的重要标志在于他寻找到属于他的语言体系，但更重要的是作家的现实感和理解力——他如何理解他所在的现实，他如何面对他的时代，如何面对他所感知到的时代趋向以及人与人之间的关系。

战争时代的孙犁深具敏感性。他意识到他面对的是一种迥异于传统中国的"新的现实"。孙犁看到以前在中国文学作品中常常被遮蔽的女人，他看到那些满脑袋高粱花子、穿短袄的新的年轻人，他认识到他们是民族的新血液。《荷花淀》里出现的少年夫妇，《白洋淀纪事》中那些美好的少女和正派善良的老人，正是孙犁在《文艺学习》中所理解到的新人。他看到新人，也意识到人和人之间关系的改变；他看到社会风俗习惯的改变，伦理道德观念的改变；他看到新环境和新景物，也听到了新的语言和词汇。他用笔记下，用笔画下，用笔刻下，他深知一个作家应该写出自己时代"复杂的生活变化的过程"。

今年（2017 年）是孙犁先生逝世十五周年。十五年来，对他和他的作品的怀念与阅读从未停止——为什么成千上万的读者对孙犁念念不忘？恐怕是他作品中所传递出来的美。那美与我们寻常所见的美不同。这是经历了那么多世事沧桑、从枪林弹雨中摸爬滚打活下来的人，他所经历的历史和社会如此复杂，他所经历的黑暗与丑恶是那么浓密，他从那里走过，却绝不让黑暗和丑恶沾染他。

这位写作者自然看到了世间的黑暗，人性中的黑暗，但是，他没有让自己与它们同流。世界和人的关系到底应该是怎样的？这是孙犁在作品中一直渴望探索的，他不仅仅写他所看到的世界，更写

---

① 孙犁，《文艺学习》，《孙犁全集》（第 3 卷），北京，人民文学出版社，2004年，第 151 页。

人们心中所向往的那个世界，那种情感。

许多人对孙犁将战争小说写得如此优美清新表示不解，郜元宝在论文《孙犁"抗日小说"的"三不主义"》中的分析非常精准："北方人民日常性的贫穷、哀伤、凄凉和恐惧，是孙犁小说无须明言的背景，因此他更加需要在这满目疮痍的背景中寻找美好的安慰和激励。他的任务，不是在纸上重复当时的中国读者放眼皆是的'残酷'，而是用'北方人民'的坚韧、乐观、无私和美好来战胜'残酷'。"[①] 确乎如此。

人和世界之间，人和人之间，军和民之间，官员和下属之间，应该是友善的，应该是体恤的，应该是美好的。孙犁排斥枪声和鲜血，因为他在行旅生涯中看到了那么多的死亡。因此，他要记下他所遇到的那些珍贵的美——冀中的四季，庄稼的样子，曲曲折折的道路，路边盛开的杏花和梨花，在他眼里，都意味着祖国的幅员。他是如此热爱他所遇见的大好河山，这些河山在他那里是青水，是黄土，是花花草草，也是田野上呼呼刮过的风。

那位穿着鲜红衣服的有着爽朗笑声的姑娘，那田间地头顶着破帽子的农人们的脸，那辽阔无垠的大淀里突然出现的渺茫的人声……都是美的，是属于人的世界，是有鲜活生命力的世界。孙犁怀念他的父老乡亲，他热爱那些贫苦和卑微的兄弟们。他珍重人与人之间的情谊，哪怕只是一张纸，一句话。在行路途中，他接到作家康濯的信，回信写道："接到你的信，是我到八中去上课的火热的道上，为了读信清静，我绕道城外走。"[②] 他的表达如此平淡、朴素，却自有冲破岁月写下深情的力量。

---

① 郜元宝，《孙犁"抗日小说"的"三不主义"》，《同济大学学报（社会科学版）》，2007 年第 2 期。

② 孙犁，《致康濯信十封》，《孙犁文集》（补丁版 9），天津，百花文艺出版社，2013 年，第 18 页。

在《荷花淀》《风云初记》《铁木前传》中，孙犁写出了人身上应有的品德，那种正直与纯朴，那种良善与正义。他写下了普通而平凡的人们内心的美好、忧伤、感慨、不安和挣扎，他的文字让几代中国读者在深夜辗转难眠，感叹不已——他写出了一代中国人心中的向往。

读孙犁的文字，读他的小说、他的散文、他的读书记、他的评论，每每会想到质朴与澄澈，中国文脉中那久已失传的"无邪"。"无邪"是属于中国诗的——尽管孙犁并不是诗人，但是，他用中国诗一样的意境写出了好的文字。与他的诸多同龄作家不同，他的小说不仅写出生活和时代的"本来"，还勾画了时代和生活的"未来"，换言之，他不仅仅让我们读到现实怎么样，还写出了好的人、好的生活应该怎么样。

那是"心之声"，也是"意之向往"

中国当代重要作家莫言、铁凝、贾平凹、张炜都坦言他们在青年时代就熟读孙犁作品，受到过他的文学作品的滋养。事实上，孙犁及《荷花淀》所代表的文学审美已然构造了一种当代中国文学传统。孙犁与铁凝之间的文学传承关系已为文学史公认。孙犁对铁凝《哦，香雪》《孕妇和牛》的喜欢也是有目共睹。1982年，《河北日报》发表了孙犁读《哦，香雪》的感受。他说读完小说，"心里有说不出的愉快"。[①] 他认为，"这篇小说，从头到尾都是诗，它是一泻千里的，始终一致的。这是一首纯净的诗，即是清泉。它所经过的地方，也都是纯净的境界。"[②] 由此，他想到苏东坡的《赤壁赋》

---

① 孙犁，《谈铁凝的〈哦，香雪〉》，《孙犁文集》（第7卷），北京，人民文学出版社，2004年，第91页。

② 孙犁，《谈铁凝的〈哦，香雪〉》，《孙犁文集》（第7卷），北京，人民文学出版社，2004年，第92页。

所带给他的纯净感，十年之后，他读到《孕妇和牛》时，则再一次感叹，铁凝的作品是"行云流水"。

为什么孙犁对这两部作品如此情有独钟？首先因为这两部作品凝练、清新、纯净，有非同一般的小说之美。但是，如果仔细分析便会发现，这两部作品与《荷花淀》有着某种心心相印的美学观念，即，写出一代中国人的心之向往。

《哦，香雪》发表于80年代初期，尽管台儿沟贫穷、落后，但火车和铅笔盒带给了乡村女孩香雪以希望。女孩子怀抱铅笔盒走夜路回家是小说中最为美好的场景，它欢快、自在、昂扬，代表了80年代人们的精神面貌。换言之，《哦，香雪》中，铁凝写出了一位女孩子的心之向往，写出了我们整个80年代对知识、对现代文明、对富裕美好生活的向往，而那也如《荷花淀》一样具有预言性，很快，台儿沟发生了翻天覆地的变化——某种程度上，香雪的心声，也是那个时代普通人的心之所愿。这也是这部作品发表三十多年以来，一直为当代文学史所关注，诸多批评家对它不断进行解读和分析的原因所在。《孕妇和牛》中，铁凝则以优美的笔调写出了一位农村女性对未来的向往，对美好的生活、对未来孩子的期待。汪曾祺认为《孕妇和牛》写的是希冀，是憧憬，是幸福。在他看来，这部小说是"为这个世界祝福的小说"。[①]就此而言，汪曾祺与孙犁对好小说的理解几近一致。

当然，在80年代，孙犁除了对青年作家铁凝进行扶持之外，也非常喜爱贾平凹的散文。1981年，在评价贾平凹的《一棵小桃树》时，他赞扬这篇文字"是心之声，也是意之向往。是散文的一种非常好的音响"。[②]所谓"心之声"和"意之向往"，不仅仅可以用来

---

① 汪曾祺，《推荐〈孕妇和牛〉》，《中国新时期文学研究资料汇编（乙种）》，吴义勤主编，济南，山东文艺出版社，2009年，第144页。

② 孙犁，《读〈一棵小桃树〉》，《孙犁全集》（第6卷），北京，人民文学出版社，2004年，第42页。

评价孙犁欣赏的那些作家作品，也可以评价他本人的作品。

"好的文学走在生活的前面，叫人们明白自己不是奴隶，是生活的主宰，是美满自由生活的创造者。它燃烧起人们的勇气，照亮前进的道路。"[①] 1941 年，远在冀中平原的孙犁就已然认识到这一点。他意识到作家在时代面前的主体性，也意识到一位好作家必须具备对时代潮流的超越性认识，他意识到一位好作家不仅要写出同时代人们心中美好的愿望，也意识到一位好作家应该写出人们心中的惆怅和挣扎。这些认识是孙犁的文学遗产，七十多年已经过去，它们依然值得铭记。

① 孙犁，《文艺学习》，《孙犁全集》（第 3 卷），北京，人民文学出版社，2004 年，第 150 页。

孙犁"知音式"批评美学的现实意义

　　很少有人知道，孙犁是最早为铁凝、贾平凹、莫言写下评论文字的批评家。那是在 80 年代初期，依凭他的艺术直觉，孙犁发现了这些作家作品的闪光点并写下了热情洋溢的文字。以大量的"读作品记"及对一大批青年作家的发掘，孙犁成为了 80 年代文学现场最当之无愧的"披沙拣金者"。今天看来，在中国当代文学批评领域，孙犁是一个异质的存在，具有"赤子之心"的他将作为作家的形象感性表达与作为批评家的理性思考恰切融合在一起，逐步形成了以"艺术性"为第一要义的"知音式"批评美学风格，这在不断反思文学批评文风的今天具有某种示范意义。

　　首先需要关注的是孙犁身上那种独立的文学审美判断。多年的写作和阅读经验使他并不随波逐流。这位从解放区走来的写作者，经历了 1949 年后中国文坛各个风雨时期，也经历了新时期后诸多名目繁多的文学潮流，但是，在热闹的文学潮流中，却都难觅孙犁的身影，他主动"失之交臂"。这似乎注定了孙犁的文学批评不会"趋时"，他不会因为某位作家是"弄潮儿"而多加关注。他与"热门作家"主动保持距离恰恰表明了他的态度和主体性，他有能力荡涤时代的"障眼物"而直接进入作品内部。孙犁看重作家的艺术气质和修养，看重他最基本的艺术感受力。

孙犁对文学作品"艺术品质"的强调改变了铁凝《哦,香雪》的命运,某种程度上也带动了当时文学批评标准的潜在迁移。1982年,《哦,香雪》在《青年文学》第9期发表,但并未引起反响。在80年代初的文学语境里,批评家和读者更青睐写社会热点问题的"政治小说",看重"写什么",因而,这部淡雅清新的作品并未受到当时批评家的重视。1982年12月14日,孙犁读到此篇小说后给铁凝写了封热情洋溢的信,他不断重申的是,这部作品的价值在于它是"诗"而不是别的什么。虽然孙犁在当时并不是"全国短篇小说奖"的评委,但他真诚坦率的赞扬提醒评委们不得不重新阅读和理解这部小说,认识它的艺术之美。当年参与评选的《人民文学》编辑崔道怡多年后回忆过文学评价标准潜在迁移的艰难,"《哦,香雪》之美能被感知,感知之后敢于表达,存在一个短暂过程。这个过程表明,在评价作品文学性和社会性的含量与交融上,有些人还有些被动与波动。"①《哦,香雪》最终能冲出"政治小说"的重重包围,重新回到当年文学批评家们的视野中并胜出,孙犁评价功莫大焉。三十年后重新回看那段文学史,读者们意识到,孙犁对作品的判断无疑是准确的,他对《哦,香雪》的评价也是公允的,当然,孙犁的批评意义不仅仅在于使一部作品获奖、改变一部小说的文学史地位,更重要的是,他的看法使当时的文学评价标准开始扭转和回归,回到文学和艺术本身。

对"艺术标准"的强调是孙犁批评最为独特之处,这种文学批评判断建立在他坚实的阅读与创作经验之上,这使他与当时大多数批评家判断作品以"时代"/"政治"主题为上的趣味相悖,事实上,将"艺术性"视为作品价值的第一判断标准,也是孙犁的批评最终能在文学现场里"披沙拣金",能在大量作品中辨识出"珍宝",在

---

① 崔道怡,《春花秋月系相思——短篇小说评奖琐忆》,《小说家》,1999年第4期。

铁凝、贾平凹、莫言等人初进文坛时就能辨识出他们的"非同一般"的重要原因。

那么，如何衡量作品的艺术性？在孙犁看来，作品的艺术性与美从来都是整体的而非割裂的和片断的。对一部作品的理解应该从整体出发，批评家应该有整体视野，有跳出作品进行判断的能力，"有些评论，不是从作品的全部内容和它的全部感染力量着眼，不是从作品反映的现实，所表现的时代精神，以及人民在某一时期的思想感情着眼，而仅仅从作品的某些章节和文字着眼，使得一些读者在阅读这些作品的时候，就只是去'捕捉'美丽的字句，诗意的强调。"[1] 这种做法值得怀疑，那些为了赞美而寻章摘句的评论是投机的和不负责任的。美既不抽象，也不孤立，它是活生生的，在深刻反映现实并寄予写作者情感的时候，美才能产生，才能有力量。当然，强调文学作品艺术的整体性不只是指判断作品的完整性，也包括将作品交付整个文学史去考量。优秀作品的价值不能放在一时一地，应该在文学传统的背景下去认知。孙犁将读《哦，香雪》的感受与读《赤壁赋》的感受相类，将贾平凹散文比作"此调不弹久矣"，实际上是将这些文学作品放在整体的文学史框架里去认知。

研究者们都注意到孙犁文学批评写作的独特性。他喜欢从个人阅读感受入手，寻求及物、形象的表达。比如，他将贾平凹《静虚村记》的美妙感受与作品的美好意境合而为一："这不是一篇大富大贵的文字，而是一篇小康之家的文字。读着它，处处给人一种风调雨顺，五谷丰登，光亮和煦，内心幸福的感觉……"[2] 他对林斤澜小说的比喻令人难忘，"在深山老峪，有时会遇到一处小小的采

---

① 孙犁，《作画》，《孙犁文集》（第3卷），北京，人民文学出版社，2004年，第499页。

② 孙犁，《再谈贾平凹的散文》，《孙犁文集》（第6卷），北京，人民文学出版社，2004年，第332页。

石场。一个老石匠在那里默默地工作着，火花在他身边放射。锤子和凿子的声音，传送在山谷里，是很少有人听到的。但是，当铺砌艺术之塔的坚固、高大的台基时，人们就不能忘记他的工作了。"①孙犁写评论有如与人谈话，起头和结束都没有刻意为之之感。某种意义上，这样的写作风格可能也与他的《天津日报》副刊编辑身份有关，副刊编辑的身份使他可以及时传达阅读感受，也使他对阅读对象有清晰定位，他必须使用一种可以与读者产生交流的表达方式，他必须与读者互动与分享。

世俗生活中的人情世故、虚与委蛇，在这位批评家的文字里是不存在的。他总是有一说一，有赞有弹，即使面对他多年的朋友和他满心喜欢的青年作家。这位对艺术有严格要求的批评家有他的"洁癖"和"刻薄"。小说的每一个细部都逃不过他的注意。谈到林斤澜的"白描"，孙犁认为"冷隽有余，神韵不足"。②在语言上，"有时伤于重叠，有时伤于隐晦"。③对于铁凝早期小说《盼》，他以为"后面一段稍失自然"，"小说开头用的语言，可能看出你的立意是要创新，但也有伤自然，读着也绕口了。文字还是以流利自然为主"。④而《灶火的故事》写得固然不错，"但结尾的光明，似乎缺乏真实感"。⑤

重要的是准确。在纪念茅盾的文章中，孙犁慨叹说好的批评文

① 孙犁，《读作品记（三）》，《孙犁文集》（第6卷），北京，人民文学出版社，2004年，第23页。
② 孙犁，《读作品记（三）》，《孙犁文集》（第6卷），北京，人民文学出版社，2004年，第21页。
③ 孙犁，《读作品记（三）》，《孙犁文集》（第6卷），北京，人民文学出版社，2004年，第22页。
④ 孙犁，《致铁凝》，《孙犁文集》（第6卷），北京，人民文学出版社，2004年，第112页。
⑤ 孙犁，《致铁凝》，《澹定集》，天津，百花文艺出版社，2012年，第132页。

字就是"从艺术分析入手，用字不多，能说到关键的地方，能说到要害，能使人心折意服"。①他又说，"文艺批评，说大道理是容易的，能说到'点'上，是最难的。"②这是他眼中文学批评的难度，也是高度。事实上，尽管孙犁的表达是家常的和亲切的，不使用生僻冷语，不故作高深，但他的判断却并非纯粹出于感性层面，他对作品的理解比那些"持理论话语者"更为深入和透辟。他对铁凝早期小说的"清新""明净"；对贾平凹散文的"泼辣""不带架子"；对萧红作品的"天真""原始态性"；对林斤澜的"怪石"的看法都堪称精当，皆因为他艺术感觉超凡。因为抓住了每个人的特点，孙犁不长的评论使读者仿佛重新发现了这些作家一般。

孙犁最好的那部分评论保留了他批评写作的独特性：谈话式但又有明显控制力，亲切、鲜明、有力、节制，观点会自然而然地显露而出，而不是争辩和说服。这是一位视文学写作与批评为神圣事业的作者——文学作品在他那里，不是用来"得奖"的，不是用来改变命运的，不是投机的工具，而是艺术品，批评家的评论也并非毫无意义，它要经历"天听民听"，自有其独立价值。作为读者，孙犁也多次说起他厌恶当时流行的评论文章，认为它们架子起得太大，识见实在平常；有的不过是"先有概念，然后找一部作品来加以'论证'"③。这是对他人的批评，也是对个人的警醒。所以，回到他个人的批评实践，孙犁绝不谋求理论支撑，不自视为"特殊读者"，不以"导师"面目示人。

某种意义上，在孙犁身上，潜藏有中国文学传统里对艺术的敬畏之心，他的写作如此，批评亦然。说到底，孙犁选择的是中国文

<hr>

① ② 孙犁，《大星陨落——悼念茅盾同志》，《孙犁文集》（第 6 卷），北京，人民文学出版社，2004 年，第 160 页。

③ 孙犁，《信稿（一）》，《孙犁文集》（第 5 卷），北京，人民文学出版社，2004 年，第 129 页。

学传统中的"知音式"批评方法：以"赤子之心"赞美他的评论对象，对所论作家有惺惺相惜之感，以个人的阅读体验打动读者，与他们共享艺术的美妙。孙犁的评论使人想到，不管这位作者多么严肃和拘谨，或者多么年长，他的眼睛依然明亮，他的触觉依然敏锐，他强调"直感实言""直言不讳"，在语言层面的表现上是洗练，简洁，直接，毫不含混。他的评论有如微型瀑布，没有遮掩，没有语焉不详，这与文坛当时暧昧的、夸张的、天马行空、夸夸其谈的文学批评形成巨大反差。孙犁坚持以"人的声音"写文学批评的方式值得学习，这种写作方式不论是在日益为"学科化""理论化"所累的80年代文学批评领域，还是倡导改变文风的21世纪的今天，都独特而珍稀。

像古镜越磨越亮

　　时光会在每个人身上都留下痕迹，这真是没法子的事情。没有人可以抵挡时光的侵害。斑点、皱纹、苍老，总会如期而至。我们经历过的那些痛苦、忧伤、不安、纠结、挣扎，会全部刻印在我们的身体和脸上。脸最终成为我们内心的拓印。尤其四十岁之后，时光会把幸福与不幸、惊惶与安宁、平静与挣扎，都刻印在我们面庞。你看，一些人的脸早已被岁月摧毁得面目全非，而另一些人，则面容平静，棱角分明。孙犁的面容属于后者。他文集的每一张照片都有平静、素朴、诚挚之气，即使是到八十岁。我喜欢孙犁年轻时那张革命青年的照片，羞涩诚恳，朝气蓬勃，那时候，这位青年响应时代的召唤，投入到抗日的大潮中去；但我更喜欢他在书桌前面对窗外沉思的那张。与前者相比，后者场景日常而普通，可是，在那平静的面容之下，却埋藏着一颗永远致力于自我完善、自我打磨的心灵。

一

　　孙犁曾经是时代的宠儿，是风口浪尖上的人。他的文字记录着一个民族战争年代的日常风景。"太阳照着前面一片盛开的鲜红的桃树林，四周围是没有边际的轻轻波动着就要挺出穗头的麦苗地。"[1] 但是，他看到了炮楼，像"阔气的和尚坟"，"再看看周围的景色，心里想这算是个什么点缀哩！这是和自己心爱的美丽的孩子，突然在三岁的时候，生了一次天花一样，叫人一看见就难过的事。"[2] 这是躲避不了的丑恶，是人身上可怕的"疮疤"。

在战争年代，人们渴望和平和日常。对于大部分人来说，和平是什么？不过是日常劳动罢了，"在一片烧毁了的典当铺的广场上，围坐着十几个女孩子，她们坐在席上，垫着一小块棉褥。她们晒着太阳，编着歌儿唱着。她们只十二三岁，集体劳动才有乐趣，才有效率，女孩子们纺线愿意在一起，织席愿意在一起。"[3] 而幸福生活，则是一个人可以自由地在大自然里畅快地呼吸。"在洞里闷了几天，我看见旷野像看见了亲人似的，我愿意在松软的土地上多来回跑几趟，我愿意对着油绿的禾苗多呼吸几个，我愿意多看几眼正在飘飘飞落的雪白的李花。"[4] 华北平原的小野花，油绿的禾苗，雪白的李花，都美。孙犁小说写的是华北平原里最常见的美，因为他的讲述，普通得不能再普通的世界变成了美。从他的文字里，你可以看到祖国的大好河山，但河山却不是将军指挥棒下的沙盘，河山是由人和风景构成，在他那里，一切都是活生生的，真切的花，真切的天，真切的人，最真切的土地和家园。

在作品追求粗犷、豪放的时代里，孙犁小说写得雅致、细腻和干净。没有正面的厮杀场面，他只写他看到的，即使许多读者批评

①② 孙犁，《平原生活》，《孙犁文集》（第1卷），北京，人民文学出版社，2004年，第41页。

③ 孙犁，《织席记》，《孙犁文集》（第2卷），北京，人民文学出版社，2004年，第168页。

④ 孙犁，《村外》，《孙犁文集》（第1卷），北京，人民文学出版社，2004年，第49页。

他写得不够壮观和浩大。他写战争的阴影和战争所带来的巨大破坏力。《相片》中，女人要把照片寄给前线的丈夫。那是从良民证上撕下来的，照片上的人呆板阴沉。为什么不寄另一张？"'就给他寄这个去！'她郑重地说，'叫他看一看，有敌人在，我们在家里受的什么苦楚，是什么容影！你看这里！'她过来指着相片角上的一点白光：'这是敌人的刺刀，我们哆里哆嗦在那里照相，他们站在后面拿枪逼着哩！'"[1]他写那为保护孙儿而被鬼子射击的老者，写儿媳妇和孙儿身上的白鞋，他写的是日常生活如何在瞬间灰飞烟灭。建构一种日常生活的美，捍卫人世间最朴素的美，是孙犁小说早期致力建设的世界。但热爱中有愤怒——他对日常生活有多热爱，便对战争有多么厌恶。

这也就不难理解，《荷花淀》的开头为何如此美、宁静而多情。"月亮升起来，院子里凉爽得很，干净得很，白天破好的苇眉子潮润润的，正好编席。女人坐在小院当中，手指上缠绞着柔滑修长的苇眉子。苇眉子又薄又细，在她怀里跳跃着。"[2]他的语言吸引人，干净、纯粹、有直接的力量，是那种明白、清新而又敞亮的东西。可是，炮火炸碎了这样的安宁。女人不得不与她的丈夫分离，后者要去抗日、打鬼子，保护家园，保护这样的日常生活。

对和平安宁的、美的生活的永远向往，是孙犁小说超越时代的特质，有别于当时的抗日战争小说。他关注人，人心，以及人的情感。我们在孙犁的文学世界里，感受到人与人之间的纯粹情感，人的生命的美好，他由此让我们重新认识我们的日常生活。他擅长用最普通的场景抓住我们。人们说着最日常的话语，战火就在家门

① 孙犁，《相片》，《孙犁文集》（第 2 卷），北京，人民文学出版社，2004 年，第 156 页。
② 孙犁，《荷花淀》，《孙犁文集》（第 1 卷），北京，人民文学出版社，2004 年，第 31 页。

口，这有可能是最后的别离。"《荷花淀》引起延安读者的注意，我想是因为，同志们长年在西北高原工作，习惯于那里的大风沙的气候，忽然见到关于白洋淀水乡的描写，刮来的是带有荷花香味的风，于是情不自禁地感到新鲜吧。"①孙犁后来回忆说。当然，小说使战士们在最紧张的时候闻到了荷花香气，但更重要的是，小说使读者、使当时的战士们了解因何而走上战场，又为何而活着。说到底，《荷花淀》之所以好，在于它对生活、对战争的理解最为质朴、直接，也最打动人心。

二

"他是大江巨河中的一支细流，大江推动了细流，汹涌前去。他的思想，他的所恨所爱，他的希望，只能存在于这一巨流之中，没有任何分散或格格不入之处。"②1978 年，在谈赵树理的文章里，孙犁提到了那一代解放区作家与时代巨流的关系。"当赵树理带着一枝破笔，几张破纸，走进抗日的雄伟行列时，他并不是一名作家。他同那些刚放下锄头，参加抗日的广大农民一样，并没有觉得自己有任何特异的地方。他觉得自己能为民族解放献出的，除去应该做的工作，就还有这一枝笔。"③作为和赵树理并列的解放区代表作家，孙犁自认自己成为作家也是时代使然。

作为一位典型的"时代作家"，孙犁如何自处？先是选择像许多作家那样写下去。《铁木前传》写的是时代，其中有时代的影子，但更多的是人的处境，人的艰难和人的欢乐。那个小满儿，直至今

---

① 孙犁，《关于〈荷花淀〉的写作》，《孙犁全集》（第 5 卷），北京，人民文学出版社，2004 年，第 55 页。

②③ 孙犁，《谈赵树理》，《孙犁全集》（第 5 卷），北京，人民文学出版社，2004 年，第 110 页。

天，还是那么可爱！他看到她身上有损人美貌的斑点，人性格上的冲突，但并不试着擦去、抹平。他的作品忠直地保留着那些冲突和不和谐。在一个嗜好统一风格、量身定造英雄人物的时代里，他寻找艺术创作的可能性。

他记下那些性格冲突的人物，这些人物含混，不容易站队，这些人物使我们感受到爱，恨，怀疑，惊讶，忧伤，不安，还有难以名状的同情。那是超越时代、超越阶级／阶层立场的同情。这些人物带给我们新异和刺激。这些人物的诞生，使人们注意到，孙犁笔下，有多种多样的女性，多种多样的人民和百姓，这些人身上，潜藏着人的复杂性。我们透过他时而明朗时而暧昧的小说，认识、亲近那些人，并爱上他们。熟悉孙犁的读者会看到，这个作家和他时代的文学趣味开始拉开距离，他与它之间逐渐变成那种既在又不在，既亲近又游离的关系。

孙犁是想一直写下去的。但完成《铁木前传》之后，他开始眩晕，鼻子血流不止。从此，他有二十年几乎没有写作。1978年，他曾经提到赵树理进城后对时代的不适。"上层建筑领域，进入了多事之秋，不少人跌落下来。作家是脆弱的，也是敏感的，他兢兢业业，唯恐有什么过失，引来大的灾难。"[①] 现在看来，当时的孙犁何尝不也如此？他得了奇怪的病。1956年，孙犁43岁，正是这位作家写作的盛年。但他病了。

三

孙犁晚年最喜欢说两个远离。一个是远离文坛，一个是远离政治。但此"远离"而非彼远离。所谓远离文坛，是那些人事纠葛，

---

① 孙犁，《谈赵树理》，《孙犁全集》（第5卷），北京，人民文学出版社，2004年，第111页。

是那些小团体主义、圈子化，是那种团体趣味以及潮流。他远离那种端架子、理论腔，从未使用过当时流行的那些概念、字眼，也不追看那些当红作家作品。孙犁关注中国文学的发展，扶持青年作家成长，但是，对于那些刻意强调与时代互动的作品，他则保持警惕。在这位作家那里，好的作品，首先是文学，并不因为它反映了哪种社会问题就要去肯定它。艺术性是孙犁判断作品的内在标准。这便也是远离政治的意思了。当然，孙犁所说的远离，还有一层指的是写作者的不投机，不投时代之机。孙犁晚年在给铁凝、贾平凹等人的信中，不断强调真诚，赤子之心。为什么他那么愤激？因为看到当时那么多投机之作大行，他极为不屑。

读书、写字、思考，这个有着很高社会地位的人选择清贫、节俭的生活方式，不谈小说影视改编，不上电视，几乎不出席会议。他甚至后来也不再为他人写序，评论他人的文字也越来越少，因为他愿意说真话，不想虚与委蛇。他的自序里是对自我的苛责和不满，他的文字由清新变成沉郁。

看什么样的书，写什么样的字，成为什么样的人，这是一位知识分子生命中最重要的事。这个世界上，很多人是双面人。他们读的书和他们写的字是不一样的，他们写的字和他们做的事也不一样。而孙犁不，他的阅读、写作、为人合而为一。他不分裂自己，他不使所写所说和所做割裂开来。

为什么这个人对自我的要求如此严苛？为什么这个老人大病初愈时要以八旬之躯重读《史记》，写下万字感言？因为他对自我有要求。那种要求甚至到了令人不能理解的地步。以实用主义的标准衡量他，会有很多的困惑。许多东西在他那里都是无用的，但正是这种无用成全了他。书籍于一个人有什么用？你能问水和空气有什么用吗？书是读书人生命的滋养，就像水和空气的作用一样。读书、写字在孙犁那里是生活本身，他终生都在自我完善。他每每想到年轻时致力建设的革命事业，生活便更加节俭与克制。没有能力改变这个世界和时代，他选择使自我成为自我。

孙犁是隐士吗？他是远离时代和远离政治的人吗？读孙犁的书会知晓，他不是。新时期的孙犁写下那么多的读书笔记，为一代新作家的出现而欢欣鼓舞，这些作家既包括铁凝、贾平凹、莫言、从维熙，也包括张贤亮、佳峻、贾大山、韩映山。当然，这位老人最终还是"水土不服"，因一场笔墨官司，他给自己最后那本书取名《曲终集》后便不再发言，直至终老。许多人为他主动搁笔而不满而惋惜——人们只看到"曲终人不见"，但没有看到后面那句"江上数峰青"。人们只看到他的不写，但没有看到他搁笔里自有刻骨的骄傲和倔强，那是一种自我成全。

四

孙犁和他的时代关系是卓有意味、能给后人以重要启发的话题。这个人，不融于他的时代，但是，也绝不完全我行我素。每每大时代面前，他尽可能保持自我，尽可能不让时代改变自己。仔细想来，每一个大时代风潮来临时，这个读书人都在全力克服来自时代中心的"万有引力"。作为风口浪尖的人，去与不去，说与不说，表态与不表态，他都在选择。在时代面前我们是完全被动的吗？不是，每一分每一秒我们都有机会自我建设，再被动的选择中，也有微弱的个人"主动"，抵抗或屈就——孙犁柔弱的背后、沉默的背后是做人的本分，是挺拔，也是自在。

1982年，孙犁在给贾平凹散文写的序言中提到过作家的一生："人之一生，或是作家一生，要能经受得清苦和寂寞，经受得污蔑和凌辱。在这条道路上，冷也能安得，热也能处得，风里也来得，雨里也去得。在历史上，到头来退却的，或者说是销声匿迹的，常常不是坚定的战士，而是那些跳梁的小丑。"[1] 这当然是对贾平凹创作道路的预言及美好祝愿，也是对孙犁本人一生的最好总结。"经受得""安得""处得""来得""去得"，这是被动的词语，但其中也有作为读书人强大的自我，那是被动的、坚韧的抵抗。

贾平凹在孙犁去世之后评价说，"孙犁像一面古镜，越磨越亮。"想来，这面古镜是范本。面对这古镜，我们不仅能看到什么样的好文字会被人广泛阅读，也可以看到什么样的作家逝世后依然受人尊重，可以理解什么样的读书人才是真正的读书人。

为什么"这一面"古镜越磨越亮？当然因为它本身的青铜质地，更因为它在漫长岁月里对岁月侵蚀的自我抵抗、自我反省、自我教养。

2014 年 9 月初稿，2015 年 4 月修改

---

[1] 孙犁，《〈贾平凹散文集〉序》，《孙犁全集》（第 6 卷），北京，人民文学出版社，2004 年，第 335 页。

中国文学的民族化探索

——从孙犁到铁凝、贾平凹

孙犁与"荷花淀派"的文学财富

作为 40 年代解放区文学重要作家，孙犁和赵树理都致力于中国文学民族化的实践工作，进而形成了文学史上的两个重要流派：荷花淀派和山药蛋派。同为解放区作家，孙犁与赵树理的不同在于，赵树理关注时代变化中的"社会问题"，孙犁着重"人"；赵树理重视吸取民间评书体的方式，致力成为人民大众的"说书人"，这使得他的写作在注重社会问题的同时更关注人物外在命运的变化；孙犁偏重描写，他关注人的情感与内心世界的微妙波澜。孙犁和赵树理的创作代表了解放区文学的两个重要发展方向。

荷花淀派尤其致力于表达"人情美与人性美"，《荷花淀》中水生嫂编席一节被称为典型的孙犁式写作方式，人物内心之美好愿景往往与生活环境的美好高度统一，进而在文本中构建出了一种美好而令人向往的意境。"一切景语皆情语"是孙犁小说的艺术追求，也是在残酷的战争年代荷花淀受欢迎的主因。换言之，在"非常态"的战争语境里，孙犁书写的是人内心的"常态"，即人对日常生活的祥和、美好、安宁的向往，他将这样的向往视为人性与人情中最朴素和最基本的部分。看重生活中美好纯净的部分而回避那些丑恶黑暗，这是孙犁对世界的基本态度。

荷花淀派并不是"突然而至"。丁帆、李兴阳认为荷花淀派小说与现代文学史上的京派小说在艺术追求上渊源颇深。在他们看来，两个派别的作家都致力于将自己对人类的悲悯或热爱倾注于画面和写意人物的描写之中。不同点则是荷花淀派小说关注"注入了新的时代和阶级内容的人性和人情美"，[①] 而京派小说则是"完全返归自然的人性和人情美"。[②] 但无论京派小说还是荷花淀派小说，也都有共同的源头，它们都是中国文学抒情传统的一部分——孙犁及其美学追求应该被看作是中国文学"抒情"写作传统在解放区文学的流变。

文学史上荷花淀派的影响只追溯于 20 世纪 60 年代前后。在此之后，孙犁并没有更多的作品出现，当时的荷花淀派作家刘绍棠后来在乡土小说有所发展，从维熙则在"大墙文学"做出重要成绩。整体而言，"荷花淀"派的退隐与当时的社会环境有关，在十七年文学创作中，荷花淀派的审美追求与"知识分子气息"容易被认为是"小资产阶级情调"。新时期以来，孙犁对青年作家铁凝、贾平凹的文学创作的激赏显示了他不凡的艺术眼光。关于铁凝和贾平凹的早期创作被视为荷花淀派写作的延续似乎也有共识，这也意味着他们三人在中国当代文学民族化探索道路上共有某种渊源。

铁凝的独特性与创造性

孙犁是铁凝写作道路上的引路人。他关注铁凝的成长，对铁凝作品有发自内心的喜爱："是的，我也写过一些女孩子，我哪里

---

①② 许志英、邹恬主编，《中国现代文学主潮（下册）》，南京，南京大学出版社，2008 年，第 981 页。

有你写得好！"① 铁凝也曾经讲述过孙犁对她的影响："引我去探究文学的本质、去领悟小说审美层面的魅力，去琢磨语言在千锤百炼之后所呈现的润泽、力量和神异奇彩的，是孙犁和他的小说。"② 铁凝青年时代对孙犁《村歌》中的"双眉"尤其钟情，孙犁作品对有争议女性形象的关注也潜在影响了她的艺术趣味与追求。在铁凝三十多年的创作中，其笔下有许多美好、善良的青年女性形象，香雪、凤娇、安然、白大省等，也有饱受争议的小臭子、大芝娘，以及被称为"恶之花"的司猗纹。饱受争议的女性形象是艺术作品中的"中间地带"人物，长久以来，在传统中国的文化语境中，她们无法被安置在合法空间里，她们经由铁凝的写作而绽放了艺术的光泽。孙犁对美德的理解有其传统的道德层面——他将他所有的美好希望都寄于年轻女性身上，但并未对女性内心的复杂性和女性成长际遇的艰难性给予关注，女性人物的美好在孙犁那里是外化的，是作为审美对象出现的。这与孙犁的写作语境有关，也与他本人的文人道德价值取向有关。在铁凝的笔下，女性人物既有单纯、善良、明朗的一面，也有强大和强悍的一面，她的艺术形象有比前代作家更复杂的欲望和内心世界。铁凝"进一步开掘了孙犁在那个时代所不能展开的精神内涵"③。

孙犁的日常美学追求影响了铁凝的写作，"审美洁癖"（王彬彬语）是孙犁的特点，但未尝不是其局限。孙犁晚年对从维熙"大墙小说"结尾表示遗憾，是由他的审美惯性所决定。铁凝小说也常常回避直接的暴力场景，并不直接书写血淋淋的现场，但是，她却

① 孙犁，《谈铁凝的〈哦，香雪〉》，《孙犁文集》（第7卷），北京，人民文学出版社，2004年，第92页。

② 铁凝，《怀念孙犁先生》，《让我们相互凝视》，上海，东方出版中心，2014年，第103页。

③ 陈晓明，《自我相异性与浪漫主义幽灵》，《当代作家评论》，2010年第4期。

并不回避暴力带给人的杀戮和对日常现实生活的无端破坏。在《玫瑰门》《大浴女》中，她关注人与人日常生活中的暴力书写，这些并不直面鲜血的书写同样具有令人震惊的艺术力量，这是铁凝之所以成为铁凝的重要标识。历史环境给予了铁凝超越的可能性，但更与作家本人的写作胆识相关。就此而言，铁凝的写作与孙犁有共同的艺术追求，但又有着独属于铁凝的那部分：热爱生活的日常但并不畏惧日常生活中的隐形暴力和残酷；热爱农村及农民身上的美德但并不止于表现人性美与人情美。更为重要的是，铁凝面对世界的"仁义"态度，正是中国文学传统中向善向美的雅正之气。

独属于贾平凹的文学天地

孙犁与贾平凹之间的师生情谊，起于孙犁读完贾平凹的散文《一棵小桃树》后写下一篇读后感，在后来写给贾平凹的信中，他提到自己当时的评论很短，但"主要是向你表示了我个人衷心的敬慕之意"[①]。在不同的场合，孙犁也都不由自主地表达对作为散文家的贾平凹的赞赏之意。贾平凹早期散文深具荷花淀派风格。在他《一棵小桃树》《月迹》等作品中，有荷花淀派作品所追求的清新、自然、隽永之风，也有着对农村风土人情的描摹与喜爱。但是，在1983年后，贾平凹逐渐自我超越，由清新隽永到朴拙丰蕴，他开始使用中国传统小说中的笔记体风格，将地方志、游记、小品文糅杂在一起，逐渐在作品中传达出中国传统散文的独特美感，进而走出了属于他的文学道路，与孙犁立足于他的冀中平原一样，贾平凹寻找到了他的"商州"，也初步建立了他的独特散文风格与散文世界。

贯穿贾平凹创作始终的是他对一系列女性形象的塑造，他也

---

① 孙犁，《致贾平凹》，《孙犁全集》（第6卷），北京，人民文学出版社，2004年，第117页。

喜欢把美好品质寄予女性人物形象。但他的女性形象系列比孙犁作品更为复杂，多元，他下笔更勇敢，更开放，更尖锐。他绝不耽于写"人情美与人性美"，既写男女之情，更写变革中的人情，"贾平凹不但写'情'而且写'性'，如果1984年的贾平凹是通过人来看家庭、社会的经济关系变化，那么1985年以来的贾平凹是通过经济关系变化来看人情乃至人性的变化。"[1]性在贾平凹作品中是值得关注与探讨的话题，也构成了他写作的重要症候。"性"不仅仅属于儿女之情，也是人物内心世界阴暗、孤独与寂寞的曲折表达。在后来的《废都》《秦腔》《古炉》等作品中，贾平凹关注整个时代给予农村人际关系的巨大改变力量，他的作品色彩日渐浓重，线条混沌，与他的前辈相比，贾平凹在对时代巨大变化的理解与把握上，在对农村生活的书写与描摹上，在关于人性阴暗的理解与认知上，要更为深入与透辟。

贾平凹是心仪传统文化的作家，尤其表现在他的语言实践和语言策略上，在《"卧虎"说》中他也提到过个人对中国传统文化的自觉继承，"以中国传统的美的表现方法，真实地表达现代中国人的生活和情绪，这是我的创作追求的东西。"[2]这令人想到孙犁1984年对贾平凹的《腊月·正月》的评价，"贾平凹在这篇小说里，与现实生活的精彩的描绘相适应，还运用了中国传统白话小说的叙述和对话的方法，流畅自然，充满活泼生动的内在力量。"[3]孙犁认同贾平凹散文表达的清新、自然、雅致，更看重他在小说中对中国白话小说传统的实验性继承。这与其说是一位成名作家对一位青年作

① 雷达，《模式与活力——贾平凹之谜》，《读书》，1986年第7期。

② 贾平凹，《"卧虎"说》，《贾平凹研究资料》，雷达主编，济南，山东文艺出版社，第8页。

③ 孙犁，《谈〈腊月·正月〉》，《孙犁全集》（第8卷），北京，人民文学出版社，2004年，第146—147页。

家的表扬，不如说是文学民族化探索道路上同道中人的惺惺相惜。而这种知音之情，也体现在贾平凹的《孙犁论》中："孙犁只是一个孙犁，孙犁是孤家寡人，他的模仿者纵然万千，但模仿者只看到他的风格，看不到他的风格是他生命的外化，只看到他的语言，看不到他的语言有他情操的内涵，便把清误认为了浅，把简误认为了少……天下的好文章不是谁要怎么就可以怎么的，除了有天才，有夙命，还得有深厚的修养，佛是修出来的，不是练出来的。"①

　　每一位优秀作家都生活在传统里，他们也都各自肩负着超越传统构建出个人独特性的责任——在开放的新文学史空间里会发现，我们遇到孙犁的作品时不免会想到他当年对铁凝、贾平凹等年轻作家的赞扬与扶助，当我们看到铁凝、贾平凹这些优秀作家的文学成就时也自然会想到他们对其前辈的继承与超越。正是因为优秀作家之间的互相鼓舞、彼此认同，中国文学民族化实践工作才得以薪火相传，生生不息。

---

① 　贾平凹，《孙犁论》，《当代作家评论》，1993 年第 3 期。

萧红的"彼岸"和迟子建的"此岸"

今天，在讨论迟子建的作品时，研究者们喜欢提到萧红，这大约因为她们都是来自黑龙江，都是属于那片黑土地的骄傲，当然，也因为她们艺术风格上的某些相似性——在迟子建初登文坛时，她就已经被联想到萧红。戴锦华认为她的《秧歌》书写了一如《生死场》那般沉重、艰辛的边地生活。

随着迟子建文学作品的日益成熟，文学研究领域里关于萧红与迟子建之间比较的论文也成倍增长，研究者们不断地发掘着迟子建与萧红之间有联系的话题：都擅长以情动人，都追求小说散文化倾向；都喜欢童年岁月；都喜欢在一个母题内部不断开掘；作品中都有着某种带着露珠的轻盈；都受到萨满教的影响；写作中每时每刻都有黑土地和皑皑白雪的浸润……甚至还包括这两位小说家都喜欢用"空间"和"具象"的方式起名字，萧红有《生死场》《商市街》《呼兰河传》《后花园》，而迟子建也有《额尔古纳河右岸》《伪满洲国》等。

萧红和迟子建都喜欢在作品中讨论生和死，尤其喜欢将"生"与"死"并置书写。在《世界上所有的夜晚》中，迟子建将各种各样的离奇的死亡进行并置，同时，她也写了人的活着：无常、吊诡、卑微、无奈。某种程度上，《世界上所有的夜晚》是迟子建的

"生死场"，与萧红的《生死场》不同在于它的整体脉络是清晰的和透明的，而在萧红的《生死场》里，人如蚁子般死生，生死是寻常的，有如大自然的轮回一般。萧红书写的是人作为"物质层面"的"生死"，迟子建则讲述了人在"感受层面"上的"生死"。

萧红的世界里，人们对生和死的理解并不敏感，人甚至很迟钝；但《世界上所有的夜晚》不同，每一个死亡都令人震惊和触动——蒋百嫂在黑夜停电后凄厉地喊叫出我们这个时代埋在地下的疼痛时；当"我"打开爱人留下的剃须刀盒，把这些胡须放进了河里，"我不想再让浸透着他血液的胡须囚禁在一个黑盒子中，囚禁在我的怀念中，让它们随着清流而去吧。"[①] ——情感是《世界上所有的夜晚》的经络，个人情感和悲悯情怀相互交织，叙述人最终使自己的悲苦流进了一条悲悯的河，她咽下了自己的悲伤，看到了另一个世界。在那个世界里，世界上所有的黑夜中，都有哭泣的人群，她只是人群里的一个。也正是在此处，迟子建和萧红在某个奇妙的高度获得了共振：她们都放下一己之悲欢，将目光放得辽远。

对生死的不同认识表明，萧红和迟子建对世界的理解有很大差异。面对世界，萧红是"忍心"的，这一点与张爱玲很相似，从《生死场》开始，萧红的世界是"天地不仁"，即使是《呼兰河传》中写祖孙情与世间暖意，她也能在人间看到鬼魅，在繁华中看到荒凉，在盛景中看到没落。

迟子建则执着于"人生有爱""人间有情"，她以丰沛的创作实践一直在书写"温暖"和"爱"。迟子建的世界里永远都有温暖烛照，即使是身处最卑微之处，她也要倔强地为读者和自己点起微火：迟子建以自己对这块土地的热爱使读者相信这里的美好；她以她对世界的良善理解使读者相信人间的温良。由此出发我们会看

---

① 迟子建，《世界上所有的夜晚》，广州，花城出版社，2010 年，第 67 页。

到，同样书写"哈尔滨"的生活，两个人的世界的温度差别很大：萧红笔下的哈尔滨寒冷彻骨，饥寒交迫；而迟子建的《白雪乌鸦》中，即使面对罕见的瘟疫，哈尔滨也是有温度的，人们坚忍生存，互相取暖，有情有义。

从对"生死""冷暖"的敏感认识出发，萧红和迟子建相遇；也因为对世界观的整体认知不同，两个作家又各自出发，各行各路，也各有各精彩。这尤其体现在她们小说中共有的"放河灯"情节上。小说《世界上所有的夜晚》的最后，叙述人去"放河灯"，河灯里放着她的委屈、思念、爱情和祝福："它一入水先是在一个小小的旋涡处耸了耸身子，仿佛在与我做最后的告别，之后便悠然向下游漂荡而去。我将剃须刀放回原处，合上漆黑的外壳。虽然那里是没有光明的，但我觉得它不再是虚空和黑暗，清流的月光和清风一定在里面荡漾着。我的心里不再有那种被遗弃的委屈和哀痛，在这个夜晚，天与地完美地衔接到了一起，我确信这清流上的河灯可以一路走到银河之中。"①

迟子建的放河灯里有深情，有祝愿，她看着河灯远去的视线，是从"这里"到"那里"，从"此岸"望"彼岸"，由"人间"遥祝"天上"。而萧红的《呼兰河传》中放河灯却是另一番景象："但是当河灯一放下来的时候，和尚为着庆祝鬼们的更生，打着鼓，叮咚地响；念着经，好像紧急符咒似的，表示着这一工夫可是千金一刻，且莫匆匆地让过，诸位男鬼女鬼，赶快托着灯去投生吧……同时那河灯从上流拥拥挤挤，往下浮来了。浮得很慢，又镇静、又稳当，绝对的看不出来水里边会有鬼们来捉了它们去……这灯一下来的时候，金忽忽的，亮通通的，又加上有千万人的观众，这举动实在是不小的。河灯之多，有数不过来的数目，大概是几千只。两岸

---

① 迟子建，《世界上所有的夜晚》，广州，花城出版社，2010年，第67页。

上的孩子们，拍手叫绝，跳脚欢迎。灯光照得河水幽幽地发亮，水上跳跃着天空的月亮。真是人生何世，会有这样好的景况。"[①]

完成《呼兰河传》时已经是 1940 年年底，萧红的生命还有一年，她似乎是感受到了生命的大限。因而，这段放河灯里有对"人世"的留恋，更是对"世界"的离别，所以叙述人的看"放河灯"的视线与迟子建正好相反：她是从"那里"看"这里"，从"天上"看"人间"，从"彼岸"望"此岸"。她看到了人们看到的，也看到了人们没看到的，男鬼女鬼，人间好景。在萧红的这个世界里，是人鬼相杂，是天地不明，是生死不分，这样的叙述视角，构造了《呼兰河传》中独有的暧昧又复杂的基调：彼岸里有此在，生中有死，故乡里有异乡，繁华里有悲凉。看似相似，实则有大不同——萧红和迟子建之间的差异，是作家世界观和审美观的差异，它最终导致了作品内在肌理和艺术气象的迥然相异，也因此，萧红成为了萧红，迟子建成为了迟子建。

萧红和迟子建的关系是什么样的关系，萧红和迟子建之间是影响者与承继者的关系吗？萧红和迟子建之间谁写得更好，谁超越了谁？这是今天许多研究者乐于讨论和分析的话题，我猜，它也会成为未来学术研究领域的"显学"，一如今天很多人讨论张爱玲和王安忆的关系一样。也许大可不必如此。作家之间的承继恐怕比我们想象的更为复杂——世界上哪一个真正的优秀作家会永远走在他人身后？一个总是走在他人身后的作家又有哪个真的称得上优秀？一个优秀的作家，必须得有属于他自己的世界。

把萧红和迟子建之间的关系，看成世界上所有优秀作家之间应该具有的关系也许更恰切。借用余华在分析作家与文学史的关系时所言，"两个各自独立的作家就像他们各自独立的地区，某一条精神

---

① 萧红，《呼兰河传》，哈尔滨，黑龙江人民出版社，1979 年，第 42 页。

之路使他们有了联结，他们已经相得益彰了。"[①] 又或者说，具有优秀传统的文学史就像迂回曲折的道路，两端都是方向，人们经过萧红之后，可能会来到迟子建的车站；反之，人们经过了迟子建后，同样也会回抵萧红。没有谁超越了谁，每个作家都生活在大的优秀的文学传统中，她／他各自都会"人尽其才"，构建属于他／她各自的天地。

---

① 余华，《胡安·鲁尔福》，《温暖和百感交集的旅程》，北京，作家出版社，2014 年，第 116 页。

"越轨"的评价与萧红的评价史

我把鲁迅给《生死场》写下的序言作为理解问题的起点。尽管作为现实中的作家，萧红早逝非常不幸，但作为文学史上的作家，她终究也算是幸运，处女作一出版便得到同时代最重要文学批评家的认可和推荐。《生死场》由鲁迅作序，胡风作"读后记"，这在现代文学史上非常罕见。鲁迅的评价："北方人民的对于生的坚强，对于死的挣扎，却往往已经力透纸背；女性作者的细致的观察和越轨的笔致，又增加了不少明丽和新鲜。"[①] 胡风的评价："这些蚁子一样的愚夫愚妇们就悲壮地站上了神圣的民族战争的前线。蚁子似地为死而生的他们现在是巨人似地为生而死了[②]"，都早已成为萧红研究的经典评价。序言与读后记与《生死场》如影随形，一直流传到今天。并不夸张地说，鲁迅、胡风的解读确保了萧红在现代文学史上不被忽略。事实上，在讲述东北作家群及左翼文学的时候，现代文学史从来也不会忘记这位女作家。尤其是鲁迅的序言，具有奠基意义，其后虽然研究萧红的文章繁多，但有冲击力的研究并未出现。

直到80年代，葛浩文的《萧红评传》出版。而最具颠覆性的评价出现在90年代末期，刘禾的著名论文《重返〈生死场〉》发

---

① 鲁迅，《生死场·序言》，哈尔滨，黑龙江人民出版社，1980年，第7页。
② 胡风，《生死场·读后记》，哈尔滨，黑龙江人民出版社，1980年，第121页。

表。她借用了女性主义理论，从而突破了长期以来对《生死场》"民族国家话语"的解读框架。她注意到《生死场》中金枝的困扰，对比了《生死场》与《八月的乡村》之差异，体察到萧红作品中的女性意识以及其对民族国家话语的抵抗，对鲁迅等人的解读表示了不满。在萧红的评价史上，刘禾的解读具有划时代的意义，影响了诸多年轻学者对萧红创作的理解，使我们认识了一个陌生而新鲜的作品和作家。

但是，面对此一解读，我也有自己的困惑。比如，鲁迅和胡风为什么会不约而同读到作品中强烈的抗战色彩，彼时他们为什么不另辟蹊径而只以民族国家视角去解读？难道他们真的只是被男性视角遮蔽吗？也许应该回到《生死场》的创作语境去理解。当时东北沦陷，举国震惊。在这样的历史处境里读《生死场》，与我们今天时过境迁后读到的感受当然不同。批评家和作家处于共同的民族国家话语之下，他们和作者及其文本之间产生了奇妙的共振，这是我们非同时代批评家所不能感受到的。《生死场》使书斋中的他们对东北大地的理解更为痛切，也使他们重新认识东北人民身上"坚强和挣扎的力气"。[1] 重回历史语境会发现，鲁迅的看法和评价是恰切的，当然，当年鲁迅对《生死场》的解读也包含了他对沦陷的东北的深切关注和对彼时中国，一个"麻木的"、奴隶的中国与"警醒的"和抵抗的中国的认识。

作为同时代批评家，鲁迅的序言有效参与了小说《生死场》的经典化过程，某种程度上，"序言""读后记"使《生死场》成为"多重意味"的文本。鲁迅和胡风共同提供了在民族国家话语框架里阐释《生死场》的"轨道"。事实上，这也为葛浩文和刘禾的"越轨"解读提供了前提。不能忽略这样的前提。正是有民族国家

---

[1] 鲁迅，《生死场·序言》，哈尔滨，黑龙江人民出版社，1980 年，第 8 页。

话语的解读，才突显了另一个萧红文本的存在。

刘禾处于与作家不同的时空之中。她的解读自然是有意义的。可是，如果把鲁迅、胡风的评论与刘禾这篇解读的发表时间调换，也就是，萧红作品甫一发表，刘禾就来发表她的"别有所见"，会怎样？我想会遭到彼时读者和作家的双重抵抗——尽管作家创造的文本意义可能会发生偏离，但作为从沦陷区逃离出来的青年，萧红对抗战时期诸多事物的理解，尤其是在《生死场》时期，未必就跳出了"民族国家框架"。也正因如此，有关萧红的"越轨"评价须在作品发表四十年、五十年，文本离开了具体历史语境后才有效。

这让人想到文学批评的伦理问题。每一代批评家都有他们理解问题的具体语境，每一代批评家都有他们的责任，批评家需要完成其个人历史使命，而不能"秋行冬令"。应该认识到的是，鲁迅、胡风完成了他们彼时作为同代人的批评。当然，需要特别说明，我个人很反感胡风读后记中对女性写作的理解："使人兴奋的是，这本不但写出了愚夫愚妇的悲欢苦恼，而且写出了蓝空下的血迹模糊的大地和流在那模糊的血土上的铁一样重的战斗意志的书，却是出自一个青年女性的手笔。在这里，我们看到了女性的纤细的感觉，也看到了非女性的雄迈的胸境。"① "却是出自女性"，"非女性的雄迈的胸境"的说法，都让人意识到他并没有能像鲁迅那样去践行男女平等精神。

回过头再看鲁迅的序言，他对萧红作品的评价中提到"力透纸背"，"生的坚强和死的挣扎"以及"越轨的笔致"，切中而深刻。尤其是"越轨的笔致"。"轨"是什么？年轻的作家从哪里越了"轨"，"越轨"是否指的是萧红对小说写作程式的不循规蹈矩，是否指的是她跨越了读者对性别写作的固定理解？也许，鲁迅对萧红

---

① 胡风，《生死场·读后记》，哈尔滨，黑龙江人民出版社，1980 年，第 121—122 页。

的理解没有女性主义立场，但作为一位伟大的小说家，他本能地感受到了《生死场》中有一种异质的和越轨的力量存在，并给予了充分肯定——八十年来，鲁迅对萧红作品中"越轨的笔致"的敏感、尊重和理解具有某种暗示性和预言性，这无论是放在萧红评价史上还是现代文学史上，都殊为宝贵。

这个作家的重生

——关于萧红

一

看完电影《黄金时代》，我想到"小马过河"的故事。它既没有一些人夸的那么好，也没有另一些人批的那么差。事实上，这部电影严肃、有水准，也有追求，那个一直生活在书本里的女作家终于借由朋友们的讲述回到大屏幕，她的传奇一生被更多观众所认知。但是，电影也为观众留下了许多疑惑：鲁迅何以对"二萧"如此看重；萧红的文学贡献是什么；萧红死后为什么会令那么多人念念不忘？一部传记电影有义务忠实呈现这个作家的一生，但也有责任使读者去进一步认识和理解这位作家对于文学及人类的贡献。依我看来，对于后一要求，《黄金时代》显然力有不逮。

整部电影囿于史料及来自萧红朋友圈的讲述，而没有对萧红整体的理解和认识。可是，那真的是萧红的知心朋友吗？如果把电影中的讲述者们放在一起会发现，大概除了许广平、白朗之外，他们中大部分人其实跟萧军关系更好，也完全称得上是萧军的朋友圈，他们的文学审美与当时"主流"的文学审美更接近，对萧军更认同。在当年，那些认为萧红写作有问题、认为萧红写作不如萧军的其实也是这些身边的亲密朋友。那么，在萧红死后有关其人生的讲述中，有没有基于各自立场、人际关系及审美趣味而导致对萧红生活选择理解的偏差？对此，电影主创是否应该有足够的判断和警惕？显然主创对此没有反省。电影里的萧红故事，更像是站在萧军立场的旁观与讲述，无论是对他们情感关系的呈现，还是有关萧红最后离开西北的决定很像是"找死"——朋友们记忆拼凑出来的萧红一意孤行、软弱而没有神采，文学精神尽失。

忽略了讲述者们的理解力和倾向性，对于本身叙述立场没有反思，这是《黄金时代》最致命的局限。这个女人到底写的是什么，写得怎么样？在当时，她的作品与时代的关系是怎么样的？几是空白。电影里，文学青年们在一起讨论文学的场景都没有，甚至观众连他们的职业，这些人何以为生都搞不明白。我们甚至没有看到萧红著作的封面，更不消说对她文学精神的理解了。主创们死死盯着她的情感波折，几乎无视文学萧红的意义。

于是，在电影中，我们只看到疲于奔命不断抽烟的萧红，只看到一个生活中跟大时代选择背道而驰"找死"的萧红，却看不到她特立独行的意义，观众未曾通过电影得见一个在有生之年勤奋写作、对中国现代文学有着独特贡献的作家。事实上，从1931年到1941年十年间，萧红在颠沛流离的岁月里，怀孕、生子、饥寒交迫，饱受情感和疾病困扰，留下了近百万字的作品，她完整地把她的文学才华在极为有限的时间里充分展现了出来。萧红之于现代文学的意义在于"独具我见，不合众器"，她写作的独特性恰也是当时她的伴侣、她的朋友们所不能理解的。

二

萧红是那种天才型作家，她完全依凭艺术直觉。《生死场》写的是麦场、菜圃、羊群、荒山、生产的女人和病死的孩子。小说没有主角，也没有跌宕起伏环环相扣的情节，一点儿也不符合我们对"好小说"的理解。可是，正是在这里，萧红作为作家的才华显现了出来。她像那些黑暗中生存的小动物一样，有强烈的探知黑暗和琐屑的能力，有敏锐的触觉。她能在那些混沌的场景中迅速捕捉到最细小部分，她把这些细小部分带到光亮处，使它们变得有意味。写《生死场》时萧红很年轻，可能她并不洞悉黑暗村庄里发生的那一切，但她拥有独特的审美能力。依靠这种能力，她勾勒出了"这一个"农夫、"这一个"农妇、"这一个"故乡。虽说小说看起来没有章法，不符合我们的常识经验，每一章和每一章之间没有必然的联系，从小说技术上理解也没有那么完善。但把这色彩浓重的图片一张一张地拼接在一起时，整部小说就变得气质不凡、闪闪发光："在乡村，人和动物一起忙着生，忙着死。"①

从主观上来讲，萧红是想写"抗日"，但是，作为女人，她并未看到过战争。那么，她只能写她的间接经验。她只写她"小心眼儿"感知到的那个世界，从不去领会时代意图。有很多"聪明的"书写者会"识趣地"压抑和躲闪自己的感受，以求为大众所接受。但萧红不。她天然地感知到艺术家的职责。艺术家的职责是将生活中习焉不察的、容易被嘹亮口号所忽略的东西打捞起来，是坚定地不放过任何生活中瞬间划过的"中间地带"，用自己的方式将那些灰色地带照亮、点燃。那些被生育和怀孕折磨的女人们，那些村夫村妇们如蚁子般的死与生，一切都将会因为战争的结束而发生变化吗？这是萧红的困惑和所思。这困惑没有人能回答，没有人能理解，理解这样的书写需要太漫长的时间。但是，不能因为不理解我们就有意视而不见。

萧红及其《生死场》的不凡气质是，作为写作者，萧红忠直无

---

① 萧红，《生死场》，哈尔滨，黑龙江人民出版社，1980年，第56页。

欺地表现她的所见和所思，面对困惑和犹疑不躲闪，即使有人批评她立场不坚定、写作没有套路也在所不惜。这是一个绝不自我规训、自我审查以使自己更符合大多数人的审美口味的作家，这是立志要做那个世界"唯一的报信人"的作家，这也是具有"越轨"勇气的作家。

这世界上，很多小说家常常使用"真实材料"写自己，起初，也许这些材料看起来是坚固的，但很快它们就会挥发和风化，变成泡沫和垃圾，不值一提。萧红并不是这种作家。她不将自己的不快和疼痛放大并咀嚼。相反，她对他人的快乐和不幸念念不忘并抱有深深的同情和理解。有二伯、小团圆媳妇、冯二麻子……她的小说里几乎从不提自己身上的不幸，她绝不通过舔吮自己的伤口来感动他人。所以，一拿起笔，她身上的一切负累都神奇地消失了。

生活中有那么多的不如意，写作中却换了一个人。《呼兰河传》中，她不厌其烦地书写着老祖父的后花园，它俨然是她的亲人，是她的主角。萧红用描写自然的方式描写着人类情感，描写那些伤感和喜悦。她笔下那肥绿的叶子，烧红的云彩和作浪的麦田，那亘古不变的大泥坑和牛羊都不是点缀，不是装饰，而是带有象征意义的光。正如伍尔夫评价艾米莉·勃朗特所说，我们在她那里体会到情感的某个高度时，不是通过激烈碰撞的故事，不是通过戏剧性的人物命运，而是通过一个女孩子在村子里奔跑，看着牛羊慢慢吃草，听鸟儿歌唱。[①]

想要理解这个女人对大自然的情感表达，我们得弯下腰来，把自己变"小"，但是，这可不是"强迫"。当她"话说当年"，当一个童稚的声音响起，我们会自然而然地回到"过去"，自然而然地变"小"，变得"单纯"，眼睛仿佛戴上"过滤镜"：孩子看到的天

① 弗吉尼亚·伍尔夫：《〈简爱〉与〈呼啸山庄〉》，《普通读者（一）》，马爱新译，北京，人民文学出版社，2003年，第136—137页。

空是远的，孩子看到的花朵是大而艳的，孩子闻到的泥土是芳香而亲切的，孩子是游离于成人文化规则之外的。感受到不染尘埃的美好，便会体察到陈规习俗对于一个人的扼杀，对异类的折磨：长得不像十二岁高度的小团圆媳妇被抬进大缸里了，那大缸里满是热水，滚热的热水。"她在大缸里边，叫着、跳着，好像她要逃命似的狂喊。她的旁边站着三四个人从缸里搅起热水来往她的头上浇。"[1] 小团圆媳妇因不似"常人"而"被搭救"和"被毁灭"了，无邪的女童大睁着眼睛看着她的挣扎和无路可逃——病床上的萧红则默默注视这一切，微笑中带泪。

《呼兰河传》不是关于人类家园，也不是关于人类故乡的赞美诗，萧红有她的严厉和理性，她有审视、批判以及反讽的态度。在纷繁华美的后花园中，她感受到荒凉，在万物生长的盛景中，她看到命定的没落和衰败。《呼兰河传》是萧红最为完美的作品，愉悦、欢喜奇妙地和悲悯、批判混合在一起，纵横交错：纯净和复杂、反讽和热爱、眷恋和审视、优美和肮脏、刹那和永恒、女童的纯美怀想与濒死之人的心痛彻悟都完整而共时地在这部作品呈现出来。

借由《呼兰河传》，萧红完成了她对于世界的整体认识和理解，完成了关于我们情感中有着暧昧的艺术光晕的"中间地带"的书写，也完成了属于她的既单纯明净又复杂多义的美学世界：写彼岸时写此在，写生时写死，写家乡时写异乡，写繁华时写悲凉。想念故乡时她也在严厉审视，书写眷恋和怀念时她也带有微妙的讽刺和冷冷的疏离。《生死场》《呼兰河传》为什么可以历久弥新？萧红跨越时代的负累，以她一生的文字书写了这个世界的普遍性。《生死场》里是天地不分，生死无常；《呼兰河传》里则是人与自然唇齿相依、万物自由生长。在《呼兰河传》里，萧红书写了永远的人类

---

① 萧红，《呼兰河传》，哈尔滨，黑龙江人民出版社，1979 年，第 149 页。

最复杂意义上的乡愁。

三

2011 年，在萧红诞辰 100 周年之际，作为年轻一代的研究者，我有幸和翻译家葛浩文先生对谈萧红，《萧红评传》是葛先生的博士论文，这本小册子开创了萧红研究的新时代。在那个对话中，他谈到了当年他读萧红时感受到的亲切感、他理解的萧红作品的持久力，也提到了他当年与萧军的交往：

> 1981 年，鲁迅诞辰 100 周年，萧军到过美国参加一个三天的学术会议。我也参加了。有一天晚上大家边喝酒边谈天，我跟萧军说我想问他一件事。"好，随便问吧！"我说："萧老，我看了一篇梅林写的回忆录，里头说，有一天他去过你们在法租界的房子找你们谈话。萧红开门，他吓了一跳，她的眼睛似乎给打青了。是不是你打了她？"哇！萧军很不高兴，火了，我怕他也要打我。他开始骂。旁边有人——可能是俄文翻译家戈宝权或小说家吴祖缃，记不清楚——看情况不妙，就说："算了，算了，你们两位'情敌'可不要吵啊！"大家哈哈大笑就完了事。然后，萧军跟我说："小葛，听说你有意思写我的传。我看不要写。"我说："萧老，您放心，我不写。"[①]

关于端木蕻良，他说："我见过他两三次，每次谈得都很投机。有一天在他家里谈萧红在香港生病的过程。他说到她开刀，效果不

---

① 葛浩文、张莉，《"持久力"与"亲切感"——两代研究者关于萧红的对谈》，《文艺争鸣》，2011 年第 5 期。

良，他突然蒙着脸放声大哭，然后说他应该反对那次动手术，因此萧红之死，他认为他自己多少要负责任，他非常自责。"[1]

葛先生说的这两件事情给我以深刻印象，它们使我认识到作家对身后声名的那种忐忑。即使对萧红作品的成就并不认可，萧军依然在意他在萧红故事中的形象。晚年的萧军和端木看起来各有内心挣扎，也都敏感于传记作者的理解。而萧红，这个当年软弱的、被辜负的人似乎完全不用担心这些了。她的一切，都交付在她的作品里。

也是在那个谈话中，葛浩文先生回忆起他当年来到呼兰的龙王庙小学。在要离开那所小学时，一个小朋友走来，把有多处折角或磨损的课本递给他。"我一看，里头有从萧红《呼兰河传》取材的'火烧云'一小部分。我心里的感触可想而知。小册子至今还保存着。"[2] 这是让人感慨万千的场景。那本书让人意识到，早逝的萧红早已从死灭中飞翔而出。不因由传记和电影，而只因为文字本身。纯粹以文学本身回归人间，这对一位死去的作家而言是多么好的事情。那个场景使我想到，这是命运对作家萧红最好的回馈，也是对作家萧红最好的褒奖。

————————
[1][2]　葛浩文、张莉，《"持久力"与"亲切感"——两代研究者关于萧红的对谈》，《文艺争鸣》，2011 年第 5 期。

作为酿酒师的小说家

看到他们的善，也看到他们的灰暗；画下他们脸上的光泽，也画下他们身上的斑点和残缺；不夸大，不贬低；尽可能诚实、忠直地去表现。

疼痛感，慈悲心

——评莫言《蛙》

读莫言新作《蛙》，会想到 N 多年前的春晚小品《超生游击队》——那小品戏谑、调侃，是对超生夫妻们的讽刺和规劝。我甚至听到了自己当年年幼无知的笑声。《蛙》里高密东北乡的百姓们也有过与超生游击队类似的"东躲西藏"，但却一点儿也不好笑——男人和女人疼痛哭号，许多母亲要为腹中未曾出世的孩童付出鲜血和生命。相信我，读完《蛙》，你也会为自己当年的笑声不安并羞愧的——《蛙》的魅力在于，它不是从国家视域角度讲述三十年来中国生育革命的变化，它是高密东北乡的，它是个体的，它是民间的，它是让每一个中国人感同身受的。

《蛙》的主人公是姑姑，一位名叫万心的共产党人，一位助产士。她曾经是高密东北乡著名的送子观音，后来成为当地计划生育政策的基层执行者。以姑姑的一生为镜，《蛙》书写了中国社会生育制度的巨大革命（又或者叫癫狂吧，人类在生育繁殖史上的曾经有的和正在进行时的癫狂。）——当整个地球已然不堪重负时，难道我们不应该为它减少负担，为我们的后代留下一些生存空间么，那么，基于此种理念的计划生育政策，是否应该推行？可是，在有着顽固的民间传统伦理的中国，这样的国家政策遭遇的是什么样的较量，有谁知道这里的政府和人民付出了什么样的代价？

姑姑是复杂和重要的，她是国家意志与民间伦理紧张对抗的角逐场。她追逐正值生育期的男人或女人，她带领武装力量威胁孕妇家庭要点火烧房……她遇到抵制，哭泣，鲜血，咒骂，但她"真理在握"，一往无前——逐渐降低的人口增长数字显示了姑姑们工作的切实有效，但是，你很难说国家意志攻无不克，在今天的农村，在有着亿万身家的富一代和富二代的家族里，"独生子女"并不存在，而小说中姑姑助手小狮子退休后对生育儿子的热衷更是"较量"的深刻隐喻。

可这的确是场艰苦卓绝的战斗和争夺。那些有着顽强的有着苗壮生命力的身体，曾经在国家政策面前遇到了怎样的磨难：做了结扎的男人们觉得自己不再是男人，性功能出现问题。但更让人感慨的是女人身体。被追赶的孕妇张拳老婆多么渴望跳到河里逃脱，以生下她已快足月的孩子——被救上来时，每一个人都看到了她双腿间流下的鲜血以及她和孩子都行将死亡的运命，面对无情的姑姑，这女人留下了最真切的诅咒："万心，你不得好死！"[1] 叙述人蝌蚪的妻子王仁美终于怀上二胎，姑姑堵在了她的家门口，在劝说和威胁之下王仁美答应给已经成形的孩子引产，最终留下凄惨的遗言："姑姑，我好冷呀。"[2] 美丽的侏儒女子王胆，在生命的最后一刻早产了第二个女儿陈眉，也留下她对姑姑带血的感激：谢谢你让孩子来到人间……

莫言有着一位书写者应该有的敏锐，他有着非同一般的现实感，他触到了整个中国人内心的隐痛，这甚至也是整个世界关注的焦点。《蛙》书写的是整个现代中国社会发展以来的巨大困惑——我们该怎么样理解人类的生育问题与世界环境的不断恶化，我们该怎样面对自己的生育权和人类的发展权？如果一个孩子只是在母亲的子宫里孕育，他有没有生命权？这不是否定计划生育的作品，他

---

[1][2] 莫言，《蛙》，上海，上海文艺出版社，2012年，第339页。

也不全为生育权唱赞歌，它以高密东北乡人的视角重新为我们当代以来的发展史，我们的"GDP主义"做了另一种注解。

姑姑晚年充满了负罪感，在一个夜晚她听到了蛙鸣，仿佛成千上万的婴儿在哭泣和控诉，她最终嫁给了捏泥人的郝大手，希望将消失在风中的那些孩子们重塑。这是中国民间伦理中的报应说，但其实也是一个现代人内心的反省意识。负罪感伴随着姑姑，一直到小说的最后，她渴望死后重生……姑姑的形象固然是新鲜的和具有冲击力的，但在阅读中我有自己的不满足：姑姑还有成为经典人物形象的空间。莫言面对姑姑内心世界时常常不得已使用第三人称的方式表明，对于姑姑这个人物他并没有完全掌控。但这部小说依然具有震撼人心的力量，结尾的"戏剧"处理使整部小说进入高潮——他使用了戏剧表达的方式，使每一个癫狂而痛楚的人物，姑姑、陈鼻、陈眉，以及郝大手、蝌蚪的戏剧性命运与表达形式完美叠合在一起。

能强烈感受到莫言的疼痛，整部小说因使用了对日本友人诉说的书信体而具有感染力：他为高密东北乡的男女子民们顽固的子嗣观念迷惑，他为走出那块土地的陈耳和陈眉的悲惨命运而痛楚——她们在东丽玩具厂的大火中一个被烧成焦炭，一个被烧毁面容。《蛙》是我们这个时代的生育史，更是几十年来被时代扭结的中国人的命运缩影。

疼痛感背后是一位知天命的男人的慈悲心。这慈悲是姑姑面对那些"娃"们的忏悔，是"父亲"莫言面对那些消失的孩子们的眷恋，是兄长莫言对生活在当下兄弟姐妹运命的深切关注。疼痛感与慈悲心是《蛙》提供给我们这个时代的异质力量，它们是珍贵的——读《蛙》你会感觉这位作家从未曾离开过他的土地和家乡。他的创造力和感知现实的能力是如此强烈，你不能不对这位大踏步走在我们时代前面的作家及其不断自我超越的努力表达敬意。

秘史从何处说起

——关于陈忠实

一

每年上当代文学史，我都会和同学们一起阅读《白鹿原》，讨论那位远在西安的小说家陈忠实。从 1991 年开始，陈忠实建构起属于他的纸上乡原"白鹿原"，为我们勾画了一段永远不能磨灭的历史，也为我们刻下了一群永远不能忘记的祖先——陈忠实和《白鹿原》一起，构成了中国当代文学史不可或缺的部分。

每次课堂讨论，同学们都会提到那位女性田小娥。他们共同的问题是，陈忠实为什么会写这样一位女性？我想到他的那篇《寻找属于自己的句子——〈白鹿原〉写作手记》。其中，他提到少年记忆。

> 这是解放前夕的事，我还没有上学，却有了记事能力，一个结婚不久的新媳妇，不满意包办的丈夫和丈夫家穷困的家境，偷跑了。这种行为激起的众怒难以轻易化解，在一位领头人的带领下，整个村子的成年男人追赶到新媳妇的娘家，从木楼上的柴禾堆里扯出来藏匿的新媳妇把她抓回村子，容不得进门，就捆绑在门前的一棵树杆上，找来一把长满尖刺的酸枣棵子，由村子里的男人轮番

抽打。全村的男人女人把那个捆在树杆上的新媳妇围观着，却不许未成年的孩子靠近，我和小伙伴被驱赶到远离惩罚现场的空巷里，看不到那长满尖刺的酸枣棵子抽击新媳妇脸皮时会是怎样一副血流满面的惨相，只听见男人们粗壮的呐喊和女人们压抑着的惊叫声中，一声连着一声的撕心裂肺的惨叫，肯定是刺刷抽打时不堪忍受的新媳妇本能的叫声。①

读手记，我曾多次勾勒那个场景，设想那位不到七岁的男孩子听到女人惨叫的表情。种子早已种在少年心头。是同情，是恐惧，是愤怒，还是渴望冲进去，抱打不平？四十年后，这一场景出现在了《白鹿原》中。我以为，某种意义上，那位新媳妇的惨叫声对陈忠实构成的是"创伤性记忆"，这是他为何要写田小娥这一人物的最早缘起。

二

创作手记中，陈忠实讲述过他查阅二十多卷《蓝田县志》的感受，县志中，有四五个卷本是用来记录贞女和烈妇们的贞洁事迹。

第一卷第一页，他看到关于某村某氏的记述，一个女人十五六岁出嫁到某家，生子，后丧夫，抚养孩子成人，侍奉公婆，守节守志，临终，族人送烫金大匾牌悬挂于门首。卷册里，整本都是不同村庄不同姓氏的妇女，都是丈夫死后守贞守寡，直到生命最后一刻。而到了后面几本的县志，便只记下了某村某氏，连一句事迹和名字都没有留下。

---

① 陈忠实，《寻找属于自己的句子——〈白鹿原〉写作手记（连载五）》，《小说评论》，2008 年第 3 期。

面对贞妇名录，陈忠实说，他的疑问是，那些女人曾经经历过什么样的漫长而残酷的煎熬，她们如何用活泼的肉身坚守道德规章里专门给她们设置的条律，换取县志里几厘米长的位置。

他感到最基本的女人本性所受到的严酷摧残，心里产生了"一个纯粹出于人性本能的抗争者叛逆者的人物"。[1]也是从那个时候开始，作家心里孕育那个女人。"这个人物的故事尚无影踪，田小娥这个名字也没有设定，但她就在这一瞬跃现在我的心里。我随之想到我在民间听到的不少荡妇淫女的故事和笑话，虽然上不了县志，却以民间传播的形式跟县志上列排的榜样对抗着……这个后来被我取名田小娥的人物，竟然是这样完全始料不及地萌生了。"[2]

"人性本能的抗争者""与那些榜样对抗"，以及他对幼年记忆中女性惨叫声的不能忘记，终于有了田小娥这一形象。作为女性读者，每每想到这些隐秘的创作缘起，我便对陈忠实先生抱有另一种敬意。

三

来到纸上的田小娥，不是一个束手就擒者。陈忠实绝不会再让他的女主人公被动地挨打挨骂。她固然也曾经被"刺刷"羞辱殴打，她固然也遇到背叛和轻蔑，但是，她有她的个性、她的肉欲、她的愤怒、她的反抗、她的报复。白嘉轩用"刺刷"让人当众把她打得鲜血淋漓时，她不屈服，她以恶还恶，引诱他的儿子白孝文，一定要把他的"裤子码下来"。在最初，她并不是罪恶的，在铁板一块的罪恶面前，她如何才可以在缝隙中找到一点儿光？田小娥与白嘉轩之间的争斗过往，是一个不检点的女人与一个仁义男人的较

---

[1][2] 陈忠实，《寻找属于自己的句子——〈白鹿原〉写作手记》，《小说评论》，2007 年第 4 期。

量，是一个犯规者与裁判之间的较量，但是，也并不这么简单。

白嘉轩真的是仁义的吗？这个人身上，是"仁义"与"非仁义"并存。他以仁义之名，行不仁义之实。小说中，田小娥死后尸体腐烂，带来了一场瘟疫。村民恐惧，向死去的"淫妇""婊子"磕头，许愿要为她"抬灵修庙"。但白嘉轩却毫不反省："我不光不给她修庙还要给她造塔，把她烧成灰压到塔下，叫她永世不得见天日。"[1] 他不仅仅在那位受尽凌辱的女人旧居上造了塔，甚至还将荒草中飞起的小蛾子一起烧死。

田小娥和许多男人发生关系，那些人以与她上床的方式占有她，羞辱她，利用她。反过来，她也以她的方式照出那些男人的虚伪、卑劣、无耻、冷漠以及丑恶。她是一面照妖镜。正是在这个女人的哭号和肉体面前，我们才看到了仁义的另一种面容：那么黑暗、那么虚伪、那么杀人不见血。由田小娥反观，我们甚至发现，那位被公认为最敦厚、最仁义、最有善心的人，同时也是最冷酷、最冷血、最变态的食人魔。

在《白鹿原》中，陈忠实引用了巴尔扎克的"小说是一个民族的秘史"的说法。它被认为是分析这部小说最相配的钥匙。如果你从田小娥的立场看去，你会看到秘史中更为酷烈的一面。那是女人受到屈辱不得不反抗的历史，那是女人被欲望、贫穷操纵无路可走的历史，也是受害的女人变成厉鬼也要想办法去报复去喊冤的历史。

当然，尽管陈忠实对幼年时那位惨叫的女人无法忘记，但是，他并没有从浅表上去理解人性，她们身上有纯洁、有善良，但也有黑暗和罪恶。在他那里，女人的性格不是单薄的而是多重的。女人的生成不是被动的，而是主动的。她们有她们的主体性。《白鹿原》书写了极端历史语境里的人，与其说陈忠实想写形形色色的男人和

---

① 陈忠实，《白鹿原》，北京，人民文学出版社，1993 年，第 473 页。

女人，不如说他最终想探究的是乱世中人性的变异，人性的丑陋，人性永不见底的深渊。

四

陈忠实曾接受过间丘露薇的访谈，他谈笑风生、风趣幽默地讲述创作这部小说的前前后后。在提到书中那些广受关注的性描写时，他非常严肃，他说他曾为那些"性描写"写过两张小纸条。

一张是三句话十个字："不回避，撕开写，不作诱饵。"[①] 另一张则是："生的痛苦，活的痛苦，死的痛苦。"他动情地讲述过写后一张小纸条时的情景。"田小娥被公公鹿三用梭镖钢刃从后心捅杀的一瞬，我突然眼前一黑搁下钢笔。待我再睁开眼，顺手从一摞纸条上写下'生的痛苦，活的痛苦，死的痛苦'十二个字。"[②] ——那一瞬间，田小娥身上的痛苦、羞耻和疼痛穿越而来。只有把她所经受的一切刻下来，才对得起那些女人；才对得起那些密密麻麻排列在节妇名单的人；才对得起那些未在名册里的、活在民间和传说中的女人。

他做到了。

五

为什么要在年近五十岁决定写《白鹿原》？陈忠实说："我想我死的时候有一本垫棺作枕的书。"[③]

---

① ② 陈忠实，《寻找属于自己的句子——〈白鹿原〉写作手记（连载五）》，《小说评论》，2008 年第 3 期。
③ 陈忠实，《寻找属于自己的句子——〈白鹿原〉写作手记（连载十二）》，《小说评论》，2009 年第 4 期。

今天，陈忠实逝世消息传来的那一刻，我想到了这句话，也想到他在采访中说起这句话的庄重表情。想来，以《白鹿原》这样一部优秀的、沉甸甸的史诗性作品"垫棺作枕"，是陈忠实作为小说家的安慰，也是他的骄傲和荣耀吧。

2016 年 4 月 29 日

作为酿酒师的小说家

　　《飞行酿酒师》是铁凝的新小说集，收录了她近年创作的十二部短篇作品。即使你已深为熟悉这位小说家的创作，这些小说还是让人惊喜。它让人想到，好小说有如好葡萄酒，是我们生活中的"琼浆"。而好的写作者无疑是优秀"酿酒师"——他们以葡萄酿造出艺术品，调动起我们的视觉、嗅觉、味觉和想象力去认识世界，山重水复，气象一新。

　　《伊琳娜的礼帽》是这部小说集中最具代表性的一篇，被同行赞誉为深具契诃夫风格。作为旁观者，"我"目睹了一对俄罗斯男女在机舱的邂逅。尽管"我"不能听懂他们的语言，但他们的动作和表情却胜似千言万语。飞机落地后，一切戛然而止。伊琳娜和迎接她的丈夫拥抱，而目睹一切的儿子萨沙呢，"他朝我仰起脸，并举起右手，把他那根笋尖般细嫩的小小的食指竖在双唇中间，就像在示意我千万不要作声。"[①]——在狭窄封闭的有限空间里，小说将人的情感际遇写得风生水起、意蕴深长，从而揭示了人性内部的丰饶、幽微以及现代人"异域"处境的斑驳复杂。细微而丰盈、有趣而盎然、节制而深刻，《伊琳娜的礼帽》举重若轻，它既是具体的，

---

① 铁凝，《伊琳娜的礼帽》，《飞行酿酒师》，北京，人民文学出版社，2017年，第20页。

又有象征性，被视为当代短篇小说的重要收获。

和《伊琳娜的礼帽》相似，《飞行酿酒师》中收录的其他十一部短篇小说，故事发生地也都并不宽阔，一个女性被邀和当年的伙伴聚会，她突然想到了"风度"那个词；内科诊室的女大夫突然反常地要求病人给她量一量血压；生性吝啬的父亲临终前嘱咐儿子偿还当年的债务；做货车司机的丈夫路过妻子做保姆的北京城，他们希望有一个夜晚可以"相欢"；妻子艾理心脏病发作，而丈夫当时不会海姆立克急救法，错过了最佳的施救时间；别墅区里散步的女人心中有"铅灰色感觉"涌起……这些故事大部分都发生在家庭的餐桌上，发生在饭馆、别墅、诊疗室、旅馆、机舱，尽管活动范围有限，但读来却有宽广、辽阔之感。小说家试图在短篇小说的有限空间里拓展表达的无限可能。

《七天》尤其如此。小说由一位别墅女主人的烦恼起笔，她不知如何对待家中那位不断长高的小保姆布谷。从家乡回来的布谷几天之内越来越高，实在让人震惊，不仅仅如此，她时刻有饥饿感，要吃光冰箱里所有的东西，而与之相伴随的是她生理期的反常……谁能猜到布谷突然长高的秘密呢？布谷家乡旁边新建了加工厂，从车间流出来的废水流进村外的河，那正是全村人吃水的河。孩子吃了河里的水，上课时坐不住，乱动。污水使布谷和家人的生活发生改变。在工厂做工的两个姐姐也越长越高，厂里辞退了她们，婆家退了亲。

《七天》起笔奇崛，想象力卓异。它既是现实的，又超越现实。普通的别墅连接着我们无穷的远方和远方的村庄，那无数人的生活就这样实实在在地与别墅生活相连。女主人公感受到了恐慌。"阿元眼前刹那间出现了两个女人，如两棵移动的大树，正穿越崇山峻岭，迈着长腿向北京方向奔来。在两个女人身后，影影绰绰的，又有一些面目模糊却高大无比的村人，也正尾随着她们。"①《七天》使人认识到，每个人都不是孤立的，不论贫富，每个人都与时代命运息息相关。小说结尾，布谷主动离开了雇主家。她没有再去厨房大吃，而是把房间和卫生间清洗干净，留下了一张字条，黎明之前悄悄远走。着笔于家庭内部，《七天》写得如此辽远。小说从一个女性身体的反常出发，写出了我们时代的巨变，写出了巨变带给每个人的影响，那些显在的和隐在的巨大影响。

与小说集同名的《飞行酿酒师》写的是饭局，又不只是饭局，还是人与人的相遇。喜欢红酒的富人无名氏想与著名酿酒师相识。但饭局并不愉快，酿酒师无意讲解知识而只是希望游说无名氏给他的葡萄庄园投资 500 万。无名氏感到索然无味，酿酒师也因为没有游说成功而恼怒。没有寻常的戏剧冲突，他们之间甚至没有言语的冲撞。看起来什么都没有发生，但一切都已发生。这便是小说的魅力。沮丧的酿酒师在地下车库里将奔驰车刮出一道触目划痕后才感到平静。无名氏则意识到自己住的 21 层太高了，而四合院里的酒窖似乎又太深了。"不知深浅"的他很想给当年口无遮拦的老同学打电话聊聊，但电话里传来的却是："您拨打的电话号码不存在，请查证后再拨。"②

作为小说家，铁凝有非凡的洞察力，她看到许多沟壑横亘在人群之间，沟通如此之难。原来匮乏可以让人如此扭曲，原来富有可以让人如此失落。她冷静而有力地讲述了无名氏与"酿酒师"之间的巨大心理落差，进而刻画出了我们当代人际关系的复杂与微妙，挖掘出了我们时代人精神际遇的困境与疑难。事实上，她准确捕捉

<hr />

① 铁凝，《七天》，《飞行酿酒师》，北京，人民文学出版社，2017 年，第 203—204 页。

② 铁凝，《飞行酿酒师》，《飞行酿酒师》，北京，人民文学出版社，2017 年，第 165 页。

到了我们时代各个阶层的共有气息，这种共有气息里既有对心灵安宁的向往，也有面对经济快速发展时的落寞、迷茫和惊慌——作为读者，我们感受到她的同情，那是怀有热爱和尊重的同情，而不是"居高临下"的同情。她贴着她的这些人物，她是和我们"共同"在一起的作家。我们有共同的热爱，共同的渴望，共同的幸福，共同的忧虑，共同的困扰。正是这些广泛而深刻的"共同"，使她画下我们时代人那丰饶而繁复的心灵图景。

要特别提到，铁凝是深具语言敏感性的那种作家，她总是能激发汉语内部的能量，给"旧词"以"新意"。《风度》中，"风度"连接起三十多年前的风度以及人们价值观的巨大变迁；《海姆立克急救法》中，"海姆立克急救法"不只是一种救生手段，还意味着一个男人如何反省他与妻子的关系；《火锅子》中，"火锅子"不只是"火锅"的称谓，还意味着执子之手，与子偕老……

"再见"一词在小说《告别语》中别具光泽。逃婚的女孩子朱丽来到北京住别墅的舅舅家，她渴望开始新生活，但又不知如何告别过去。她看到两个刚学会说话的孩子不断练习着告别，"再哎哎哎哎哎见。"[①] 这使朱丽获得了某种启示。"那像是欢欣和绝望情绪的一种混合，激烈而壮观。像冰河在春日太阳的照耀下突然融化，'嘎啦啦'地迸裂着自己，撕开着自己。叫人觉着，生活其实是从'再见'开始的，当小宝和露露那么急赤白脸地用'再见'告别时，生活才真正走进了他们的生命。"[②]"再见"因为这部小说而焕发一种魔力，它是如此美妙的"告别语"，它与勇气，也与新生活产生了紧密关联。

诚挚、敏锐、生动、庄重而不失亲和力，这是属于小说集《飞行酿酒师》的优美调性。在这里，铁凝讲述复杂的情感，爱的朴素

---

① ② 铁凝，《告别语》，《飞行酿酒师》，北京，人民文学出版社，2017年，第176页。

和日常，爱的多面和多义；同时，她也揭示那种虚伪，装腔作势和人与人之间并不真诚的东西。她辨认普通人的面容，写下他们的喜乐，但更重要的是用笔探进他们内心的深海，刻下他们心灵深处的暗影。表象固然重要，但更重要的是看到地表之下的岩浆，人心内部的起伏。说到底，铁凝是我们时代世道人心、精神世界的精微观察者，她有卓尔不群的表现力——那些平凡而普泛的人物，因为她的小说而焕发迷人的光泽，他们既是我们的镜子，也是我们的弟兄。

当然，小说集也触及了人类身上那些普遍性的东西。情感的自由与不自由，内心的贫穷与富有，爱与责任，婚姻与背叛，也都尽在这部短篇集中。"忘掉表面的生动与生活的形似，剩下来可提供的是一种更深刻的乐趣，对人类价值观的敏锐辨别。"[1]这是伍尔夫对优秀小说的评价，用来形容这部小说集也是恰当的。

什么是真正的好的酿酒师呢？她／他当然需要掌握大量的理论知识，但更需要丰富的实践经验。真正优秀的酿酒师应该像葡萄藤一样深扎在泥土里，而不是四处飞行——他们要经年累月地和他的葡萄庄园在一起，观察葡萄的生长、寻找葡萄适宜的采摘时间，要选择在最恰当的时刻将清汁和皮渣分离。当然，如何控制酒的成分配比至为关键，它决定酒体结构是否饱满，是否浓郁绵远，是否回味无穷，决定一款酒能否成为经典。就小说而言，小说家的语言、小说家的写作技术、小说家之于写作对象的分寸把握则决定一部小说的品相，决定小说能否跨越时间。

在序言中，铁凝令人印象深刻地提到，一位作家"只有奋力挤进生活的深部，你才有资格窥见那些丰饶的景象"。[2]同时，她

---

[1] 弗吉尼亚·伍尔夫，《论简·奥斯丁》，《普通读者（Ⅰ）》，马爱新译，北京，人民文学出版社，第117页。

[2] 铁凝，《飞行酿酒师·序》，北京，人民文学出版社，2017年，第2页。

也提到对善的把握："它的善良恰如其分，/ 不比善良少，/ 也不比善良更多。"① 把握善的分寸，是一种艺术理想，也是极高的艺术法则。在这些小说中，小说家实践了她的艺术准则：看到他们的善，也看到他们的灰暗；画下他们脸上的光泽，也画下他们身上的斑点和残缺；不夸大，不贬低；尽可能诚实、忠直地去表现。因为深扎在生活的内部去"惊醒生命的生机"，也因为对分寸感的准确把握，她的小说最终实现了社会伦理与艺术品质间的微妙平衡。

小说中，那位不耐烦的"飞行酿酒师"是令人失望的；但作为"酿酒师"的小说家则带给我们真实的喜悦。她的酒香有饱满的大地气息，新鲜的水果香气，精细的酸度，微微的辛辣感；细腻、柔滑、凛冽、复杂、迷人，有那么一点点俏皮，一点点浓烈，以及一种难以抵挡的穿透力；意味悠长，沁心入脾。

2017 年 9 月

---

① 铁凝，《飞行酿酒师·序》，北京，人民文学出版社，2017 年，第 2 页。

"奇异的经验"与普遍感受

——阿来与他的文学世界

一

阿来是兴致勃勃、对事物有无限热情的人。如果不成为作家，他会成为摄影师。或者，他已经是一位不错的摄影师了。相机是他的标配。美好的自然是他随时随地所要拍摄的。他热爱每寸土地，每株花草，每张笑脸。这个世界上，许多人喜欢拍摄花花草草，乐于在社交媒体展示自己的摄影技艺。许多人也都说自己喜欢花草，但却很少有人明确知晓这些花草的名字。但阿来不。他了解花草世界，熟悉它们的名字，一如它们是他的兄弟。事实上，在中国文学领域，似乎还没有哪位写作者像阿来这样对植物世界如此熟知。

因此，说阿来是一位博物学家也并不过分。当然，"博物学家"只是一个比喻，而非专业术语。对博杂事物的关注意味着阿来的兴趣广泛，他亲近自然，视野开阔，态度包容。作为作家，他接纳一个生气勃勃、芜杂丰富的世界并深为迷恋与欣赏。他专注并热爱那些无名的花草、人世和风景，专注那些隐藏在表层之下的历史叙述，尤其是那些异类的生存——阿来致力于将一个无人知晓的世界打捞出来，他慢慢凝视它们，深描它们，赋予它们以文学的魅力。

曾经，中国文学史上有一块神秘莫测的土地，它在中国的边疆，那里有我们最高的山峰，有我们的雪山、高原、草地，也有令人神往的布达拉宫。在此之前我们早就深知它的存在，我们如此好奇它们的神秘与广袤，但是，我们却无法靠近它、熟知它，很长时间以来，它存在于传说之中。

幸好，四十年前，一位叫阿来的年轻人拿起了他的笔。四十年来，他以《尘埃落定》《空山》《格萨尔王》《瞻对》等一系列作品深描了那个美好的所在，从此，那片土地、那片土地上的风光和人民不再是作为"奇观"而是作为实在的人事风景来到了我们的文学里。在他笔下，藏区是名词而不再只是形容词，在他那里，山回归山，水回归水，高原回归高原；那里亲切日常，丰饶而有勃勃生机。阿来以他四十年来的写作，为中国当代文学极大开拓了疆域。

二

正如我们所知道的那样，阿来是藏族人——他的母亲是藏族，父亲则是一位回族商人的儿子。他的出生地是大渡河的上游，四川省西北部的马尔康县，隶属于阿坝藏族羌族自治州"嘉绒藏区"。阿来回忆说，"嘉绒在藏语中的意思就是'靠近汉区山口的农耕区'。这个区域就深藏在藏区东北部，四川西北部绵延逶迤的邛崃山脉与岷山山脉中间。座座群山之间，是大渡河上游与岷江上游及其众多的支流。"[1] 理解阿来，要理解他出生的故土。因为他所有的文学秘密都在神秘莫测的群山、深水间，那些他人无法了解的隔膜痛楚和分裂，那些无法言喻的领悟和沉思，都从那里生长，然后在他的文字中被讲述。

1999 年，在名为《穿行于异质文化之间》的演讲里，他讲述

① 阿来，《永远的嘉绒》，《就这样日益丰盈》，北京，解放军文艺出版社，2002年，第130页。

了语言带给他的诸多困惑和身份焦虑感：

> 从童年起，一个藏族人就注定要在两种语言之间流浪。
>
> 在就读的学校，从小学，到中学，再到更高等的学校，我们学习汉语，使用汉语。回到日常生活中，又依然用藏语交流，表达我们看到的一切，和这一切所引起的全部感受。在我成长的年代，如果一个藏语乡村背景的年轻人，最后一次走出学校大门时，已经能够纯熟地用汉语会话与书写，那就意味着，他有可能脱离艰苦而蒙昧的农人生活。我们这一代藏族知识分子大多是这样，可以用汉语会话与书写，但母语藏语，却像童年时代一样，依然是一种口头语言。汉语是统领着广大乡野的城镇的语言。藏语的乡野就汇聚在这些讲着官方语言的城镇的四周。每当我走出狭小的城镇，进入广大的乡野，就会感到在两种语言之间的流浪，看到两种语言笼罩下呈现出的不同的心灵景观。我想，这肯定是一种奇异的经验。[①]

"奇异的经验"是阿来写作的最初动机。他早期的短篇小说《血脉》重述过这样的经验。了解阿来，这部作品是绕不过去的。《血脉》是阿来作品中卓有意味之作，其中饱含他对世界的困惑和领悟。

《血脉》是短篇小说，好看，结实，意味深长。叙述人"我"成长过程中充分体验到了一种由语言带来的分裂感。这由他的血缘决定，爷爷是汉族，奶奶是藏族。上小学时，爷爷给孙子起了汉文名字"亚伟"，并且要他姓汉姓"宇文"。奶奶则喜欢叫他"多吉"，

---

① 阿来，《穿行于异质文化之间》，《就这样日益丰盈》，北京，解放军文艺出版社，2002年，第290—291页。

一个藏族名字。爷爷和奶奶的呼唤，把一个人分裂成两个人。"两个名字不能把人身子分开，却能叫灵魂备感无所皈依的痛苦。"[①] 这个孩子看着夹缝中的自己，分裂感如影随形。他身在其中，身不由己。他必须确认自我。

小说中弥漫着"我是谁"的问询。语言或者命名只是外在表征，更重要的是内心世界的无处皈依。在当代中国，似乎只有阿来才能写出这样百结缠绕的苦痛与忧伤，这种疼痛对于文本作者和文本读者都是"实打实"的——你只消想想两种语言和两个名字带来的分裂和爷爷奶奶对此的争夺，只消想想那种像怪兽一样走在都市里的感受就够了。

在我们大多数人的经验里，身份与性别、与阶层有关。这只是理性认知。阿来则使我们意识到更为复杂的一面，那些远比我们理解的复杂和深幽。尽管这位小说家书写的作品几乎都与藏族人生活有关，但这些作品绝不止是藏族小说。与其说阿来擅长讲述藏族的生活，不如说他擅长讲述的是人生活在异质文化夹缝里的分裂、游移、不安和隐痛。

自然，《血脉》是一个漂泊者的自我书写，但对血脉的追溯也带有自我反省意识："可是，镇子上肯定起风了。风从草原上吹来，风摇动了窗户，我眼前只见镇子上一片闪闪烁烁的光点。我发现我找不到医院，更找不到爷爷的窗口。这就像是一种预兆，一生中，爷爷、我、我的亲人都没有找到一个窗口进入彼此的心灵，我们也没有找到一所很好的心灵医院。"[②]

《血脉》里潜藏有阿来以何写作和何以如此写作的渊源。没有

---

① 阿来，《血脉》，《月光下的银匠》，武汉，长江文艺出版社，2001年，第139页。

② 阿来，《血脉》，《月光下的银匠》，武汉，长江文艺出版社，2001年，第153页。

文字、只有口语的藏族表达深深影响着他的表述习惯。这使他的小说烙有个人浓烈的印迹。他像我们所看到的雪山高原一样，安静，沉稳，并不故弄玄虚，也从不虚张声势。他的文字里有着沉重的忧伤——阿来的文字以一种独特的表达方式，写出了难以名状的情感，忧伤、迷惘、无奈、焦虑。

当然，那样的情绪不可能只属于一个藏人或汉人的感受。那是属于我们每个人的感受——那种被硌得生疼、格格不入的，那种异类感觉，经由阿来的书写唤醒、被放大、被深描，于是，读者感受到了疼痛，不是他们的，而是我们的疼痛。孤独感是我们的普遍感受，因为普遍，所以读者与作家能迅速凝聚成共同情感。

三

讨论阿来自然会说起他的少数民族身份。有许多作家认同自己的民族身份，并喜爱阐述自己的少数民族经验，这自然是好作家；还有一种作家虽然认同自己的民族身份，但是，他能跨越他的民族身份，跨越他所在的地域，而达到人类共同和普遍的感受。阿来属于后者，他的作品能跨越地域、民族、血脉和文化而抵达人类的普遍感受。

阿来的魅力在于由奇异的经验出发，进而抵达普遍的感受。当然，阿来擅长写作异族与异类经验，但他的写作有飞升，有超越，对此时此地此人此痛的超越使他的作品能呈现出迷人的光泽。阿来表达的是一种现代人在异质文化之间的纠结和无助。那种分裂和撕痛，哪里只是此情此景？从乡村到都市，从东方到西方，那种感觉是经年累月的，是全球范围内的，那是属于认同的困惑，也是身份的缠绕。

如果把中国文学比作一个阔大辽远的文学版图，那么有一块西南的疆域必属于阿来，它将永远打着阿来的名字。"嘉绒"固然因为养育了阿来而成为中国文学史上美妙的乡原，但反过来说，阿来因为对那片土地了如指掌而成为了独具魅力的文学家阿来——不仅仅写出藏区及中国人的生活，更写出了一种人类流转时代的孤独、人与自然、人与血脉相处时的困惑。正是在此意义上，阿来是中国文学视域里的作家，但又不仅仅属于中国文学。也是从这个意义上讲，阿来是我们时代少数的珍贵作家。

2018 年 9 月 10—26 日

语言的"未死方生"

——读《繁花》

作为一部成熟的、有独特风格的小说,《繁花》有它的基本句型,小说的起笔是:"沪生经过静安寺菜场,听见有人招呼,沪生一看,是陶陶,前女朋友梅瑞的邻居。沪生说,陶陶卖大闸蟹了。陶陶说,长远不见,进来吃杯茶。沪生说,我有事体。陶陶说,进来嘛,进来看风景。"[①]"沪生说""陶陶说"是频繁的——"某某说"在《繁花》中频繁出现,成为这部小说的基本句型 / 句式。借用这一句式,故事得以被推动,人物命运得以发生变化。

取消引号,以口语铺陈故事,使我们想到中国古代话本小说。但这段话中还有另外的词语值得注意。比如,"吃杯茶""有事体"。这种语词的使用,表明这部小说引入了上海方言,当然这种引入是有选择的——作者只选取它的腔调和节奏,而未取它的发音,似乎是一种改良了的上海书面语,因此,不懂上海方言的读者读起来也并不困难。

在所谓正统的普通话面前,这种来自江南的语言应该说是一种地方方言,一种"少数语言",边缘语言。通篇不用字正腔圆的北方话,而刻意选取了少数、边缘的南方话作为讲述载体,《繁花》

---

① 金宇澄,《繁花》,上海,上海文艺出版社,2014 年,第 1 页。

在一开始便已流露出它的追求——希望从传统／边缘语言中汲取新异力量，打开一个新的创作空间。

"语言经历了一种双重的过程：作出选择的过程和建立序列的过程：同类项之间的析取和选择，可组合项之间的连接和连续。"[1]《繁花》中的语言汲取的是白话语体、话本小说及江南语态的精髓，在它生成自己的语言风格时，它必然要排除一些词语，比如在这本小说的语序里，你不会看到激情、份额之类的正统书面语，这使它与严肃的、正襟危坐的普通话保持了明显的界限。在小说中，讲到某人说话时，它也常常提醒读者，某某用普通话／北方话说。用普通话说话的人在小说中是少数的和外来的，这使读者不得不注意到，小说中的叙述语调与普通话语调构成的是抗衡关系。

这种语言连续和连接的语态，语序和语词都与江南生活有关。只有在汉语深处仔细体会，才能了解这种语言怎样唤回了江南语言内在的魅力。当人物讲述这种语言的时候，与这种语言相关的温润，柔婉，俏皮，舒缓，性感都一并涌来，人与人之间有节制的微笑，欲言又止，一语双关，男女之间的带有调情和调笑，挑逗和风流，人物语速的突然加快或放慢……腔调，语序，声调，一切都别有韵味。《繁花》因无视汉语内部的铿锵有力的节奏而具有了一种奇异的慵懒舒缓多情的南方性。这是属于中国南方语系和南方人生活的调性。

这意味着一种与北方普通话完全迥异的语言活力被唤回。小说讲述的几十年来我们身在的生活因为附着在一种旧的语言系统里而具有了"旧"意味。简言之，这样的语言系统有一种"作旧"功能，它为读者提供的是与"旧"和"传统"有关的装置，它使我们看待当下生活的眼光发生了变化。我们熟悉的生活因之变得陌生而

---

[1] 吉尔·德勒兹：《批评与临床》，南京，南京大学出版社，刘云虹、曹丹红译，2012年，第239页。

新鲜——《繁花》历史悠久的江南语态使我们有机会变成旁观者，认识到我们自己的生活变成了一种风景。我们的生活竟是与往昔无二。我们所使用的言辞、对话，我们人与人之间的交往，饭局上的顾盼神飞，都是如此绵延连续。阅读《繁花》使我们认识到，我们身上潜藏着古人，潜藏着古人日常生活中的"老灵魂"。

当一位作家使用一种旧式语言来书写当下生活时，意味着他的一次返回。他返回到历史内部，站在历史的角度书写我们当下的情感——这种情感不再是新的，陌生的和突兀的，而是熟悉的和亲切的。这也表明，对这一语言方式的采用，其意义不仅仅在于形式表面，当这种具有陌生而熟悉感的语言回归时，一种旧的生活气息也借助于这种语言躯壳重新返回。

许多批评家提到，从《繁花》中看到历史变迁。但是，与我们所通常理解的那种写历史变迁的小说相比，《繁花》的不同在于它的历史／时间分界的模糊性。那些历史背景是含混的。小说不依赖历史事件推动，人物命运也不全与历史有关。历史风云无法把这些人的经历和命运全部编排搜罗，历史风云也无法解释和书写这些人物的命运。在《繁花》中，从社会批评角度去解读人物关系变得困难，冲突并不一定是历史冲突、阶级冲突，人与人之间的矛盾也可能只是情感性的和身体性的。人心叵测之外才是世事变迁。《繁花》中对人的情感和生活的理解使人想到通常使用的"日常""恒常"。时间在此处变得缓慢。"解放前""50 年代""'文革'期间""80 年代"，只是时间背景，我们身着的衣饰可能不断变化，但内在情感和生活方式却依然未变。这使人意识到小说内部的时间／历史观念是往复回环的历史而非前进式的。

"形式自身的形式化所需能量只能来自历史，但历史作为一种感受、体验、图景和观念，作为一个审美和价值的整体，却依赖于一种形式和结构，具体到小说，是依赖于一种叙事的构形能力。"①《繁花》独特的构形能力在于使用了一种中国饭局式的结构，"面对的是一张圆台，十多双筷子，一桌酒，人多且杂，一并在背景里流过去，注重调动，编织人物关系。"②饭局既是小说中的重要内容（小说中有无数的饭局），也是小说讲述的形式。笑语喧哗中，每个人的言语里都藏有段子——他人和自我的故事，讲述时人人有隐情有留白。花开数朵，各表一枝。一个人的讲述之后另一个人从另一角度讲述，大故事套着小故事。

饭局的流动便是情感的流动。饭局的喧哗或沉默，其中系着男女之间情感的明灭。一切欢宴之后，便是分离。小说结尾是沪生和阿宝告别众人。阿宝接听了雪芝电话后，"夜风凉爽，两人闷头走路，听见一家超市里，传来黄安悠扬的歌声：看似个鸳鸯蝴蝶／不应该的年代／可是谁又能摆脱人世间的悲哀／花花世界／鸳鸯蝴蝶／在人间已是癫／何苦要上青天／不如温柔同眠。"③联想到小说起笔陶陶邀沪生一起看风景，读者到最后一页不禁恍然："人生如梦""天下没有不散的筵席"。

特别要提到的是，金宇澄对于他所使用的语言的内在神性了然于心是重要的，作家有能力将与这种语言相适应的内容和精神召回是这部小说成功的关键。只有当语言与形式相得益彰时，《繁花》的挑战才得以完成。由此观之，这部小说带给中国当代文学的陌生经验不仅仅是对一种传统语言和形式的重新召回，还包含对一种传统历史观和美学观的重新记取与接续。

---

① 张旭东、莫言，《我们时代的写作》，上海，上海文艺出版社，2013年，第3页。
② 金宇澄，《繁花·跋》，上海，上海文艺出版社，2014年，第433页。
③ 金宇澄，《繁花·跋》，上海，上海文艺出版社，2014年，第432页。

一部小说的强劲能量

2014 年 11 月 22 日晚的金马奖颁奖典礼，被称作"《推拿》之夜"一点儿也不过分。继柏林电影节获得"杰出艺术贡献奖"之后，这部由毕飞宇长篇小说改编的同名电影再次以其对人类世界的独特阐释获得广泛赞誉。七项提名中，它获得了包括最佳影片在内的六项大奖。而在 2013 年及 2012 年，由《推拿》改编的电视剧和话剧也相继上演，获得不凡口碑。由最新长篇小说改编成影视剧的案例很多，但像《推拿》这样，在短短两三年内被密集改编，在观众中引起强烈关注却不能不说是奇迹。随之而来的问题是，是什么使娄烨、康洪雷等这些优秀导演如此着迷于《推拿》的改编？

《推拿》关注盲人世界，这是艺术作品中罕有表现的群落。毕飞宇对盲人生活的深刻理解令人惊讶。比如，"像红烧肉一样好看"[1] 是盲青年泰来关于女友金嫣"我怎么好看"[2] 问题的回答。他为什么要如此这般回答？因为他是先天盲人，他只能靠味觉来表达美的感受。由此，我们便也能理解为什么沙复明对女孩都红的"美"如此着迷，都红到底"美"在哪里？书中所写的美到底是什么样子？这些形而上的问题困扰着这位盲人先生。行动不是问题，

---

[1][2] 毕飞宇，《推拿》，北京，人民文学出版社，2015 年，第 152 页。

生活细节不是问题，毕飞宇穿透表象，书写的是人所遇到的精神障碍，他触及人类感知世界时的不同通道。在如何感知美这件事上，盲人世界有其不同的通道，这是他们的"特殊性"。

但是，盲人也并不"特殊"。盲人固然与非盲人有如此不同，但又如此相同，共同渴望身体与身体的接触，共同渴望心与心的碰撞。所有关于发生在非盲人身上的爱情、欲望、信任、欺骗以及孤独，也都在这部小说中出现了。没有什么能阻挡身体，正如没有什么能阻挡对爱的渴望一样。《推拿》书写的世界是陌生的，是我们完全不了解的；《推拿》的世界也是熟悉的，他们其实也就是我们。读完小说，几乎每一位读者都会重新理解我们的常用词："平等""尊重""理解"；会深刻认识到，在这个世界上，"眼盲"也许并不是最可怕的，"心盲"才最可悲。

写盲人的生活，常常会被先入为主地理解为"枯燥"。但读过《推拿》的读者都会了解，这是偏见。《推拿》中，毕飞宇只使用最朴素的词汇，却神奇地使读者产生强烈的阅读体验，他引领读者进入的是色彩斑斓、活色生香、异常丰饶的文学世界。读《推拿》，是有冒险、有刺激，也有欢乐的阅读旅程。那儿有美的愉悦，这愉悦中夹杂着幽默、俏皮、伤感和爱。小说有许多场景令人难以忘记，比如两个盲人姑娘互相给对方推拿，她们会调侃地说着顺口溜："两个盲人抱，瞎抱""两个盲人摸，瞎摸"。[①] 在两个盲姑娘嘹亮的笑声中，你不可能不笑。我们看着她们笑，我们会拘谨地跟随她们笑，感觉到明亮和自嘲，但我们很快地会停止笑，我们不再笑她们，因为在笑声中我们突然发现自己理解力的平庸和狭隘。

毕飞宇说，他写完《推拿》后发现，盲人在他眼里变得多起来，他常常会注意到一座新城市的盲道、残障设施，以及公共交

---

① 毕飞宇，《推拿》，北京，人民文学出版社，2015 年，第 228 页。

通上是否有盲人，等等。《推拿》的创作使他感知世界的方式发生了变化。《推拿》的读者也会有如此体验。看过《推拿》的人和没有看过《推拿》的人面对世界的态度是不一样的，看《推拿》之前和看《推拿》之后的读者也将变得不一样。读过《推拿》，我们将不仅仅会看到盲道，注意到盲人，更会重新理解人，认识人本身。"眼睛是有分工的，有一部分眼睛看到光，一部分眼睛看到黑。"①这是脱胎于毕飞宇小说的电影台词，说得多好！在明亮世界里，一部分人负责看到光；而在黑的世界里，另一部分人则是黑的感受者。《推拿》使人意识到人类的局限，正如毕飞宇在茅盾文学奖的获奖词中所提到的，每个人都有局限，重要的是我们如何理解局限。

常态与非常态，正常与不正常，健康与不健康，局限与非局限，在这些问题的理解上，小说《推拿》带领读者一起颠倒看世界，因为"颠倒"，我们从那种僵化的思维惯性中挣脱而出，会发现没有什么认识一定一成不变，也没有什么看法坚不可摧。世界开始在我们眼前变得陌生，原来我们通常以为的美不一定是美，我们通常理解的盲也不一定是盲，我们通常理解的自身也不一定真的是自身。

《推拿》之所以被视为中国当代文学最重要的收获之一，在于它提供的思想方法和认识世界的角度，而作为一位优秀小说家，毕飞宇的不凡则在于他成功地将他的思想和他的理解力转化成文学语言去表达和呈现。《推拿》被译成英语、法语、意大利语，繁体字版销量创造奇迹，就与小说的这种思维方法和认识角度有关，是"思想性"使这部小说能挣脱语境、国别、历史，而直达如何认识人类本身这样的本质命题。也正是在这个意义上说，我以为，《推拿》具有世界上好小说都有的那种"普遍性"和"世界性"品质。

---

① 娄烨、张莉：《在看见和看不见中间的那个世界》，《文艺报》，2014 年 12 月 3 日。

为什么那么多艺术家要以话剧、以电视剧、以电影的方式去改编《推拿》，他们为什么要以不同的艺术语言去表达他们的理解？因为小说本身发散的精神能量。这样的能量是强劲的，它不仅仅使万千读者辗转反侧，也使艺术家知难而上。没有什么比建设人的完整精神世界、比深刻认识人类自身更重要的。

以"隐喻"讲述我们的精神难局

——评苏童《黄雀记》

当我们想到文学史上那条著名的香椿树街时，许多鲜活的场景会在头脑中一一浮现。那是一条永远与少年有关的街道，暴力如影随形地跟随着那些年轻人，我们甚至能看到他们在打沙袋，在寻思着如何武功高强，能感受到他们内心深处的暴力情感有如野草疯长。成长，欢乐，流血，死亡，这些少年叫达生、小拐、叙德或者红旗……香椿树街上，那群被荷尔蒙激荡的少年们与"文革"岁月永远在一起。

《黄雀记》的故事依然发生在香椿树街。河流依然是肮脏的，阁楼依然是灰暗和压抑的，少年们似曾相识，尤其是看到保润、仙女和柳生的故事时，我们也会想到《城北地带》中少男红旗强暴少女美琪的故事，但是，《黄雀记》中的时间并没有停留在我们熟悉的地方，时针在《黄雀记》中依然转动，仙女并没有像美琪那样投河，而是以出卖肉体活下来，活过了80年代——《黄雀记》依然在写香椿树街，但它并不只是写"文革"时期。"文革"结束，生活依然继续，在少年们长大成人的岁月里，世界发生了什么？

少年们生活在各种关系中，生活在各种错误和罪恶中，也生活在某种难以言喻的命运轨迹里。保润、柳生、仙女，两男一女的结构，是最普通的故事结构，但又不普通。在这个故事里，保润并没有强奸仙女而真正的强奸者是柳生，但柳生家用金钱买通了仙女，她最终指认了擅长捆绑的保润。捆绑，谎言，背叛，复仇，以及命运的转逆，全部都在这部作品里。保润在柳生新婚时杀死了他，而仙女也死于非命。《黄雀记》是少年命运的续写，也是以别一种方式讲述当代中国人的生活经历。

每一种经历都有其恰当的表现形式，《黄雀记》选择了在封闭空间和为数不多的人物中完成。读小说时读者会紧张的，因为人物命运环环相扣、逻辑自洽，现实和人物在这里都会发生轻微的变形。这部小说明显有"言外之意"，"黄雀"在这部小说中当然不存在，但几乎每位读者都能想到"螳螂捕蝉，黄雀在后"那句话。黄雀不只是黄雀，它有它的隐喻之意，那是由在后的黄雀所带来的震惊感和诡异性。这与我们的时代感受有着莫名的相近之处。作为小说家，苏童天然地对那种非理性和隐喻性的东西着迷——《黄雀记》中的隐喻，不只是为人物而设置，也为读者体验人生的秩序和无序而设置。

《黄雀记》中，独属于苏童的艺术想象力再次降临，他恰切地寻找到以诸多隐喻来讲述这时代的种种，他再次寻找到独属于他的声音，他原创了一个属于他的丰饶的文学世界。绳索，手电，捆绑，骸骨……绳索隐喻了人与世界的种种纠葛，爱恨，善恶，借由绳索，这部小说中的人物们也具有了某种普遍性，保润不只是保润，仙女也不只是仙女，柳生也不只是柳生了，这三个并不可爱的人物命运一路前行，生命中没有宽恕和忏悔，也缺少反省和良善——这些人物身上，或多或少也打着我们时代许多人的影子。许多原本熟悉的东西在此时发生了某种奇妙的变化，它们变成了一种意象而不只是物。它们变成了一种可以引人思考的东西。

那是扭曲和变形的现实世界。在《黄雀记》的地标性建筑井亭医院，有着极强指代色彩的疯人院中，保润练习着他的捆绑术，这一技术最终使他大祸临头。读者难以忘记他打的"法制结""文明结"……而尤其难忘那两位住在"特一"和"特二"病房里的病号和他们的种种可笑与荒唐，他们是这个时代的富人和有权人，但同时也是失魂落魄的人。

失魂落魄的人，丢了魂的人在《黄雀记》如此普遍。祖先的魂丢在尸骨里了，柳生和保润的母亲教训孩子时会不断提到"你的魂丢了"，而那位郑老板则把魂丢在了女人和金钱身上……丢魂显然是苏童对香椿树街人们精神处境的隐喻，此时此刻小说中的香椿树街，哪里只是南方一条小小的普通街道？作家在尝试以写意的方式勾勒80年代以来中国人的现实生活与精神疑难。

每一位读者都难以忘记《黄雀记》中那位头上有伤疤的老祖父，他执着找寻藏有祖先遗骨的手电筒的行为颇具隐喻色彩。老祖父的种种行为让人不得不想到，我们每个人都是一个谜，每个人身后都有沉重的谜题。没有人可以与他们的过去无关，没有人可以完全无视他们的过去。无视远去的而盲目追求未来将是疯狂的和不体面的，从仙女和柳生的故事里我们就可以看到。遗骨是否就是我们的历史？没有人知道。老祖父的行为或许在旁人看来很可笑，但并不可笑。老祖父之于魂魄的寻找与堂吉诃德之于风车的关系类似。为什么一位老人要如此执着地去寻找祖先的遗骨？因为他意识到我们的"丢魂"，因为他比他所在时代的所有人都敏感，他意识到了我们的失去和残缺。

作为当年的先锋派作家，苏童有他非同一般的对时代的理解力并能以文字表达。《黄雀记》中有苏童的对时代病灶的理解，也有他的锐利和宽厚。这部小说的魅力在于它的隐喻性和写意性。它不是通常我们想象的那种长篇小说，它不是宏大的，也不是细小的，而是精微的。在这里，苏童将普通人物的命运放大——这是有如显微镜一样的写作，叙事者久久地注视着他的香椿树街上的年轻人，他为他们追忆远去的青春，但更注视他们的长大成人以及成长背后死寂一样的秘密。而顺着这些人物望去，读者们看到了香椿树街的改变，也看到了使这香椿树街发生隐秘变化的时代轨迹。

笔下的枯山水与脚下的千山万水

—— 关于刘大任的小说

对于大陆读者而言，小说家刘大任未免有点儿陌生。他出生于1939 年，是台湾左翼现代主义重要作家之一，1960 年，当他还是台大哲学系学生时，就在《笔汇》发表《逃亡》，从而进入台湾文学界，并且参与了《剧场》及《文学季刊》的编辑工作。事实上，他和白先勇、陈映真都是当年台湾文坛活跃的创作者。1966 年，他进入加州大学伯克利分校转攻现代中国政治史，后因参与"保卫钓鱼岛"的政治活动而放弃博士学位。1972 年，他进入联合国秘书处工作，直至 1999 年退休。之后，他重新归来，创作了《枯山水》《当下四重奏》等作品。这些作品有强烈的感时忧国的气质，有我们熟悉的家国情怀。某种意义上，对今天的我们而言，有关刘大任的阅读类似"久别重逢"，但是，他又不是简单的归来，确切地说，刘大任的文字之于我们是"别后重生"。

《晚风细雨》里收录的是关于父亲与母亲人生的两部中篇。父亲是抗战一代，是"建设派"，但避居台湾的工作与生活，可算得上节节败退。小说写到父亲 1987 年回大陆探亲，回到老宅、旧居，拜谒祖坟，实在有"历历在目"之感。老人晚年有着种种不堪，他在理发店里按摩解决性需求而成为理发店小姐们的笑柄。而母亲的一生，则是沉默隐忍又藏有巨大秘密的一生。她曾出轨并生下孩子，之后，结扎了输卵管，内心几度挣扎，晚年为身上的风疹之痛所苦，唯有来到教堂才能求得心灵安宁。

个人记忆和民族国家命运在《晚风细雨》中黏结在一起。在家与国，个人记忆与集体记忆之间，刘大任触摸到了那最为独特的暧昧之处，"在理性的穷途末路与超理性的雷殛电闪间，有一个暧昧领域。"[1] 他意识到，"人心里可能真有些东西，连历史都无法阻绝。"[2] 那是什么东西呢？也许是父亲晚年遗物中的欢喜佛，也许是母亲晚年身上挥之不去的皮癣，这些细节使小说有了切肤感和血肉感。小说固然写的是家国情怀，但又有人间血肉气。小说家以此在纸上重塑了父亲和母亲的"肉身"。

"中国性"是刘大任小说中极为强烈的特质。小说集《枯山水》中的诸多标题，"无限好""处处香""骨里红""惜福""孤鸿影"都有某种只可意会不可言传的况味。这些作品的题目及内容融汇了中国古诗及古画的意境。《西湖》尤其令人难忘。小说关于特殊年代，"文革"时期。"我"来到大陆，遇到了一位生活在杭州的女子。见面时，她对"我"说起并蒂莲，"杭州人一向把一枝两蕊的白荷看得最为珍贵，只可惜这几年，稀有品种不知怎么的，好像知道世道人心似的，都拒绝开花了。"[3] 云英渴望离开中国，最终通过与"我"的好友翔和相亲的方式去美国。但是，来到美国的云英与翔和相处并不愉快。她写信给"我"，感叹与翔和并不是一类人。但"我"没有回应。多年后，报纸上传来赴美多年的云英和翔和双双自杀的消息，并留有遗言二人自愿赴死。而临终时的云英，"颈

① 王德威，《我的父亲母亲——刘大任〈晚风习习〉〈细雨霏霏〉序》，《晚风细雨》，深圳报业集团出版社，2017年，第6页。

② 王德威，《我的父亲母亲——刘大任〈晚风习习〉〈细雨霏霏〉序》，《晚风细雨》，深圳报业集团出版社，2017年，第1页。

③ 刘大任，《西湖》，《枯山水》，深圳，深圳报业集团出版社，2017年，第63—64页。

部有化妆难以掩饰的指痕"。① ——那指痕是谁的？这是小说的谜团。小说的结尾感叹，"是翔和的手指也是我的。"②

《西湖》有浓郁的罪感意识，叙述人认识到，那罪恶不仅仅来自云英的丈夫，也包括"我"的袖手旁观。这位名叫云英的女子如此特别，"就像在博物馆观赏玻璃柜中珍藏的古瓷"。③见到她，"我"虽然被深深吸引但也不免担心，"如此稀有又如此脆弱，能永远留住吗？"④美丽的女子与西湖、故国有明显的相互映照关系——《西湖》有关美和尊严，有关易碎的美、易碎的尊严。小说含有痛惜之情，那正是属于中国抒情文学传统的情感。但刘大任的语言又是克制、凌厉的，没有一丝一毫的感伤，他像刀刻一样记下故人故事。某种意义上，《枯山水》以一种凛冽、简洁的方式书写了另一种中国故事，那是一种更广义的"中国故事"——小说家对于中国的想象，超越了我们头脑中简单的地域划分方法，它跨域海岸，也跨越时间。

写作《晚风习习》时，刘大任五十岁，发表《细雨霏霏》时又时隔近十年。退休后，他创作了《当下四重奏》《枯山水》等作品，广义而言，这些作品都属于晚年写作。晚年写作特点之一在于"遭际成诗"。一如王德威的评价，"独立苍茫的感触成为刘大任重新创作的动力。"⑤《枯山水》的短篇都不复杂，但因为有了"遭际"，表达便有了分量。经历风霜，脚下的千山万水最终凝结成他笔下的"枯山水"。

一如《大年夜》里的歌唱。大年夜老朋友相聚，白发苍苍的他们唱《小河淌水》，唱《松花江上》，唱《毕业歌》，也唱《解放军

①②③④ 刘大任，《西湖》，《枯山水》，深圳报业集团出版社，2017年，66页，67页，62页，68页。

⑤ 王德威，《序 悬崖边的树》，《当下四重奏》，深圳报业集团出版社，2016年，第2页。

进行曲》《我的祖国》《社会主义好》——小说使我们重新认识那些被尘封的歌曲，这些歌曲不再只是歌曲，还是青年时代的热血，是曾经的革命理想。《大年夜》看起来很不像这个时代的作品，但是，我们这个时代的人很幸运地与之相遇。

黄宾虹晚年读古画，喜欢把古画的山水轮廓用很简练的线条勾描出来，而不留意点染。他试图使自己的画作回归原点，研究者们认为，他通过"勾古画稿"重新确立了个人面目。孙犁与汪曾祺晚年也有这种努力。他们通过阅读古籍、阅读古典笔记小说重拾短篇小说创作，事实上，汪曾祺还做了重写《聊斋》的尝试。这是文学写作中的"勾古画稿"，是使"古意"焕发"新意"的尝试。《枯山水》中的这些小说，让人想到黄宾虹晚年的"勾古画稿"，也让人想到孙犁和汪曾祺的笔记体小说。

萨义德将一些作家的晚年写作称为"晚期风格"。他认为真正的具有晚期风格的作家，作品会"生出一种新的语法"。刘大任并不是晚年成名的作家，他年轻时即有作品发表，在台湾文学界是不可忽视的存在。但是，五十岁之后，当他试图为逝去的父亲和母亲重塑肉身时，他找到了"新的语法"，这种"新的语法"首先是一种回望，从时间和地域的彼岸回望来处，重新理解父亲的情欲、母亲的痛苦，进而重新审视介于革命和个人之间的暧昧区域。某种意义上，刘大任和他笔下的人物达到了"主客默契"，他开始同情地理解那些父辈，他对那些故国往事有了更为深入和完整的思考。其次，这种语法意指一种"消化"，刘大任把五四传统、现代派写作技巧以及中国古诗意境杂糅在一起，最终完成了《枯山水》系列。在创作谈里，刘大任提到"盆栽美学"，盆栽的美在于简朴、安静、自然、非对称的和谐、冷酷暗示的壮美、摒弃流俗习惯、暗示无限空间和可能，这不仅仅是盆栽理论，恐怕也是作家有关小说美学的思考。

"退之变"成就"晚年之变"。《枯山水》模糊了写实和虚构的界限，它近似小说，又像随笔和笔记。刘大任用平淡的方式，写出了特定时期的那种人与事，那种微妙的处境。面对过往，没有激烈的批判也并不缅怀，字里行间有深深的沉默相伴。这是没有被我们当下小说趣味、语言趣味和审美趣味俘获的作品，它逃离了流行的写作美学观念。这些小说，放不进当下的台湾文学序列，不属于中国当代文学场域，也远离海外华文文学的写作趣味，但正因为独异，才殊为珍贵。

　　每个人都会衰老的，随着我们的年龄增长，体力慢慢下降，精力和记忆逐渐减退，这是自然现象。但是，虽至老年仍有精进、仍然努力更新知识结构，尝试使自己的艺术风格为之一变的创作者，永远令人敬佩。某种意义上，刘大任和他的作品进入了人书俱老、美意延年的状态。

有难度的叙述

——读艾伟《南方》

  《南方》是作家艾伟的最新长篇力作，由《人民文学》杂志与人民文学出版社 2015 年 1 月同步推出。读这部小说的感触很复杂。从第一句"需要闭上眼睛，用尽所有的力气才能把过去找回来"[①]开始，你会意识到自己的阅读速度将受到某种控制——阅读《南方》你不可能一目十行，它没有采用那种一泻千里的"讲故事"方法。它有三个人称交互使用，"他""你""我"，三种不同人称也意味着三个人物以及更多人物命运的交织。你看，正像我们生活中"我""你""他"交互构成了我们的社会生活一样，这部小说也因三种人称交互叙述而复杂，而纠缠，而难忘。

  有控制力的叙述是这小说最有意思的地方。小说以三种不同指代、以无名女人被杀案为核心完成了诸多人物命运的讲述。读者会很快意识到小说家的不凡追求，艾伟并不安于简单地对人物故事进行讲述，他将人生视为种种谜团的构建与拆解——当然，这一切也都表明，《南方》是讲究难度的叙述，它让每一位读者都有挑战，是那种智力的和文学理解力的挑战。

  老实说，作为读者，我着迷于"我"的讲述。"我"是罗忆苦，

---

① 艾伟，《南方》，《人民文学》，2015 年第 1 期。

身上开满"恶之花"的女人。作为讲述者,"我"是凶杀案的受害者,是亡灵。她比普通人看到更多。比如人的欲望,"我作为游魂飘荡在人间,我如今能更加清晰地看清人间的欲望。我看到当年赌场里一双双战栗的手。那是被欲望控制的手。我看到了手的表情——恐惧,欢乐,渴望,焦虑,有时候我觉得那些赌徒的手犹如燃烧的火焰,既神秘又炽烈。"[①]"从前我不相信灵魂。如今我成了一个幽灵,我不得不说从前我的看法是错误的。我已明白灵魂对于肉体的意义。"[②]

罗忆苦以"被杀害者"身份回顾一生,她的故事由她及他人的讲述交织而成。但这故事需要拼贴,需要读者参与再创作才能完成。罗的一生都在与欲望纠缠,渴望通过婚姻改变命运,抢妹妹的丈夫,而且,沉迷于性的欢愉。当阅读到她抢走妹妹的丈夫夏小恽时,我开始完全被这个女人吸引。对于小说,这已是后半部分了。但是,从此处开始,小说让人欲罢不能。事实上,也是从罗忆苦和夏小恽南下开始,小说之所以命名为"南方"的意义才凸现出来——他们来到南方,住在白云机场附近,开始另一种生活,比如行骗,比如赌博,比如参加灵修班。罗忆苦看到悬在空中的大师以及大师身上的蛇,不由自主地被吸附,奉献出她的灵魂以及身体。而当罗忆苦成为亡灵,她则透过谎言和骗术看到世界的另一种真相。"灵魂是存在的,它有能量,会游动,它还容易被控制,被另一个更强大的灵魂吸附。"[③]而当大师被戳穿真面目后,她又看到了夏小恽扮演"大师"欺骗女人的真相。当然罗忆苦也是罪恶的,她骗取朋友的看病钱、救命钱,为了金钱无所不用其极。

——每一位读者都会震惊于那两位男女的所作所为,夏小恽和罗忆苦是恶的,读者从这两个人身上看到赤裸裸的恶,即使在最后他们有幡然悔悟的一瞬,但那些恶依然触目惊心。

[①][②][③] 艾伟,《南方》,《人民文学》,2015 年第 1 期。

小说中更令人唏嘘的是"你"，公安干部肖长春。《南方》中所有故事背景和人的命运似乎都与他相关。这是尽心尽力的公职人员，他听从命令，恪尽职守。但是，读者却在他身上看到命运的残酷，那种作为基层政策执行者的卑微渺小和无能为力。因为他的坚持，夏氏父子在逃往香港的一刹那被带回，从而进入了命运的黑洞。尽管肖长春想尽一切办法来制止悲剧的上演，但终究是螳臂挡车。还有他儿子肖俊杰的死，从法理上讲，他是如此地正当，大义灭亲，但是，在家庭内部，他看起来又是如此无情。儿子被枪毙，妻子因此疯癫，儿媳的人生更加向恶的方向发展。人的命运像多米诺骨牌一样有连锁反应，肖长春一直努力做个公正清白的人，但却不能为自己的人生负责，也不能阻挡命运的侵袭。整个有关"你"的讲述，是忧郁的，是怀疑的，是忏悔的，其中掺有深深的迷茫。

　　"他"是杜天宝，一个智障者，小说中最明亮的人物。他是善的，奉献的，纯洁的，也是令人同情的，而且，他到了晚年也有善终，女儿顺利嫁给了自己喜欢的小伙子——在《南方》中，"我""你""他"是恶、灰色，以及善良的指代吧？美好的、罪恶的以及在黑白之间的灰色地带以三种人称方式完成了人性世界的勾勒。

　　但是，坦率地说，在读杜天宝的故事时，一些疑问也升起来，作为个人，杜天宝的善从何而来？恐怕是从他的无为而来。这个人是有智力障碍的，善良是本能——也只有封闭的、无所求的、被动的、不能也不会承担者，才最终完全保留这个人物的善和美好。智障者是当代写作者常常使用的人物，尤其是讲述到"文革"岁月时，他们常常是旁观者以及善的品质的保有者，比如我马上能想到的是贾平凹《古炉》中的"狗尿苔"。选择智力有缺憾者作为善的代表意味着什么？这实在耐人寻味。

　　相比而言，我更喜欢"我"和"你"的故事，有力、切肤、同时也有质感。从这两个人物身上，你会发现，小说家艾伟以他的笔探到了人心尽可能深的地方，这种对时代的敏感、对人性的执着探查让人无法忘记。《南方》中有属于艾伟对人性的判断和态度，不是温吞的，而是尖锐的。就此而言，"你""我""他"的设置哪里只是三个不同人称的并置？它代表的是作家面对时代和历史的态度。"你"，是有审判意味和反省意味的；而"我"，则是供述、是坦白；"他"，则是旁观者和无罪者。这种独特的设计别具路径，给读者带来新鲜的刺激，也给小说带来足够的阐释空间。

在访问中，艾伟说这部小说他停停写写几近四年，我猜，这是由小说的难度决定的，这里所谓难度不仅仅在于结构、在于作家希望避免一马平川的讲述，也在于作家如何写出不一样的时代生活和精神指向。这不是艾伟一个人的难度，也是所有中国当代作家面对的难题。

艾伟的访问中还提到，这部小说曾叫《第七日》，但因为余华的《第七天》出版在前而更换了书名。其实，这两位浙籍作家的长篇小说殊为不同：《第七天》的讲述是单线的、直接的和清晰的，以亡灵坦白的方式讲述了"死无葬身之地"的感慨；而《南方》则是纠缠的、多声部的，他讲的是人性的复杂和人与命运之间的唇齿相依。这是风格不同的作家对同一时代生活的理解，各有优长。唯一相同处在于，两位小说家都有强烈的对"有难度的叙述"的渴望。

"有难度的叙述"对艾伟这样的成熟作家是重要的吗？如果你能了解当下有那么多作者安于讲一个好故事，安于在最舒服的地带进行大量自我重复式写作，你就知道"有难度"对于一位作家意味着什么，在今天的文学创作中何其重要了。哪怕这个有难度的文本有瑕疵也是有意义的——没有哪个作家可以保证自己"这一部"或"下一部"十全十美，但对自我创作有难度的要求永远都是作家身上珍贵的品质，或者美德。

和"无穷的远方" "无数的人们"在一起

    真正的散文家是通灵的,万千声音化于其一人之声口,"我"不仅是"我",也是无数他们中的一个;真正的散文家也从不会画地为牢,卓异的艺术天赋将引领他们去开疆拓土,越走越远,越写越阔大,进而赋一种古老文体以生机。

———————————————————

赋古老文体以生机

——读周晓枫《有如候鸟》

一

没有比散文更具普泛气质的文体了。那些回乡故事、过往岁月、日常感怀、心灵鸡汤，我们通通称之为散文。它简直就是全民文体。但是，越是人人能写，也意味着此一文体的写作难度。写出我之所见是容易的，写出我们的情感却是难的——在今天，如何成为一名有独特写作风格的散文作者，成为一名能开拓散文写作疆域的作家困难重重。

《有如候鸟》读来让人振奋。这是著名散文家周晓枫的最新散文集，其中作品都是首次结集。这是文字密度极高、给人高度审美愉悦的作品集。作家像飞鸟一样，带领我们行至辽远。节节溃败的中年人，被阿尔茨海默病侵害的老人，备受情感暴力困扰的女孩子，有隐秘伤痕的沉默女人……他们来自世界各地，他们行踪辽阔但又沉默如谜，有如世界各地迁徙的鸟儿。还有那些我们平日里根本不感兴趣的小动物，蜥蜴、骡子、蜻蜓、蜜蜂、海鸥、海马、火烈鸟、壁虎或者蝴蝶……每一种动物都有灵性，每一种动物都能带给我们神启。我们不熟悉的动物世界，远比我们想象的有意思得多。

令人难忘的是那篇《浮世绘》。深夜广播里关于男人隐疾的讲述。隐匿的痛苦被掀起，似乎变成一种话语的狂欢。一如微信微博中的信息，它们看起来是私密的，但却也是公开的，大家共享痛苦和秘密。由此，散文家探讨的是我们的灵魂，她提醒我们要对所置身的时代保持冷静。诸多事物都是表象，她所念念不忘的是世界的内核，是大多数人已经遗忘或不愿记起的东西。记忆是什么呢？记忆如此抽象，但又如此具体。《初洗如婴》中写到阿尔茨海默病患者与记忆的分离。我们似乎对她所描述的一切感受都熟悉，但是，让我们自己独力说出来却又是那么难。周晓枫的散文，惊心动魄，又别出路径。

《布偶猫》关乎亲密关系中的暴力。她写出了那种暴力的极致，暴力的真相。暴力从来不是单独出现的，它往往与合谋并在。作为性爱暴力的受害者，女孩子竟然协助施害男友逃离警方的追捕，受到毕加索虐待的情人呢，则在他死后心甘情愿地自杀与之相随……冷静，缜密，层层推进，她引领我们直看到亲密关系的最底部。那是善恶的秘密交集处，是灰色地带，是难以清晰下定义、难以清晰给出判断的地带。周晓枫引领我们一起去认知。

这个世界有数量庞大的散文家，周晓枫则是散文家中的散文家——她的散文并不为读者提供安慰剂，但会带给我们别的。她会激活麻木的心灵，会唤回那种新的令我们自身都惊讶的感受力。繁复华美的语言，克制但又深情的语句，更重要的是与众不同的思维方式，那是对定式思维、定式文体的一种超越。周晓枫作品的魅力在于，她让我们的触须更为宽广，更为敏感，这位作家有带领我们进入一种新异世界的能力。

二

读过《有如候鸟》的人都会对《离歌》念念难忘。它长达 5 万字，是散文集中最为耀眼的一篇，也是周晓枫近十年散文写作的代表作。它关于一位名叫屠苏的男人的一生悲欢——渴望成为人上之人，但却又无法获得自我；渴望当官和权力，但似乎也未能进入另一种阶梯。有着文学与理想主义光环的人，在现实面前最终一败涂地。

谁记忆中没有一位鲜衣怒马一骑红尘的少年呢？但是，转眼间他便成为孤独魂魄。这怎不令人痛惜！屠苏这一形象具有普遍性，他真是像极了我们身边那些面容模糊的中年男人。周晓枫画出了一步步奋斗又一步步失败者的心路足迹，当然，这样的画出并不简单意味着挽歌，事实上，屠苏的路值得反思。

《离歌》是"剥洋葱"般的写作。周晓枫对"真"有着某种执念："为了真，我认为可以牺牲表面的美、部分的善，以挖掘隐藏在深处的内核。我想，也唯有在'真'的基础上，我们才能触及另类的发现，比如，看似斑驳却不容撼动的美，以及，看似残酷而无动于衷的善。"[①]——那些浮华泡沫、巧言令色；那些伪善虚假、惺惺作态；那些脉脉含情、深重积怨，都在求真者笔下纷纷掉落。

《离歌》是离去之歌，是分离之歌，是诀别之歌。那是理想主义者与利己主义者的分离，那是多情者与薄凉者的分离，也是"我"和少年伙伴屠苏的彻底切割。诚挚，浓烈，痛切，披肝沥胆，《离歌》是把"我"与屠苏放在火上一起烤的写作，她固然写出了那个越活越卑微、越活越灰暗、越活越无趣、越活越薄凉、越活越可怜的中年男人，同时，她也写出了自己的颓唐、不安和隐疾。周晓枫实在比我们想象的要坦诚勇敢得多——她绝不是那种在文字里美化自我或他人的作家，她与我们通常看到的那种"自怜自艾"的作家毫不搭界。在用"手术刀"剖析少年挚友的过往时，她也把利

---

① 周晓枫，《鼠辈之勇》，https://ent.qq.com/a/20150317/062739.htm。

刃对准了"自我",对准了自我里最痛苦和最柔软的部分。

读《离歌》会想到,周晓枫深具平等意识。要靠近,要和所写之物在一起。无论它是一片叶子还是一个动物,它们在她那里都是平等的。一如她自己所言,"写一块石头和一粒珠宝,需要什么态度上的取舍吗?写一头大象或一只松鼠,不是应该抱有同样尊重吗?我以为,写作者最好不心怀成见,既不轻易敬仰,也不随意轻蔑。"①——无论屠苏多么令人失望,《离歌》中的"我"都和他共在,"我"沿着鼓城一路追随屠苏的成长之路;"我"和他的父母、弟弟、妹妹、他的前妻以及现任妻子坦承交流;"我"翻看那些陈年博客,即使它们有如利箭般千万次射向"我"……走一路,看一路,也被与"自我"有关的真相一路灼伤,最终,她引领我们看到死亡背后的惨烈,虚荣背后的不堪,乃至,人间世界的百孔千疮。《离歌》中,周晓枫坦诚而真率;她不俯视,不仰视;她不虚美,也不隐恶。

坦率说,《离歌》的文字犀利尖锐,有刻薄之力,一般而言,这种表达往往让读者抵触。但周晓枫没有遭遇抵触,反而引起读者共鸣——《离歌》领衔《收获》上半年非虚构长篇散文排行榜首位,备受好评。因为她的反躬自省,因为她的低分贝语调,也因为她的谦逊自省;因为她和她的所写对象"共在",因为她没有把自己从中"摘"出来,读者自然愿意和她订下情感契约。

三

读《有如候鸟》,我想到鲁迅先生对萧红小说《生死场》的评价,"越轨的笔致"。熟悉周晓枫创作道路的人会了解,这部散文

---

① 周晓枫,《我成年以后依然喜欢逛动物园》,《北京青年报》,2018 年 1 月 16 日。

集于她具有转折意义。她没有按着她的惯常写作方式写下去，她着意躲避了自己的写作舒适区。换言之，这些文字是她"越轨"所致——所谓"越轨"，是作家对个人写作经验的一次打破；是她的修辞的一次转变，也是她对散文文体疆域的跨越。

以往，这位散文家的写作整体是内窥镜式的写作，她喜欢关注内心，她渴望对自我进行深度挖掘。而在《有如候鸟》中，她在试图越出"自我"的边界。在同名散文《有如候鸟》中，她的开阔之大令人吃惊。这种开阔首先是地域的，近至江苏小城、北京，远至北美大陆和非洲；而另一种开阔则指的是人与动物的比拟。在这部作品里，每一个地域里都有着她所关注的动物，于动物身上她看到人性；在人那里，她又看到了动物性。大雁、信天翁、鸽子，这些动物就这样与一个人的心境紧密相连。当然，还有一种隐的开阔，关于如何旁观"她"的成长——其中黑暗，其中沉重，其中痛楚，令人感慨。那既是一个人的战争，又是一个人克服羞耻和痛苦的无限向上。框架和教条都在作家对困苦和羞耻的克服中烟消云散了，《有如候鸟》是一位技艺成熟的作家对自我的挑战，也是对一种散文写作难度的跨越。

周晓枫的文字繁复，每个句子都闪光，她似乎醉心于编织这些亮光闪闪的碎片。这让人想到中国文学传统中极尽华美之能事的"赋"。但赋虽华美却空无一物，最终没有生命力，成为死的文体。周晓枫散文有赋的影子，但却言之有物。繁复的形式与直抵内核的真相奇异地纠合在一起，有迷人的吸引力。她的语言纯净，是那种冰清玉洁。但是，在《有如候鸟》中，她开始寻找某种泥沙俱下，她有意保持语言的粗颗粒感——她固然念念不忘那些"形而上"，但她也诚实细密地写出了"形而下"对一个人的真实摧毁，一如她在《离歌》中对屠苏家庭事务的讲述。由此，她的写作重新"及物"和"落地"，重新注入人间烟火，甚至，她的口音因为情感痛切而有轻微的变形。《有如候鸟》中，周晓枫重新开始寻找到独属于她的"人的声音"。

使我们熟悉的句式变得陌生，使通常认为均衡的叙述出现裂缝，如跨界的候鸟般在非虚构与虚构艺术手法中穿行，这是周晓枫另一种意义上的"越轨"。这部散文集中，她大量使用巧合，先声夺人，以及有意地控制叙事节奏和故事切换，给人以阅读挑战。这也意味着，她在着意打破那种久已形成的散文写作秩序。因为，这位作家并不认为散文是现实生活的照相机。

一旦现实进入文字，你怎么能要求它与事实呈现一比一的比例？散文，如果你承认它是一种创作，那么，它就不可能是对现实的原封照搬。散文写作是否需要小说技法，散文写作是否可以使用跌宕起伏的小说场景切换？散文写作是否需要放大、缩小，或者近景与广角的切换？《有如候鸟》明确给出了它的答案——这里的故事内核固然是真实的，但读来津津有味，山重水复，分明是对诸多小说技法的挪用和借鉴。

四

《有如候鸟》注定会在散文出版史上留下足迹，一如年初引起轰动的另一部散文集《山河袈裟》。事实上，《山河袈裟》中，沉寂十年的李修文深刻认识到了"我"与他们的"共在"，"我曾经以为我不是他们，但实际上，我从来就是他们。"[1] 这是卓有意味的转折，这是重要的方法论意义的改变。李修文的写作从此柳暗花明，气象一新。就美学层面而言，《有如候鸟》和《山河袈裟》两部作品都情感浓烈，都写得深刻而美，但写作风格并不相近。某种

---

[1]　李修文，《山河袈裟·序》，长沙，湖南文艺出版社，2017 年，第 2 页。

意义上，两部作品是当代散文写作美学的两极，但又殊途同归——周晓枫和李修文都在追求与万物"共在"与"共情"，并不把所写之物奇观化、对象化。也许写作者是外在的，但是，透过特殊的取景器，他们将自我融入所写之物，从而实现与普通读者的"情感同盟"。当然，他们也都致力于将新的写作元素引入散文写作中。

《山河袈裟》中，你能感受到李修文的修辞之美，那种凝练、跳跃、悬置，那种旁逸斜出、突然荡开一笔，那种强烈的情感的凝聚力与爆发力，以及，一种与古诗意境有关、令人着迷的戏剧性场景复现……都在《山河袈裟》中出现了。由此，这些写作技法使作品的光泽度增加，使我们对散文文体认识得以拓展，也使我们重新理解散文的可能性。由此，《山河袈裟》脱颖而出，由此，那些日常生活场景在李修文笔下生成了熠熠闪光的有情瞬间。作为读者，你不得不承认，《山河袈裟》和《有如候鸟》中都有令人赞叹的"越轨的笔致"。——如果说李修文以《山河袈裟》的写作重新消化了中国古诗与中国戏曲的情境，那么，周晓枫则以《有如候鸟》的写作重新消化了中国小说技法。就此而言，这两部作品不仅在他们个人写作史上具有转折意义，在当代散文写作领域也是卓有成效的实验和弥足宝贵的收获。

真正的散文家是通灵的，万千声音化于其一人之声口，"我"不仅是"我"，也是无数他们中的一个；真正的散文家也从不会画地为牢，卓异的艺术天赋将引领他们去开疆拓土，越走越远，越写越阔大，进而赋一种古老文体以生机——今天，在散文写作领域使用"越轨笔致"是如此的重要，它既是散文修辞的需要，也是文体拓展的迫切；它关乎文学立场，也关乎写作美学。

和"无穷的远方""无数的人们"在一起

——评李修文《山河袈裟》

李修文是别具风格的散文家。近十年来,他的许多散文名篇《每次醒来,你都不在》《羞于说话之时》《把信写给艾米莉》《长安陌上无穷树》在微信和网络上广为流传,深受同行赞誉。也因此,《山河袈裟》的出版引人注目。作为李修文的第一部散文集,《山河袈裟》收录了他的重要散文名篇,当然,其中百分之八十的文字是第一次与读者见面。

读《山河袈裟》,首先会想到李修文是对世界怀有深情爱意的写作者,这三十三篇情感浓烈、动人心魄的散文仿佛是他写给茫茫人世的信笺。一篇篇"信笺"读来,每一位读者都会辗转反侧,心意难平——李修文的语言典雅、凝练,有着迷人的节奏感,而他所写的内容又是如此地富有冲击力。这位作家有如人性世界的拾荒人,他把我们忽略的、熟视无睹的人事一点点拾到他的文字里,炼成了属于他的金光闪闪的东西。

《山河袈裟》中每一篇写的都是微末平凡的普通人,他们是门卫和小贩,是修雨伞的和贩牛的,是快递员和清洁工;是疯癫的妻子、母亲,是失魂落魄的父亲与丈夫。谁能忘记老路呢?那位内心里有巨大创伤的中年男人,他的《每次醒来,你都不在》并不是写给爱人,而是写给因车祸而死的儿子;还有那位儿子患病,丈夫离世的中年女人，她一心想砍掉医院的海棠树，因为那里有厄运的影子，她的痛苦无以解脱，只有以哭号反抗。

这些人平凡，卑微，但又让人难以忘记。他们是贫穷的人、失意的人、无助的人，但也是不认命的人，是心里有光的人。《山河袈裟》写下的不是人普通意义上的痛苦，不是展览这些人身上的伤痕。作家写的是人的精神困窘与疑难，以及人们为这些困窘与疑难所做出的苦苦挣扎。他们身上的某种神性的东西被李修文点燃。即使身患绝症，岳老师也要在病房里敦促同样生病的小病友读诗，孩子总也记不住。但就在他们分离的一瞬，孩子背出了那句诗："长安陌上无穷树，唯有垂杨管别离。"穿越千年而来的诗句，让人内心酸楚。那是活生生的人间别离，却也是在生死大限面前的深情不已——在《山河袈裟》里，最卑微的人身上也有人的教养和尊严，那是一种"人生绝不应该向此时此地举手投降"[①]的信念，因为，"在这世上走过一遭，反抗，唯有反抗二字，才能匹配最后时刻的尊严"[②]。

也许，在另一些人看来，这个世界是残酷而无情的，但是，李修文着意使我们感受到这残酷无情之外的"有情"。在《阿哥们是孽障的人》《郎对花，姐对花》中，在《长安陌上无穷树》《认命的夜晚》《苦水菩萨》中……他把世间那如蚁子一样生死的草民的情感与尊严写得浓烈而令人神伤——他使渺小的人成为人而不是众生，他使凡俗之人成为个体而不是含混的大众。这些人，远在长春、青海、黄河岸边，或远在乌苏里或呼伦贝尔，但是，他们又真切地来到我们眼前。他爱他笔下的人物，苦他们所苦，喜他们所喜，痛他们所痛。读《山河袈裟》，你不得不想到文学史上的那些

① 李修文，《山河袈裟·序》，长沙，湖南文艺出版社，2017年，第3页。

② 李修文，《长安陌上无穷树》，《山河袈裟》，长沙，湖南文艺出版社，2017年，第61页。

前辈，那些和李修文有共同美学追求的人，苏曼殊、郁达夫、萧红，他与他们是同类。每一位《山河袈裟》的读者也都会被作家的诚恳、坦荡、忠直打动的，你从他的文字里看不到敷衍、轻浮和轻慢。也因此，作为读者，我们信任他的每一个字，每一个词，每一句话，我们心甘情愿和他结成坚固的情感同盟。

在写下这些文字之前，李修文对一些写作上的重要问题有过反复思考。比如"我是谁""我来自哪里""我要为谁写作"。他最后选择"滴血认亲"，选择"回到人民，回到美"。他重新认识谁是他的亲人和同类。他发现，他们从来不是别人，他们就是"我"。这让人想到新文学的文脉，"人的文学"的传统，当年，发动白话文运动的先辈们希冀我们的文学能和"引车卖浆者"在一起，希望我们的文学能发出平民的、大众的、有血气的声音。一百年来，这样的声音不断回响，直到再次回荡在这本书里。在《山河袈裟》中，我们又惊喜地触摸到了中国新文学的初心。

什么是好的写作者呢？他有能力使读者看到看不到的；他有能力带领读者穿林过海、翻越山峰；他有能力唤醒我们新的感受力。新的感受力对每一位读者、每一位写作者如此重要，我们以为世界是这样的，我们以为人生不过就是我们看到的，我们以为世事也不过就是这些……但是，好作品会唤醒我们。《山河袈裟》中的每一篇文字都有唤醒的力量——原来世界不是我们所想象，原来我们生命有如此多"要紧处"，原来我们的世界有这样的大热爱、大悲喜、大庄重。某种意义上，《山河袈裟》是我们重新理解这个世界的依凭，通过阅读它，我们重新理解此时、此地、此刻，重新理解人心、人性和人情。

画家徐冰在《给年轻艺术家的信》中说，"我认为艺术最有价值的部分，是通过作品向社会提示了一种有价值的思维方式以及被连带出来的新的艺术表达法。"① 他又说,"好的艺术家是思想型的人,又是善于将思想转化为艺术语言的人。"② 对作为文学艺术的散文作品也应该如此判断。读《山河袈裟》,我们固然会为普通人的际遇及情感而动容,但更为作家独具品质的文字打动。李修文的文字里有大热烈和大荒凉,那是一种参差交错之美,轻盈的与厚重的,浓艳的与孤绝的,凄美的与壮烈的,会同时出现在他的文字里,这似乎得益于他的小说家与编剧身份。他的文字一咏三叹、百转千回,"如万马军中举头望月,如青冰上开牡丹"(李敬泽语)。这是李修文散文卓尔不群之处,恐怕也是《山河袈裟》被视为当代散文写作之丰美收获的原因所在。

读《山河袈裟》,我多次想到鲁迅先生的话:"无穷的远方,无数的人们,都与我有关。"③ 那是一位好作家应该拥有的情怀,也是好作品所要达到的境界。在《山河袈裟》里,李修文实现了和"无穷的远方、无数的人们"在一起的愿望,他以深情而不凡的书写获得了我们时代读者的审美信任。今天,有这样追求的作家和作品珍稀而宝贵。

2017 年 3 月

①② 徐冰,《给年轻艺术家的信》,http://www.xubing.com/cn/database/writing/ 295。

③ 鲁迅,《这也是生活》,《鲁迅全集 第 6 卷》,北京,人民文学出版社,2005 年,第 624 页。

你是否确信还有另一个自己

——评徐则臣《兄弟》

一

用"兄弟"作新短篇小说的题目有点儿危险，我想，徐则臣应该也深知这一点。毕竟，它与余华的著名长篇小说《兄弟》同名，很容易混淆。但是，读完作品我们多半会对这一题目心领神会，没有比以"兄弟"为题更恰切的了。

故事依然发生在北京的西部，依然是边缘族群，甚至那些人也都是熟悉的：他们中有卖假证者，有做鸡蛋灌饼的夫妻，也有来到北京渴望看一看的乡下少年。虽然是熟悉的故事，但依然可以给人冲击力。事实上，《兄弟》是一部带给人许多惊喜的作品，作者在他擅长的题材里呈现了新的理解和新的挖掘，有如一个人长出了新的血肉和新的筋骨。

二

乡下少年戴山川之所以来到北京，是因为他想看看"另一个自己"。这"另一个自己"来自家人的臆造。

一岁不到，他不好好吃饭，爷爷奶奶指着一张镶在精美相框里的大照片（就是他掏给我们看的五寸照片的放大版）说：

"认识吗，这是谁？"

戴山川指指自己。

爷爷奶奶摇摇头，"不是这里的你，是在北京的你。"

戴山川晃晃悠悠走到穿衣镜前，要钻进镜子里把自己找出来。

他不好好睡觉，爸爸妈妈也指那张大照片给他看。"再不睡，咱们换了那个戴山川回来吧。"[①]

远方的"戴山川"就这样与他如影随形。在这位独生子的成长岁月里，远方的那个人成为他生活中的重要陪伴——那个"他"在远方城市，如果你不好好学习，如果你变得不那么好，我们就要他不要你了……这的确是父母为独生子女一代习惯编出的谎言。可是，谁会相信呢？长大之后，我们知道那不过是一种话术而已。不必当真。

但戴山川当真，戴山川相信。"我们需要另外一个自己。你想想，如果还有另一个你，想象出他的一整套完整的生活，多有意思！我从小就想，那一个我，我一定要看看他是怎么生活的。"[②]他坚信远方有一个更好的自我，他坚信另一个"我"会更好地活着，即使在别人眼里这一坚信有点儿荒谬。这个少年身上，有一种执着，一种执迷。

《兄弟》关于现实中的自我和理想中的自我如何共处。我们通常不相信世上有一个"平行世界"和"另一个自己"，因为我们看

①② 　徐则臣，《兄弟》，《大家》，2018 年第 3 期。

到的是活生生的、不容置疑的现实。但是，"另一个自己"意味着将我们从不那么美妙的现实中拯救出来，看到更宽广阔大的世界；"另一个自己"意味着生活将越发神秘有意义，它有如火把、星星、探路灯，又或者神秘的丛林……

　　没错，相框里的戴山川成了戴山川的朋友。他喜欢跟他说话，他也习惯了想象一个也叫戴山川的自己，如何在一个陌生但十分有名的城市生活。他是最好的朋友，也是唯一的朋友。他一个人在家，从不觉得孤独；或者说，学会和另一个自己交流以后，就不再觉得孤独了。[①]

　　"鸡蛋"之于"鸭蛋"的美好恐怕也在于此。父母早出晚归做鸡蛋灌饼，四岁的儿子"鸭蛋"没有人陪伴，他感到了孤单。戴山川帮他拍了照片，鸭蛋从那个薄薄的纸片里认出了"弟弟"，他称他为"鸡蛋"。从此，"鸡蛋"成为"鸭蛋"最踏实的伙伴。

　　戴山川为"鸭蛋"寻找到了想象中的弟弟，这一人物形象由此变得神采奕奕。"寻找孪生兄弟的少年从两军对垒的中间地带走过，在杀声震天之前，对左右两队人马各看了一眼。"[②]回过头想，小说的这一开头别有所指，远比我们第一眼看到的意蕴丰富。

　　《兄弟》有美妙的平衡感，戴山川和"戴山川"，"鸭蛋"和"鸡蛋"，哥哥和弟弟，远方的少年和近处的少年，他们平衡地出现在作品中。远方的"他"如一个谜，仿佛来自梦中，又仿佛就属于现实，还可能来自平行世界。

　　你就没想过，这世界上还会有另一个自己？或者，你

---

① ②　徐则臣，《兄弟》，《大家》，2018 年第 3 期。

还有一个孪生兄弟？而你和你的孪生兄弟正好被互换了名字，你其实是作为你的孪生兄弟生活在这里，而你，现在正由你的孪生兄弟代替着生活在另外一个地方。①

关于远方的想象有如密不透风世界里漏进来的光，它使这部作品具有了一种诗性。整个小说也因此疏密有度。你不得不承认，在那个月光少年的身上，寄予了作家最为深切的情感，恰恰是这种情感唤发了读者的共情能力。

这部作品固然不能算作徐则臣开疆拓土之作，但是，在作家的系列短篇作品里，它显然属于精妙而美好的一部，带着能量，带着新绿，带着生机。《兄弟》让人想到世界上许多给人以审美愉悦的小东西，一句小诗，一幅小画，一首短而精美的奏鸣曲。

三

第一次读到这部作品时，我在去往江南的高铁上。那天，据说北京正在下冬天里最后的一场雪，气温骤降。读到最后部分，心里忽然难过。推土机将"鸭蛋"一家的出租房推倒时，照片上的"鸡蛋"一下子被埋进土里。戴山川冲了进去。"滞后没超过三秒，推土机已经杵到墙上。司机没看见有人进去，因为嘭嘭嘭嘭巨大的机器噪音，他听清楚我们大喊停下和有人时，踩刹车已经来不及了。我们看见老乔一家住的简易房子在左右晃动几秒之后，轰隆隆倒塌了。"②

一种紧张感在小说中弥漫，还有某种寂静：

那一段时间的确很长，相当之长。尘烟拔地而起。很

①②　徐则臣，《兄弟》，《大家》，2018 年第 3 期。

多人的下巴都挂在胸前，迟迟没能合上。我们就看着那一堆废墟。一间简陋的房子，连废墟都单薄，石棉瓦、楼板和碎砖头纠缠堆积在一起。司机吓得推土机也憋熄了火。院子里只剩下鸭蛋的哭喊和风声。我确信时间是有声音的，我几乎能够听见时间正以秒针的速度咔嚓咔嚓在走。废墟寂静。然后，寂静的废墟突然发出了一点声响，我们中间谁叫了一声。尘烟稀薄，我们都看见碎砖头哗啦又响一声，一只手从砖头缝里一点点拱出来，一张皱巴巴的照片出现在废墟上。

　　鸭蛋挣脱母亲，边跑边喊："弟弟！"①

　　我想，读到鸭蛋喊弟弟的那一刻，每一位读者都会心头一软。这是小说的结尾，一个坚实而又有呼喊的收束——对"弟弟"的大声呼叫里，早已包含了千言万语。事实上，当我看到"一只手从砖头缝里一点点拱出来，一张皱巴巴的照片出现在废墟上"②时已是感慨万端。尽管我知道会有一个属于徐则臣的结尾，依然会被打动。是的，这些细节意味着我们的戴山川还活着，意味着鸭蛋的"鸡蛋"并没有消失。

　　在疾驰的高铁上读到小说最后的落款，"2017年12月10日凌晨"那个时间点时，我把电脑关闭，看了许久车窗外。大地辽阔，有许多绿色复苏。小说家是在什么样的情况下写下这部作品的？我猜，故事一直沉积在作家心底，只需要特殊的事物突然将他召唤——我猜，写下这部作品时，作家想到了他初到北京时曾经住过的出租屋，想到了和他一起北漂的那些遥远朋友。《兄弟》不仅写出了冬天的寒冷凛冽，也写下了作家心灵深处的祝福暖意。

---

①② 徐则臣，《兄弟》，《大家》，2018年第3期。

《兄弟》关于当下生活，关于此时此刻此地。但它更美妙处在于对此时此地的超越。它让人意识到，人世间，像戴山川一样，凭空从自身分泌、制造出一个陪伴者如此宝贵：如果说那想象中的另一个自己帮助戴山川成长，那么，当他帮助"鸭蛋"将照片上的男孩子确认为弟弟"鸡蛋"，当他冲进房间为"鸭蛋"抢救出"鸡蛋"时，他不仅仅为"鸭蛋"找到了弟弟，也为自己在现实中找到了同类。

　　有时候，意念中的"相信"并不总是空想，它会慢慢改变现实，它会潜在而深刻地改变现实中人与人之间的亲近与疏离。"确信还有另一个自己"使戴山川和"鸭蛋"们不再孤独，"确信"使这些人和那些人站到了一起——《兄弟》写出了人在深夜安静时所感受到的孤独与寒冷，以及人对这种孤独与寒冷的克服。

　　是的，大部分时候，我们感到孤独，我们被动地接受它，忍耐它，并且以沉默对之。而文学的魅力则在于唤醒——《兄弟》不仅唤醒我们对孤独的认知和战胜，甚至在某一刻，它还神奇地将毫无血缘关系的戴山川、"鸭蛋"以及和戴山川与"鸭蛋"同命运的人们隐秘地连接在一起。

2018 年 3 月 21—26 日

重新构建我们的精神气质

　　葛亮是新锐小说家，长于南京，定居香港。《北鸢》是他历经七年写就的长篇小说，长达三十万字。小说以家族史为蓝本，书写了二十年余间民国人的生活与情感际遇。作为后人，创作家族故事固然有得天独厚的优势，但是，写作障碍也显而易见。因为，对于有艺术抱负的写作者而言，作者必须不囿于"真实"，不拘泥于家族立场及后人身份，这是决定小说成败的重要因素。

　　值得庆幸的是，《北鸢》跨越了这些障碍。《北鸢》写得细密、扎实、气韵绵长，有静水深流之美。它没有变成对家族往事的追悼和缅怀。小说家成功地挣脱了家庭出身给予的限制，以更为疏离的视角去理解历史上的人和事——《北鸢》的意义不在于真切再现了民国时期的日常生活，而在于它提供了重新理解中国传统文化的视角，进而，它引领读者一起，重新打量那些生长在传统内部的、被我们慢慢遗忘的文化资源和精神能量。

使个人成为个人

　　《北鸢》有一种能使读者心甘情愿进入作品的魅力。这多半源于作品对一种物质真实的追求。许多资料都提到葛亮为创作这部小说所做的一百万字资料储备。而小说对民国风物的信手拈来也的确印证了葛亮对民国日常生活的熟悉程度。

试图从地理风物上提供切近历史的真实，这是历史写作中最为基础的一步。但更重要的是作家对历史的理解力和领悟力。我们通常所见的民国题材作品多属于聚焦式写作，作家多聚焦于重点人物、重要历史事件与重要历史时刻，进而，勾描出民国人的生活图景。但《北鸢》显然别有抱负，小说没有满足读者对民国历史的某种阅读期待，事实上，它着意躲避了那种通过家族兴衰讲述民国历史的路径。

《北鸢》不追求历史叙述的整体性，小说不追求把人物放在群体中去理解，小说试图使历史旋涡中的个人成为个人。他驻足于文笙生命中所遇到的"个人"。对"个人"的细笔勾描最终使小说呈现的是民国众生相：昭德、小湘琴、凌佐、毛克俞、吴思阅，每个人物的眉眼音容都是清晰生动的，人物遭遇也并没有八卦小报中的那么有戏剧感。名伶言秋凰是为了女儿而刺杀日本军官的；从军的文笙是被老管家灌醉背回来的，而不是自愿回到家族生活中；毛克俞的婚恋有阴差阳错也有半推半就……那都是具体环境中人的选择，并不那么果断，也没有那么传奇。《北鸢》强调个人处境，强调的是时代背景下每个人选择的"不得不"。

两位民国青年站在江边看渔火点点，船已破旧，那似乎是停留在古诗词里的场景，但"民国、民权、民生"的大字却分明提醒人们，时代已远，民国已至；课堂上，年轻的文笙作画，为自己的风筝图起名"命悬一线"，那是华北受到入侵之际，也是万千青年的痛苦所在；但风筝图被老师毛克俞命名为"一线生机"后，同一图景因不同表述便多了柳暗花明之意，那也正是战争年代人们的心境写照——历史事件就这样影响着个人的运命。事件并非覆盖在人们生活之上，它是点滴渗透，每个人都在内里与时代潮流进行

"角力"。

不给予人物和事件"后见之明"的设计，不试图使故事更符合我们今天的历史观和审美趣味，《北鸢》是站在时间内部去理解彼时彼地人们之于家国的情感，理解他们的犹疑不安、意气风发或者反反复复。正因为这样的理解，这部小说散发出奇异的实在感——这种实在感使那些人物似乎远在民国影像之中，又仿佛切近在可以触摸的眼前。

藏匿在历史深层的精神气质

《北鸢》中的人物多数都温和、谦逊，彬彬有礼，有情有义。许多读者提到作品对乱离时代人与人之间情感的眷顾，那是时间长河中的"人之常情"。但是，更让人难以忘记的恐怕是作品中对民国人精神生活的勾勒。

《浮生六记》深得家睦夫妇喜爱；明焕痴迷于戏曲艺术；因为对英语诗句的念念不忘，文笙在关键时刻被拯救；绘画是民间画家吴清舫的精神世界，在那里他独善其身，最终培养出了画家李可染；毛克俞是从硬骨头叔叔那里重新理解了绘画艺术；而天津耀先中学的课堂上，抵御日本人的洗脑教育已成为师生们的"不谋而合"……那些与艺术有关的东西在《北鸢》不是民国人的生活点缀，而是其日常生活的重要构成，是他们重要的精神资源和精神能量。

正是在这样的精神生活中，小说中的一处情节更凸显意味。孟昭如是寡母，她独自抚养儿子长大。面对家道日益败落，她教育儿子文笙："家道败下去，不怕，但要败得好看。活着，怎样活，都要活得好看。"[1] 活得好看，意味着尊严和体面，这是这位民间妇人

---

① 葛亮，《北鸢》，北京，人民文学出版社，2016年，第418页。

最高的信仰。中国人精神中最有硬度的部分，在这位民间妇人身上闪着光。那是"信"，也是对一种尊严生活的确认；那是谦卑温和外表之下的硬气，也是独属于民国人的风骨。

《北鸢》写出了我们先辈生活的尊严感，这是藏匿在历史深层的我们文化中的另一种精神气质，这是属于《北鸢》内部独特而强大的精神领地。葛亮写出了民国人的信仰与教养，而重新认识这样的信仰和教养在今天尤为珍稀。一如陈思和先生在长篇序言中所评述的，《北鸢》是一部"回到文化中国立场"进行写作的小说，它重新审视的是维系我们民族文化生生不息的"民心"。

特别应该提到，《北鸢》是站在妇孺角度的叙述，它的人物视角是女性、儿童和少年，而非成年男性。这是民间的、边缘的角度，这也注定《北鸢》的力量不是强大的、咄咄逼人的，而是细微的、柔韧的。这种力量感让人想到《北鸢》书名的象征性，它出自曹霑《废艺斋集稿》中《南鹞北鸢考工志》，而曹霑写作《南鹞北鸢考工志》这一行为正包含了一位作家渴望将散佚在民间的"珍藏"收集、传承下去的努力。

一种面向先驱进行写作的尝试

《北鸢》是有难度的写作。它的难度在于小说对中国古典美学的继承。从写作最初，葛亮似乎就在致力于绕过那种铿锵有力的共和国语言系统而与民国语言传统相接的工作。《北鸢》的问世表明，葛亮对民国话语的掌握已日渐成熟。

他的行文远离了翻译腔，也远离了那种繁复辗转的复合句式。他的句子长短间杂，有错落感。某种意义上，《北鸢》是从诗词和中国画中诞生出来的作品，它继承了中国文学传统中的静穆、冲淡之美。作家放弃使用了对话中的引号，通篇都是间接引语；每章中的小标题也都是两个字，《立秋》《家变》《青衣》《盛世》《流火》《江河》等，这些显然都出自小说整体美学的考量。

《北鸢》让人想到《繁花》，葛亮的工作让人想到金宇澄在汉语书写方面所做出的贡献。如果说《繁花》召唤的是南方语系的调性与魅性，那么，《北鸢》所召唤和接续的则是被我们时代丢弃和遗忘的另一种语言之魅，那是中国文学传统中最迷人的内敛、清淡、留白、意味深长之美。

读《北鸢》，读者会深刻意识到，原来，在我们的语言长河里，有慷慨激昂、阔大豪放、一往无前；也有遗世独立、温柔敦厚、平和冲淡。王德威先生在台版序言中评价《北鸢》是"既现代又古典"，是"以淡笔写深情"，① 颇为精准。而尤其难得的是，《北鸢》在形式与内容达到了美学上的统一，作家对人物和历史的理解与他对温和、典雅、俊逸的美学追求相得益彰——《北鸢》试图重新构建的是我们的精神气质，其中既有精神风骨，也包括我们文化传统中的雅正与端庄。

在不同的创作谈中，葛亮都提到他对《世说新语》《东京梦华录》《阅微草堂笔记》的喜爱，对有节制的叙事及笔记小说的偏好。事实上，《北鸢》对人物命运和场景的刻画也承袭了这样的叙事特征。小说通篇追求用经济的笔墨勾描人物和事件的神韵，而避免铺排渲染——有写作经验的人深知，这是写作长篇的难度，它需要作家的写作能力，更需要作家的耐烦与静心，尤其是在这样长达三十万字篇幅的作品中。当然，恐怕也正是这种"自讨苦吃"，最终成就了《北鸢》卓尔不群的文学品相。

布罗茨基在《致贺拉斯书》中说，"当一个人写诗时，他最直接的读者并非他的同辈，更不是其后代，而是其先驱。是那些给了

① 王德威，《抒情民国——葛亮〈北鸢〉》，《南方文坛》2017年第1期。

他语言的人，是那些给了他形式的人。"① 我以为，葛亮试图从传统中汲取写作资源的努力，正是一种面对先驱写作的尝试。这样的尝试是稀有的，在中国当代文学现场构成了宝贵的异质力量，应该受到重视。

---

① 布罗茨基，《致贺拉斯书》，《悲伤与理智》，刘文飞译，上海，上海译文出版社，2015 年，第 503 页。

为芳村绣像

——关于付秀莹

一

以芳村为圆心，付秀莹的小说有两个方向。一个指向往昔，那里有旧院，有她年轻的风华正茂的父母长辈，也有少年时的"我"。另一个方向指向此刻，那是更为复杂、喧哗和多样的人生，男男女女，分分合合，那里似乎没有"我"，但是，"我"又无处不在。

这是对旧时光极有热情的写作者。已然过去的时光经过她文字的召唤活了过来。阳光依然明媚，果实依然挂在枝头，年轻的父母音容宛在，一切似乎从没有改变。"那时候，我们住在乡下。父亲在离家几十里的镇上教书。母亲带着我们兄妹两个，住在村子的最东头。这个村子，叫做芳村。"[①] 从"那时候"开始，愈来愈模糊的物事逐渐回到我们的眼前，它们越发清晰了。亲人们都未走远。这是独属于付秀莹的召唤术："每个周末，父亲都回来。父亲骑着那辆破旧的自行车，在田间小路上疾驰。两旁，是庄稼地。田埂上，青草蔓延，野花星星点点，开得恣意。植物的气息在风中流荡，湿润润的，直扑人的脸。我立在村头，看着父亲的身影越来越近，内

① 付秀莹，《爱情到处流传》，《花好月圆》，北京，中国言实出版社，2014年，第1页。

心里充满了欢喜。我知道这是母亲的节日。"①

　　句子简单，用字也不冷僻，但是，你却能马上捕捉到这部作品的与众不同。它清新，古典，诗性，澄澈，像山泉一般。物与事固然都是外在，但它们来到她笔下后似乎变了模样。面对记忆中的一切，她作为抒情的主体在讲述。情感在语句中流淌。如果每一位作家都有属于他们的滤镜，那么付秀莹的滤镜毫无疑问是情感，她赋予她日常生活以情感，那种情感，是人与人之间关系的黏合剂，人与人之间是有情意的，尽管他们之间也会因误解而生出委屈、不甘、不安和疼痛，但情谊依然巩固。她笔下的每一个女人都温柔多情，心思细密辗转。

　　这是天然地不受道德束缚的小说家，她同情情感中的越轨者。母亲与父亲是恩爱的，但父亲与四婶子之间的暧昧情欲也不是不可以理解，在她那里，每个人物都有他们的情感逻辑，她愿意理解他们，理解他们中的每一个人。她的声音是温和的，带有诚恳和怀念。这使她笔下的村庄有了一种庄严和高贵。普通的风景变得很美。吵嘴，不快，赌气，伤害，以及各种情爱表达，都是如此庄严，以至于农人们的田间劳作都变得有意义。故事以一种彻底的质朴推进，以最短的句子表达，但却有一种穿透力，直抵那种历经岁月却依然闪光的东西。

　　为父亲母亲，为姥姥，大姨二姨三姨四姨，也为表哥画像。经过多少世事，人间的许多东西才会水落石出。多年后回看，她能记起的只有情谊。透过讲述记忆中的村庄，她在试图唤起我们的新感性，唤醒身在都市的我们与遥远村庄之间那纠扯不清血肉相连的情谊。

　　她是聪慧的、天然有敏锐艺术感受力的绣娘，她的技艺完美，

① 付秀莹，《爱情到处流传》，《花好月圆》，北京，中国言实出版社，2014年，第1页。

耐心、耐烦，心无旁骛。细针细脚针线绵密。一帧帧极尽逼真的绣像，人物鲜活，心思细密。那些女人们的心思如此弯弯曲曲，话里有话又意在言外，那分明是一些冰雪聪明八面玲珑的女人，她们介意得失又一往情深，极度敏感但又讲究颜面。绣像里的事物栩栩如生，那些花果永远繁盛。

她的绣花针是那缘自中国古典文学传统的诗性语言。因为对这种语言的熟练使用，她能一下子把我们拽进旧时光。旧时光里的芳村调子是旧的，但每个人又都生动鲜活。一切既是新的也是旧的——她的绣针、她的语言、她的讲述方式是旧的，但是，她带给我们的阅读感受却是新的。绣像如此宝贵。它的意义显然大于视频、图片以及普通绘画作品。这绣像里带有绣娘的温度、体贴以及热爱。看绣像你很难不想到绣娘本人的全身心投入，她的一丝不苟。她对芳村的逼真描绘使你疑心这不是绣像而是照片，怀旧的老照片。但其实你很快会发现自己的误判。如果你觉得这村庄有了现代感，如果你觉得这个村庄并没有使你产生时间的距离，是因为她作为现代人的眼光和理解角度。

外在的物事来到她眼前时，她将它们融汇进自己的情感中，经过时间的陶冶，它们早已变成了她的内在。因此，付秀莹的行文是向内转的，我们看到的景象是经过她内心情感过滤过的——芳村在她那里不是客观的，她写芳村之景也不是冷静的。村庄对她而言不是客观对应物，小小的村庄盛载着她情感的归宿，因为这种浓郁的情感，这村庄才成为当代文学一处丰美且迷人的图景。

二

《陌上》是付秀莹的第一部长篇作品，出版于 2016 年。它有着奇异的鲜活色彩。《陌上》让人想到北方初夏的傍晚，想到清新温暖的风，想到空气中弥漫着的浓郁槐花香气，那是让人难以忘记的气息。躁动、不安，但又温柔性感的气息。

芳村与记忆中安详而清明的村庄有很大差异。《陌上》中的村庄是不安稳的、是分裂的、是许多事物发生激烈冲突的所在。并不相宜的风景和物事掺杂在一起。看不见的物质的大手搅扰着每个人，让他们躁动不已。彩礼，物欲，情欲，以及热气腾腾有滋有味的日常生活……那些升腾而起的欲望让人着迷。姐妹之间，夫妻之间的私房话……

女人们都喜欢看讲述宫斗的长篇电视连续剧《甄嬛传》，一个人能来来回回看五六遍，关于女人们如何获取权力，关于女人们如何生存，也关于一个女人如何讨好那个有权有势的男人，以及，关于一个男人与一个女人之间隐秘的爱情。电视和网络为女性打开了世界，她们的手机，她们的微信使她们看到更多的可能性，使她们意识到情的可能性、爱的可能性——她们为什么对丈夫之外的那些男性有那么大的欲望，也许，这跟她们对个人精神生活的向往、跟她们看到了广阔的网络生活有很大关系。

这是此时此刻的鲜活的中国新农村的现实。年轻女子吃完饭后马上跑回屋上网了，她们越发不愿意跟父母交流。因为她在农村所处的现实生活和她所见的网络生活完全是脱节的，她生活在两种生活的断裂之中，她在网上才可以获得快乐。她们心里所想往的世界和她们身在的世界，差异太大了。一个乡村的小女孩成长了，她开始设计自己的婚姻和爱情生活，她似乎得到了她想要的一切，彩礼、房子、汽车，都有了，可是，还是觉得不够。一如书中年轻媳妇爱梨，她身边有爱她的丈夫，但她居然还会对丈夫的姨夫增志，一位有钱的小老板感兴趣、有想往，并且，她也不觉得这是有违伦理的。这是我们网络世界成长起来的年轻人，她不愿意安于现状。《陌上》写出了我们时代乡村人的精神现实，小说让我们认识到，我们生活在一个巨大的分裂的时代当中，物质贫富差异，精神生活的富饶与贫困的差异，都已经浸润在乡村人的生活中了。

欲望是巨大的有如怪兽般的搅拌器。于那位渴望与乡村干部产生爱情的小媳妇儿而言，男人的干部身份是不是她渴望脱离平庸生活而向上的扶梯？而那位活泼泼辣的望日莲，是不是像极了《红楼梦》里的尤三姐？她们是今天的女人，也是过去的女人，也许她们的衣饰与我们不同，但她们身上有着中国人亘古不变的情感。

对这些女人故事的眷顾显示了付秀莹对农人生活、对农人情感的理解。在芳村，与以往相比，有一部分正在发生日新月异的变化，那是今天的中国农村的风貌；但是，在这村庄里，还有一部分是不变的、未变的，即人对美好生活的向往，人对爱的无尽追求。正是这种向往，延展出一种蓬勃的生命力。而瓜果，日常生活部分，也是付秀莹作品迷人的部分。她写出了生活的质感。

《陌上》让人想到林白的《妇女闲聊录》，付秀莹和林白写的是一个乡土中国，尽管一个是非虚构一个是小说。今天，梁鸿的梁庄系列已然构成了我们想象乡土中国的范式，而《陌上》和《妇女闲聊录》跟这样的范式构成了对峙。你很难用道德判断我们的乡土和生活在乡土上的农民。作为村庄的女儿，她没有像雄鹰一样俯瞰它，而是写下如普通村人一般的感受，有如村子里的花草和蚂蚁。开通高速公路对村庄意味着什么？意味着它破坏了我们的田园牧歌想象？不，开通高速公路的芳村是好的，因为它给此时的村人们带来了便利。

芳村不是这位离开故土的作家的缅怀道具，而是活的现实，她和她的村人一起体验巨变带来的幸福感，当然，她也写下了烦恼，写出了分裂感，以及隐藏在当代中国农村内部的勃勃生机。付秀莹笔下的村庄，不是荒芜的、让人失望的村庄，尽管它并不让人完全满意，但是，却也让人心生向往。作为远离乡村的读者，我们以为农村的年轻人生活在我们印象中的时代,其实不是,完全变了。他们的所思所想,他们的所爱所恨,和我们没有巨大差异——付秀莹写出了一个新的具有冲击力的乡土现实,她打开了写作乡土生活的可能性。

画下新的中国农村图景,她既不是启蒙者,也不是有乡愁者。她不借它们传达对中国问题的思考。她只是用自己的绣针绣下她之所见她之所感。她为此刻芳村画像时,画的是我的家乡,她画下的是它的不变,也画下了它的喧腾。《陌上》写出了北方乡土生活的质感,写出了我们乡土生活的美感,写出了乡土世界的一种恒常。

三

《花好月圆》是付秀莹的一部短篇小说。17 岁的农村姑娘在茶室工作,她目睹了一对男女的茶室情缘,也目睹了他们最终在茶室紧紧拥抱不再醒来。这对桃叶来说当然是一次震惊体验,她由此完成了一个少女的成长。"花好月圆"题目之下,是惨烈的情爱故事,似乎也非名誉的和道德的故事。如果在当代另外的文本里,它还可能与种种道德束缚有关,但付秀莹却将之写得诗意。"日子一天天过去了。茶楼照旧热闹。那件事,人们议论了一时,也就渐渐淡忘了。花好月圆的茶室,一切如旧。每天,迎来送往,满眼都是繁华。只是桃叶却有些变了。她喜欢站在茶室外面,那一株茂盛的植物下面,默默地看茶室门上挂的那个牌子。一看就是半晌。花好月圆。这几个字瘦瘦的,眉清目秀,很受看。"[1]

故事只是这位作家的渡引。她在文字中执意传递的是对世界的另一种思考。即便是这样的死亡爱情,她也要写出一种美和希望。

---

[1] 付秀莹,《花好月圆》,《花好月圆》,北京,中国言实出版社,2014 年,第 138 页。

这个世界上令人悲伤的事件未免太多了，她致力于将那些悲伤、灰暗、不快和痛楚进行一种创造性的转化，她试图将那些人与人之间发生的和将要发生的情感幻化为不息生长的力量。这种艺术追求在萧红《呼兰河传》中得到了切实的体现。庄严的爱情，有二伯孤独的生存，"我"与老祖父的关系，所有生活中存在的物事，因为萧红的回眸凝望而变得高贵。萧红以这样的书写抵挡她生命的荒凉，也以这样的书写赋予一个村庄以意义。事实上，《萧萧》《边城》的追求亦是如此。作为小说家，沈从文认识到"有情"的重要性，进而使个人的写作进入了现代抒情文学传统中。

将付秀莹的写作放在现代抒情文学传统中是恰切的。诸多批评家们都指出了这一点。当然，她更多地还是让人想到荷花淀文学传统，想到孙犁的《荷花淀》《铁木前传》，想到铁凝的《哦，香雪》《秀色》《孕妇和牛》。因为，付秀莹的芳村也同样在冀中平原，她笔下的人物及风土属于典型的中国北方风情，甚至她与他们在美学乡土上的思考也是相近的。《铁木前传》中的小满儿，《秀色》中的张品，还有《哦，香雪》中的香雪、凤娇……那些生活在冀中平原大地上的农村女孩子们都已经年华老去了吧？我们很久没见到她们了。突然有一天，她们在付秀莹的笔下活过来，她们是望日莲，是桃叶，是爱梨……

以美的语言抵抗某种东西的流逝。世界有许多东西时时刻刻都在变。但付秀莹信任那些不变。正是这种相信使一种抒情的美学传统落地生根，结出了旺盛的枝芽。必须要重申的是，尽管付秀莹和那些文学先辈虽然在语言表达上各有不同，但本质上他们都不属于客观冷静的书写者，相反，他们是对自己的村庄"情有独钟"者。面对外在的物事，他们都属于有情的主体。为所热爱的村庄和村人画像是这些文学前辈／有情者们念念在兹的事业，他们各自以独有的方式将一个无名的村庄点亮。沈从文、萧红、师陀、孙犁、汪曾祺、铁凝，莫不如此。当然，在为这些村庄画像时，那位天分卓异的有情人也注定会遇到他们自己。

付秀莹的意义在于使我们与一种文学传统久别重逢。她让我们看到一种久违的抒情文学传统如何在当代中国重燃火焰，也让我们看到一种写作技艺的生生不息。

2017 年 10 月 19 日

一个多么想美好的人

——读孙频《天体之诗》

读孙频《天体之诗》，我想到贾樟柯电影。作为我们时代的艺术家，贾樟柯记下了我们身处时间之内的百感交集。想起逝去的岁月时，你不仅会想到他摄影机里那些人与场景，更会想到赵涛的面容，在那张极富中国特色的人脸上，刻着一个女人所走过的时代与沧桑，反过来说，一个女人所经历的时光也浸入了她的面容与身体。

虽同为山西人，但是，孙频与贾樟柯的艺术理解与艺术表达方式都殊为不同。不过，在如何表现我们的时代方面却也有着某种殊途同归的意味。近年，孙频以《松林夜宴图》《光辉岁月》《万兽之夜》《我看见草叶葳蕤》等一系列卓尔不凡的中篇小说写下了她对于历史、对于人的生存的理解。这是一批带给读者惊喜的、对我们时代有独特思考力和洞察力的优秀作品。凭借这些作品，孙频足可以被视为新一代作家中的佼佼者。

《天体之诗》塑造了跟我们以往想象很不一样的下岗工人形象。致力于独立电影拍摄的"我"来到破败的国企旧址。他看到了那位以疯狂撞树作为锻炼身体方式的老主任。老主任希望留下自己作为国企职工的声音，他甚至向摄影机吐露了他珍藏的红毛衣的秘密，那是当年情人送给他的定情物。已近晚年的车间主任极其渴望说出真相，他向"我"介绍了李小雁，一个众说纷纭的、马上出狱的女人。当年，谁能相信李小雁杀死了厂长呢，但厂长是在她面前掉进电解池的，而她也自认了凶手身份，为此，她付出十五年的监狱生活。

李小雁是具有文学光芒的女人。她笨拙、沉默，渴望成为好学生，好女人，盼望有好的爱情、家庭，以及命运。90年代初她从南方回到小城，来到工厂成为国企女工，指望一直生活在体制中，不料两年后面临下岗。李小雁坚持不愿面对命运真相，最终，与她争吵的厂长掉进了电解池，她被指认为凶手。

一个人是不是应该反抗命运的不公，一个人是不是应该和他生命中的"风车"搏斗？谁能来回答这个问题呢。小说中每个人都有他的难局。厂长渴望全社会关注国企问题，不惜以自杀来博取社会舆论，但他失败了；作为指证李小雁犯罪的证人，老主任希望李小雁能反抗他的指认，如此，这个女人的冤屈和厂长的死才会引起轰动。但是，李小雁没有。她认下杀人的罪名。入狱后多次寻死不成，李小雁最终脑海里分泌出属于自己的爱情故事、分泌出"爱人"，分泌出"可爱的孩子"，她靠想象抵挡无情人生的摧毁。即使出狱后老主任撒传单、写供词推翻她的杀人罪名，她也拒绝真相。

这是复杂的故事，关于认命与不认，关于甘心与不甘；关于一个人和他/她的时代如何相处，关于一个人和他/她的命运如何相处。老主任多么不甘，他如此渴望发声，渴望说出真相，但是，他不得不面对世界薄凉、人生喑哑的惨烈。李小雁到底也是不甘的，她用她的方式来抵挡。

我们常常被迫面对一些我们不愿面对的事实。某种时候，自欺未必是愚蠢；欺骗他人也未必是作恶。分别之后，李小雁写信对"我"说，"她一切都好，她每日去摆摊做裁缝，一天下来总能收入十几块钱，最多的时候一天能收入三十多块钱。她说她收养了一个三岁的小男孩，已经会说很多话了。"① 很可能她又在写"诗"了，

---

① 孙频，《天体之诗》，《北京文学》，2019年第1期。

但"我"最终放弃探究之心。我同样也回避了生存的真相，回复她一首"诗"："我在信中说，我也过得很好，已经和女友结婚了，现在工作和生活都很安稳。我说上次在你们工厂拍的那部电影后来真的在电影节上获了个大奖，还有笔可观的奖金。我说很多人都会看到这部电影的，都会看到你和你的工厂。"[1]

然而，"诗"到底是"诗"，它只是我们抵挡人生寒凉的一种方式而不是真的事实。李小雁未必不清醒："直到三个月之后的一个深夜，我忽然收到一条短信，短信里告诉我李小雁昨晚病故了，她已经生病有一年了，她临死前一再嘱咐过的，要记得告诉我一声她不在了。发信人是她弟弟。"[2]

……

与小说中千回百转的故事情节相比，我更喜欢这小说的调性，从容又饱满，荒芜又丰饶，灰暗又明亮，纯粹又沧桑，尤其喜欢结尾中"我"看着镜头，发现了李小雁微笑的片段：

> 镜头里的李小雁正疲惫地躺在床上熟睡，她身边的光线正在渐渐转暗，看起来天马上就要黑了。就在那天色完全要黑下来之前，她躺在那里忽然睁开了眼睛，却没有动，她和她面前的摄像机静静对视了片刻之后，忽然就对着它神秘地笑了。
>
> 很快，那笑容就像一滴水一样融化在了镜头里无边的黑暗中。[3]

无所不在的摄影机摄下了这个女人颓败的生命真相，也保留了她瞬间的微笑。生命是一袭华美的袍子，上面爬满了虱子，张爱玲说。这是一种看世界的角度。生命破败寒凉，枯草没顶，但到底头

---

[1][2][3] 孙频，《天体之诗》，《北京文学》，2019 年第 1 期。

顶上也有星星照耀。这是另一种看世界的角度。无论哪一种，其实都在讲述生命里的参差、复杂、矛盾与分裂：人生即是如此美好，人生即是如此寒凉。

"可是，无论如何你一定要相信，我是一个多么想美好的人。"① 小说中，李小雁竭力对"我"表达。我被这句话打动——这是酸楚的句子；这是不向生活驯服的句子；这是让李小雁的生命丰饶而有蓬勃之气的句子，这是让读者念念难忘的句子。

当然要提到李小雁写诗的行为。这个女人从少年时期就开始写诗了，尽管那些诗写得幼稚、并不高明，也从未发表过。"写诗"让李小雁成为工厂里最可笑的人。她实在有点儿像当代的堂吉诃德。但是，这也确是李小雁的文学魅力——你不得不承认，这个女人是要将整个生命写成诗的人。

"我是写给自己看的，真正的诗都是写给自己看的。"② 李小雁说。某种意义上，这部小说是关于"一个多么想美好的人"的挽歌，关于一个女人在最不美好的境遇之下如何渴望美好。这恐怕是小说命名为"天体之诗"的原因——《天体之诗》是作家向作为天体的人的致意，她向那些生命荒芜但又不断向上的人、向那些身陷泥沼但又渴望清洁的人、向那些拔着头发渴望脱离凡尘的人致意。这些人，他们的生命固然是卑微的，但又是一种倔强的存在。

浩渺无穷的宇宙里，地球不过是一颗星粒，而人只是微尘。即使如此，人依然是那种特殊的天体——即使是在黑暗里，它也始终会闪耀哪怕被吞没的微光。

2018 年 10 月 9—15 日

---

① ② 孙频，《天体之诗》，《北京文学》，2019 年第 1 期。

没有什么能阻挡
对爱与美的向往

　　不在任何事物面前失去自我，不在任何事物——亲情、伦理、教条、掌声、他人的目光以及爱情面前失去独立思考的能力，这就是我所理解的写作的自由。

_____

今天，"娜拉"走到了哪里

——中挪歌剧《娜拉》观后

2016 年 10 月 30 日晚，由中国挪威两国艺术家共同合作的歌剧《娜拉》在天津大剧院首演。作为观众，我听到《娜拉》这部剧的名字与拿到《娜拉》剧情介绍、看歌剧《娜拉》的感受很不一样。听到这部剧的名字时，我会自然想到易卜生的《玩偶之家》，会以为是当代人对经典的重新演绎。看到剧情介绍中提到易卜生，再想到剧作者是挪威最重要的当代剧作家乔恩·弗斯，便猜想可能是这位当代作家对那位著名女性命运的重新勾勒。而坐在台下真切观看歌剧时才意识到，先前的联想与介绍，与歌剧本身所渴望表达的，有着某种古怪的差异和错位。

这是一部给予观众陌生化感受的歌剧，由中国年轻作曲家杜薇谱曲，歌剧演员么红则饰演中年女性这一角色。剧中人物只有五位，老年女性、中年女性、青年女性、中年男性以及负责与人物进行内心争辩的"影子"。影子这一角色的设置使这部剧作现代感十足，也意味着它完全迥异于普通的剧情剧。整部歌剧由对话以及独白构成，对话包括男性与女性，中年与老年，以及影子与女性、影子与男性的对话。舞台背景随着人物内心波折而出现变化，用以烘托剧作效果。跨越时空，舞台上的对话主题是什么？是对女性生存价值的探讨，是关于一位女性抉择的争论：女人离开家庭去往外面的世界后命运如何。

　　么红饰演的中年女性是有力量的，角色的愤怒在唱腔和肢体语言中表达出来，很有撞击感。我们可能听不懂那些英语歌词，对歌剧这种形式也感到陌生，但人物内心的愤怒、不安还是借由音乐、歌唱传达给了观众。或者，可以说通过歌唱、音乐、背景和人物的表演，我们了解到这个女人的愤怒缘由：不断地生育，不断地被困在家庭中，根本没有个人的空间和时间；她感受到寂寞、孤独，她日益感觉自己像笼中鸟儿；她渴望自由、渴望绘画，渴望走到外面的世界。

　　剧中，男人有他的许多内心戏。男人也并不是那个海尔茂。他看起来并不自私，他也没有视女人为玩偶。他像是我们身边那些普通的上班族男人，疲惫的中年男人。对女人，他自认是爱护的，鲜花、拥抱、亲吻，一样也不少。他不明白，那个拼命冲破牢笼的女人到底要什么。男性人物这一设置有了两性对话的意味，也使人意识到两性之间的隔膜与错位。但更重要的是，这个人物与中年女性的愤怒与执拗出走构成了比照，令观众有了某种错愕感。

　　观众看着中年女人的愤怒，看着她与爱她的丈夫吵架、撕打时，作为观众的我们会产生一种荒诞感。难道有家有孩子不好吗？为什么你对养育孩子不感兴趣？为什么你会抱怨下班后疲惫不堪的丈夫？这是丈夫与影子对女性的追问，也是观众对她的追问。在这样的追问之下，她的愤怒让人觉得莫名其妙。在我们这个时代，也实在很难理解这个衣食无忧的女性的愤怒从何而来。而老年女性的独白似乎也坐实了她当年选择的不明智——走出家的女人并没有成为艺术家，而她的代价不仅仅是失去丈夫和家庭，甚至也失去了孩子们对她的爱。所有一切并不像她想的那样。

　　从这里看，这大概是弗斯关于娜拉走后怎样的一个解答。娜拉走后怎样？她可能会后悔，一事无成，并不比先前要好。如果我们以通俗的大众眼里的幸福标准为标准的话。

如果剧作只是停留在这个层面，它所带来的思考将会大打折扣。整部剧作让人有陌生的新鲜处在于，那位丰腴的衣着现代的青年女性。她温柔、体贴、美好得像月光一样。在与男性的交流中，她提到她的梦想，对她而言，最美好的生活莫过于嫁一个丈夫，生一个孩子，成为一位母亲。你的前妻为什么要离开你，离开孩子，离开家呢？这是这位年轻女性完全不能理解的，为此，她谴责那位中年女性，并不知她的愤怒从何而来。于她而言，外面的世界并不如家内的世界那么有吸引力。这是年轻的女人，看起来很有现代意识的女性，但她与娜拉格格不入，完全不同。

中年女性的决定让人深感不适，年轻女性的心思让人认同。这就是我们今天观看《娜拉》时的最普通的感受。某种意义上，《娜拉》中的老年女性、青年女性的台词非常契合当下中国社会对"娜拉"的理解。今天我们如何理解从家庭中出走的"娜拉"？去看看这部当代歌剧《娜拉》便是。这岂止是中国人对"娜拉"出走的理解？这部中外合作的剧作表明——这位青年女性对娜拉出走的肤浅理解与认识也并不仅仅属于挪威，不仅仅属于中国，如她们一样看待"娜拉"的女人，如她们一样看待"娜拉"的人，其实生活在全世界的每一个角落。这是一个反讽，使我们重新理解女性解放的步伐。

一个女性的意义在哪里？只是在家庭中体现吗？一个没有丈夫没有孩子的女性，她是否有她存在的意义？这个在 1919 年"五四运动"中早已被鲁迅、胡适等人解答的问题，今天又一次摆在我们面前。而且，现实是如此地严峻，我们大多数人会对娜拉的行为表示困惑。而易卜生《玩偶之家》中，那句著名的"我想成为和你一样的人"的目标也并没有完全实现。《娜拉》告诉我们，如果娜拉生活在今天，她依然是边缘力量，依然势单力孤，她的命运并没有我们想象的那么乐观。可是，那位完全不能理解中年女性的年轻女人，在未来，她会不会有一天自我觉醒，成为一个娜拉，渴望离开家庭？也并不是没有可能的。由此，这个剧作也的确如剧情那样写了一个女人的三个时期。

不过，坦率地说，观剧时，我也有属于我的困扰。歌剧中，中年女性被反复追问你离开家之后、你离开丈夫之后，那些可爱的孩子怎样时，我以为，剧作为一位自我觉醒的女性提供的道路未免狭隘了。毕竟，我们与易卜生时代相隔百年，离开丈夫，离开家庭，在外面工作也并不意味着放弃和孩子在一起。在今天，我们看到很多的单身女性带着孩子生活，我们也可以看到既有丈夫又有孩子也有事业的女性。换言之，成为一个独立意义上的自我与做一位成功的母亲、婚姻美满的妻子之间，并没有那么大的鸿沟要跨越。家内与家外的分界线并没有那么壁垒分明。事实上，经由当年的"娜拉故事"，今天我们的时代客观上也给予了女性更多自由选择的空间。在中国，越来越多的职业女性的出现也是不争的事实。

特别要提到的是，虽然名为《娜拉》，但整部剧作中没有一个人是有名字的，也就是，并没有娜拉这个名字出现，但是，娜拉就像是理解这部剧作的背景，是核心名词，或者是理解这部剧作的最重要的钥匙。弗斯的《娜拉》有如一面镜子，使他与他的前辈易卜生构成了对话关系，也与中国现代文学之父鲁迅构成对话关系，看得出，他和鲁迅共同认识到，"出走"并不是娜拉幸福生活的开始。他和鲁迅的不同则是，如果说鲁迅想到娜拉的自由时，马上想到一位女性的经济独立问题；而这部剧作则试图勾勒的是社会氛围与娜拉本人内心世界的冲撞。那位年轻女性的到来表明，娜拉走后，她的丈夫将会迎来第二春，她的家庭很快会有一位新的女性（或新的娜拉）到来。

当然，与前面两位前辈更重要的不同在于，这位剧作家作品中对全球化语境女性际遇的思考。歌剧中的三位女性由三种肤色的演员扮演这一行为也表明，主创们意识到，娜拉的困惑是有普遍意义的，娜拉所遇到的解读与理解，所遇到的误读、误解，所感受到的不公和困难，也具有普遍性。换言之，歌剧《娜拉》讲述的是全球化语境里一位不安于婚姻家庭的女性所遭遇到的普遍性难题。它使我们意识到，我们时代科技在进步，但人所遇到的精神疑难并未因此而减少。歌剧《娜拉》的意义在于它不为女性生存意义提供明晰的答案，而旨在促使我们面对全球化背景下女性的现实处境，刺激我们对女性生存价值进行深入思考。

好小说的第一百零一种读法

——评毕飞宇《小说课》

　　《小说课》是作家毕飞宇的第一部小说讲稿，其中收录的文字曾在微信与网络上广为流传，深受读者喜爱。此书所选择的作品也都是我们耳熟能详的：《聊斋志异》《水浒传》《红楼梦》，鲁迅的《故乡》，莫泊桑的《项链》，以及海明威、奈保尔、汪曾祺等人的作品。选择这些作品，首先意味着难度。因为以往对这些作品的分析文字已经不计其数。不过，毕飞宇到底是不负期待、不走寻常路的小说家——如果说这世界上已经有了一百种对经典小说的阅读法，《小说课》所致力于寻找的则是那第一百零一种。

　　站在小说家角度解读是《小说课》最显著的特征。这在讲稿《"走"与"走"——小说内部的逻辑与反逻辑》中体现得极为明显。在关于"小说内部的逻辑"分析中，他带领读者看到林冲的一路走来，"由白虎堂、野猪林、牢城营、草料场，雪、风、石头、逃亡的失败，再到柴进指路，林冲一步一步地、按照小说的内部逻辑，自己'走'到梁山上去了。"[1] 通常的阅读中，我们只是看到林冲一路怎样被逼迫，而毕飞宇则引领我们看到林冲的行走——他拨开故事内部的重重屏障而直接引领我们看到施耐庵为林冲设计的那条道

---

[1]　毕飞宇，《小说课》，北京，人民文学出版社，2017年，第36页。

路，这条路上有种种凶险同时又充满了各种变数与命数，这出于施耐庵对林冲性格的体察与认知，也是小说家对现实逻辑的遵从。透过这样的路线还原，我们不只是看到了林冲性格与身份的复杂性，我们更看到了施耐庵作为小说家的心思缜密。

在《红楼梦》中，毕飞宇引领我们读到的是"小说内部的反逻辑"。[①] 看望病重的秦可卿后，曹雪芹写道："凤姐儿正看院中的景致，一步步行来赞赏。"从病人房中出来的女人，如此行来的确"反常"，这一细节凸显了《红楼梦》的另一种力量。那也是作为曹雪芹制造的"飞白"。普通读者读不到这层自然是没有关系的，但如果读到这个层面，小说本身的"山重水复"便会显现。这是把《红楼梦》读厚、读长、读深了的读者，他顺着当年曹雪芹的思路和视线琢磨。曹雪芹怎样安排人物路向，曹雪芹怎样设计、理解人物性格与命运，这是毕飞宇阅读时的思考。这样的思考如此切近文本，读者不得不认识到，原来小说文本的疆域是如此之宽阔。甚至，读者也不得不对自我的阅读产生怀疑：我们之前读的那本就是毕飞宇读的这本吗，而为什么我们没有看到小说内部的奥妙？透过毕飞宇敏锐、卓尔不群的分析解读，那些沉睡在时间深处的经典得以重回我们身边：这一本即是那一本；这一本又不止是那一本，它变得如此美妙可感，新如朝露。作为读者，我们身体内部的文学感受力就这样被他的解读重新激发。

《项链》是出现在中学课本的小说，已经被解读了无数次，给予解读者的空间少之又少。那么，为什么《小说课》要对这部小说进行重新解读？因为小说中的某个问题牢牢地吸引着他。自然是我们最为熟悉的那句话，"那一串项链是假的。"一如毕飞宇所说，这句话是小说内部的惊雷，震惊了主人公以及读者。而支撑毕飞宇进

---

① 毕飞宇，《小说课》，北京，人民文学出版社，2017年，第27页。

一步解读的问题是，"'假'在什么条件下使人吃惊"，或者说，"如果环境里头到处充斥着'假'"呢？[①] 这是他解读这部小说令人惊艳的起点。小说家从此处带领我们思考：如果一位中国作家在今天写《项链》，这部作品还是否经得起推敲？这一问题使《项链》的解读发生了惊人的"反转"，这无异于解读小说的另一个"惊雷"。也是由此出发，毕飞宇使我们反观我们时代自身的诡异——毕飞宇既了解小说写作本身，也深为了解小说本身的生长，了解它在不同时间里的命运，它如何复活，何以复活。从文本出发，但并没有拘泥于文本，对《项链》的解读涉及的是小说的阅读与接受场域。

对鲁迅《故乡》的分析中，毕飞宇则由一些词语或比喻进入文本：鲁迅为何以"豆腐西施"和"圆规"比喻杨二嫂；闰土那"分明的叫道"，鲁迅对闰土那句"那时是孩子，不懂事"的敏感；闰土与杨二嫂对于碗碟、香炉以及烛台的关心……这些语词有如路标，我们得以窥见历史与时代表象之下的冰山。"忘掉表面的生动与生活的形似，剩下来可提供的是一种更深刻的乐趣，对人类价值观的敏锐辨别。"[②] 这是伍尔夫对优秀小说的看法，用来评价毕飞宇的解读也是恰切的。

我以为，《小说课》里藏有毕飞宇作为"这一个"批评家的一面，从中能看到他穿透文本表象，直抵文本核心的读解本领。当然，我们也会了解，他是那种"用心灵，用脑筋，敏感的脊椎骨进行阅读"[③] 的优秀读者。他拥有由小切口进入的有如庖丁解牛一般的解读法，因此，他的解读才深入浅出，妙趣横生，同时又别有思

① 毕飞宇，《小说课》，北京，人民文学出版社，2017年，第64页。

② 弗吉尼亚·伍尔夫，《论简·奥斯丁》，《大师谈名人》，孙藏编，长春，时代文艺出版社，第221页。

③ 纳博科夫：《文学讲稿》，申慧辉等译，北京，生活·读书·新知三联书店，1991年，第23页。

考，别有情怀，别有魅力所在。事实上，我们阅读《小说课》的过程也很美妙，有时候会心一笑，有时候则感叹：原来小说是可以这样读的，原来读小说是这么有意思，这么生趣盎然——《小说课》不仅让我们重新热爱小说，也重新生发出对解读小说这一行为本身的热爱。

什么是优秀读者与优秀小说之间最理想的关系呢，恐怕是"相看两不厌"。好读者对好小说自然是深爱的，与此同时，好小说遇到旗鼓相当的解读对手自然也会重新焕发生机。"在那无路可循的山坡上攀援的是艺术大师，只是他登上山顶，当风而立。你猜他在那里遇见了谁？是气喘吁吁却又兴高采烈的读者。两人自然而然拥抱起来了。如果这本书永垂不朽，他们就永不分离。"[①] 纳博科夫在《文学讲稿》里向往过优秀读者与优秀小说家相遇的美妙场景，我想，《小说课》与它所分析的作品之间正在抵达这样的刹那。

2017 年 4 月 13 日

---

① 纳博科夫：《文学讲稿》，申慧辉等译，北京，生活·读书·新知三联书店，1991 年，第 21 页。

当女性写作遇到非虚构

近年来，中国当代女性写作发生了显著变化，从铁凝《笨花》、迟子建《世界上所有的夜晚》、林白《妇女闲聊录》到从网络成名的女性作品《蜗居》《心术》（六六）、《杜拉拉升职记》（李可），都表明女性写作在"社会性别自觉"与"文学自觉"的双重意义上开始了一个新的格局。2010 年，在由《人民文学》发起的非虚构写作热潮中，女性作家创作的非虚构作品《梁庄》（梁鸿）、《上课记》（王小妮）、《羊道·春牧场》《羊道·夏牧场》（李娟）、《盖楼记》《拆楼记》（乔叶）、《女工记》（郑小琼），都以关注中国社会的热点问题而具有广泛社会影响。她们书写的是乡村问题、新疆边地生活、大学校园、工厂女工、被拆迁族群，借由个人的、活生生的经验，这些女作家们为当代中国勾勒了细微、具体、震动人心的真实图景。尽管非虚构写作并不只限于女性文本，但一个显在的事实是，由这些女性作家创作的非虚构文本唤发了公众的阅读热情，引起了全社会的广泛关注，当然，随之而来的问题是，为什么女性写作遇到非虚构文本时能产生如此诸多引起读者共鸣的作品，非虚构与女性写作的结合是否偶然，在非虚构文体与女性写作之间隐藏着何种关联？

非虚构文体的开放性为女性写作如何摆脱"自传式""个人化"

的写作习惯提供了发展方向。当强调关注社会现实的非虚构文体与强调个人化叙事的女性写作相遇，个人经验与集体经验出现"交叠"，非虚构文体本身具有的对"真实性""亲身经验"的强调与女性写作中对"个体经验"及细节的重视使非虚构和女性写作的结合产生某种奇妙的化学反应，这最终成就了一个个独具意味的"中国之景"。——深具社会性别意识的非虚构女性写作是新世纪女性写作新的珍贵收获。

从"我的世界"到"我眼中的世界"

在今天的中国，我们为什么对非虚构情有独钟？我们希望看到作为个体的那些痛苦和忧伤，更重要的是，我们渴望看到作家作为一个人去倾听、去书写和去理解我们身在的现实。

非虚构文体的兴起回应了这样的"渴望"。所谓非虚构，面对的是虚构，强调的是与虚构的不同，强调的是它与虚构的不搭界，与失真的、苍白的没有生命力的文学写作类型不搭界。正是对"非"字的强调，这一文体焕发了另外的语义指向，也刷新了我们关于艺术创作与现实世界之间关系的想象。由女性作家创作的非虚构文本，都是由"我"为视点的有关现实热点问题的书写，都在试图思考"我"与"现实"、"我"与"时代"的关系。《梁庄》是发轫之作，作为一名大学教师，梁鸿讲述了她所见到的二十年来故乡发生的变化。这部非虚构作品引发了社会对农村问题的广泛关注，获得了包括文津图书奖在内的多个奖项。《盖楼记》《拆楼记》是非虚构小说，乔叶讲述了"我"和姐姐一家亲历的拆迁，她尽其可能地还原了我们这个时代纷繁复杂的"拆迁"语境。《女工记》中，郑小琼以诗歌及手记的形式对每个作为个体的女工生活进行了还原；《上课记》则是诗人王小妮自2005年以来任大学教师的教课手记，她温和而耐心地倾听青年人的困惑与痛苦并诚实记录下来。

使用"我"来讲述个人亲见是这些非虚构作品的共同特点，也是近百年来自传式女性写作的惯用模式。自传式写作是非虚构写作的一部分，但自传与非虚构的写作目的和表达方式有明显差异。以"我"为叙述者的非虚构更强调的是"我"眼中的世界，而非"我"的世界。在自传式女性写作中，"我"是主角，世界的一切都是以"我"为主。而在非虚构女性写作中，"我"不是主角，"我眼中的一切"才是我的主要叙述对象。写作者面对世界的态度也是不同的：自传式写作是内视的，是倾听自我声音的；而非虚构写作则是向外的，是倾听他者之声的，非虚构写作中的"我"都是开放的，她愿意和世界交流——以"我"的视角书写"我"眼中的世界，虽然带有"我"的认识、理解、情感，但最终的写作目的是希望"我"眼中的世界被更多的人所知晓，即渴望"个人经验"转化为"公共经验"。在非虚构写作的视野里，"我"是大地，是活生生的现实的一部分。

从"私人"到"社会人"

这些文本中，写作者都有共同的内在视点，她们将个体放置于"家庭""社会关系"的框架中去理解和认识，她们将每一位工人、农民、被拆迁者、大学学生还原为社会关系中的人、每个家庭的重要成员，她们将人作为"社会人"去理解和认识——"家庭"是这些女作家将个人经验转化为集体经验的中间地带。

在大众媒体中，工厂女工的其他社会关系通常被忽略和简化了。郑小琼《女工记》对女工的理解不是孤立的，她将她们还原到现实的社会关系网络中，这个网络的最基本单位是家庭。女工不仅仅是女工本人，还是作为女友、女儿、妻子、母亲的女性。还原为"家庭"成员是重要的，它唤起了读者最基本的人道主义情感：那站在流水车间里的每一位工人，都是家庭里的重要成员：父亲、母亲、丈夫、妻子、儿子、女儿，这是最基本的具有普世价值的情感，也是使我们将"个人"还原为"个人"的情感，更是能将读者团结为"社会共同体"的情感。一如《梁庄》中对少妇春梅的凝视。春梅的情欲之伤，是她和丈夫的共同苦闷。夫妻团圆、性问题，这是个人的伤痛，也是家庭的伤痛。当村庄为无数家庭之痛所困，岂不是国家之忧伤？从家庭出发对农村问题的理解角度也是最能引发读者共鸣的。

这些非虚构文本通过将女性／个体还原为社会个体的方式使农村、工厂、拆迁等社会问题重新回到我们的视野中，也使写作者的个人经验有效地转化为集体感受。这也表明了这些女性写作者对于个人的理解和认识：个人的生存并不是个人化生存，家庭是我们对个人身份认同的重要基础，这有别于 90 年代以来女性写作中对个人的认识。通过立足并强调个人之痛与家庭之伤，这些文本最终成就了对国家之忧的勾勒，也对壁垒分明的"私人领域"与"公共空间"秩序进行了重构。

文学：重回公共生活的可能

王小妮、梁鸿、乔叶、郑小琼、李娟等并不是传统意义上的女性写作者，她们中也没有人承认过自己是女性写作者，但，这些文本所构造的独特的真实的社会"风景"都是通过一位女性的眼睛来完成。当这些写作者们试图书写一位女性眼中的"世界"和"现实"时，她们所要谋求的，不是对"个人记忆"的重写，而是希望经由"个人记忆"来重构"公共记忆"，她们所强调的，也不是这些声音、场景的"边缘"与"偏僻"，相反，她们试图在文本中生产出独具视点的公共议题，她们渴望个人的关注点能与"社会关注点"衔接。

这并不是指点江山的激扬文字，而是对社会责任恰如其分的担承。郑小琼说，"我并非想为这些小人物立传，我只是想告诉大家，世界原本是由这些小人物组成，正是这些小人物支撑起整个世界，她们的故事需要关注。"[1] 作为女性作家，她们对于个人社会责任也有深刻的反省，一如王小妮所言，"在记录和写作的过程中，也是审视反省自己的过程，从一节课的准备到一个学期的终止，不断地自我调整修正，从一个传统施教者的角色渐变成一个讲述倾听讨论观察者的角色，这变化丝毫没有被动性，我想只有这样才可能更接近一个今天意义下的好老师。"[2]

将 2010 年以来出现的非虚构文学创作热潮放置于中国当代文学发展史脉络约略可以看到某种轨迹：1980 年代以来的中国文学叙事是与文学启蒙有关的，作家们喜欢将自己的个体经验上升为国家经验讲述；1990 年代则是与公共经验的断裂时期，写作者们以强调个人的、身体的、物质的、日常的、破碎的经验来抵抗 80 年代对文学公共记忆的图解——如何将个体经验与集体经验进行有效的转化，如何将文学重新唤回到社会公共空间？这是近几年中国文学面临的内在困境。非虚构文体的开放性为当代文学如何摆脱"自传式""个人化"的写作习惯提供了一个发展方向。文学在具体的个人经验对通常大而化之的公共经验进行了质疑和补救，非虚构写作使我们重新认识到，在个人经验和公共经验之间的紧张地带的书写正是文学的价值与意义所在。强调关注社会现实的非虚构文体与强调个人化叙事的女性写作相遇，这最终成就了一个个独具意味的

---

[1] 郑小琼，《后记：女工记及其他》，《女工记》，广州，花城出版社，2012 年，第 258 页。

[2] 王小妮，《上课记》，北京，中国华侨出版社，2011 年，第 3 页。

"中国之景"。——非虚构女性写作文本的大量涌现使"非虚构"写作具有了中国特色，也意味着中国当代文学及女性文学都借此重新返回了当代社会的公共言说空间。

当然，尽管当下的"非虚构"写作取得了广泛的社会影响，但内在的问题与疑难也应该意识到。首先，非虚构作家该如何理解"现实"与"真实"，如何处理现实中的"真实"与文学表达中的"变形"？其次，这些非虚构作品几乎都是忠于个人经验式的"呈现"，这是今天非虚构写作的优势，也可能是桎梏——写作者是否应该只满足于个人经验或把目下的现实呈现出来？非虚构写作如何避免对"现实"的流水账式、表象式的记录？对非虚构写作"呈现"的理解与追求是否会影响中国当代非虚构写作的进一步发展，非虚构文本是否应该提供认识世界的方法、深刻反思和反省社会与自身的方法？对现实的忠诚"呈现"是当下非虚构写作的新起点，但不应该是终点。非虚构写作不应该只是现实的镜子，还应该是现实的放大镜与显微镜。如何更为深刻地为读者提供理解与认识世界的方法，如何帮助读者深入了解与认知我们的社会与自身是目前非虚构女性写作面对的新高度，也是整个非虚构文体写作面临的挑战。

为什么要燃起"女性精神"的火把？

——对百年女性写作的一种回顾

　　过了2月28号，便意味着还有一周时间"三八妇女节"就要到来，当然，还意味着年年讨论的女性问题也将再次被提起。与往年不同，微信上关于女性问题的讨论从春节那天便席卷而来并持续至今。先是春晚小品是否有女性歧视的讨论，它引发了无数观众和手机用户的热议；紧接着的另一个热议出现在大洋彼岸的奥斯卡颁奖礼上。在《少年时代》中饰演母亲一角的帕特丽夏获得了最佳女配角，在依惯例念完感谢名单后，她提出了好莱坞男女同工同酬问题。"感谢每一位纳税人和每一位公民的母亲，我们曾经为了别人的平等权益而战斗，现在让我们为男女同工同酬战斗，为美国所有女性的平等权益战斗。"[1] 这番话诚恳、切中，得到了整个颁奖礼的热烈掌声，事后美国媒体也都采用图文并茂的方式发表了她的获奖感言。是的，好莱坞那已被习惯的、明显不平等的薪酬标准能再次成为焦点，缘于这位女性演员在世界最受关注平台上的勇敢发声。这是卓有意味的一刻，值得东方的我们学习、赞扬、铭记。

　　也许话题终究会变旧，但它带来的思考却不应随风而去——尽管全球化的妇女解放运动已历数百年，但那并不是"完成式"，而

---

① 《奥斯卡上为什么要谈男女同工同酬》，https://ent.qq.com/a/20150225/ 011866. htm。

是"进行时"。今年开春女性话题在坊间的持续热议使人再次认识到，无论是否在三八节这天，无论是在东方，还是在西方，重申男女平等、女性立场、女性权利依然是如此必要。

点亮幽暗之地

如果把中国文学史比作一条无穷无尽的大路，那么作家则是道路上的路标：从这段开始，我们进入了那个叫司马迁的领地；过一阵，我们将到达李白之地，很快，我们就在不远处看到了杜甫，还有苏东坡、关汉卿、曹雪芹、蒲松龄……讨论这些大作家及其作品时，我们几乎不用辅助手段。因为他们在光亮处，他们已经被命名，被确证，被视为经典。但是，一路走来，你会发现大路上的女作家少之又少。只有李清照，或者，还有蔡文姬？无论怎样，在千年文学的大路上，被女性写作者命名的路标好少，少得可怜。

岂止是女作家，关于女性人物及其生活，我们的正史记载都少之又少。女性生活在沉默之地，这是事实。因为几千年来绝大多数女性的受教育权是被剥夺的，她们受困于"女子无才便是德"的习俗，这是中国历史上女作家数量稀少的原因。当然，1919年之后事情发生了变化，五四时期开始出现了女作家群体，我们也逐渐在文学作品中看到她们笔下的女性生活——那种不仅仅生活在才子佳人故事中的女性生活，那种有人间烟火气的女性生活。但是，还是不清晰。关于她们的一切影影绰绰。因而，要讨论百年女性写作，我们得点燃一支火把，要理解创世纪者的工作，还需要蹲下身子，把火把贴到历史现场。

首先，那封发黄的信将被我们发现。"中国女作家也太少了，所以中国女子思想及生活从来没有叫世界知道的，对于人类贡献来说，未免太不负责任了。先生意下如何，亦愿意援手女同胞这类事业吗？"① 这封信写于九十多年前，1923 年 9 月 1 日。写信的女子叫凌叔华，收信人则是她的老师周作人。

是的，当时中国女作家实在是太少了。回到那个历史空间，我们所能想到的受全社会瞩目的女性作家只有冰心（虽然当时陈衡哲也开始写作，但她的读者相较于冰心少之又少）。冰心受到的社会关注是空前的，她写她作为女学生的生活，以及她面对世界的感受。清新、纯洁、亲切、温暖，女性生活的一小块帷幕由此被拉开。作为冰心的燕大学妹，年轻的凌叔华因为看到女性生活"从来没有叫世界知道"，也便意识到了中国女性写作的革命性意义——她有意为我们提供一群"时代"之外的闺秀生活，讲述她们内心世界的欲望与隐秘。以被众人忽视的对象为对象，凌叔华书写了"高门巨族的精魂"②。

但更惊世骇俗的是丁玲的《莎菲女士的日记》。小说中的莎菲是迷人的和令人惊艳的，她不是娜拉，不是祥林嫂，更不是子君，在爱情面前，她从来不是被动的"小白兔"。《莎菲女士的日记》的横空出世表明，女作家和她的女性人物由幽暗之地来到了光亮之所在，丁玲使我们重新认识女性作家和女性人物的勇敢。

问题是，为什么在 1919 年之后，中国开始有一批女作家集体出现而在这之前没有？注意到陈衡哲、冰心、凌叔华、冯沅君、庐隐、苏雪林、石评梅等人的教育背景是必要的，她们都是女学堂的毕业生。女学生的出现对于中国女性写作具有重要意义。女学生们最早出现在外国传教士开办的教会女校中，之后，中国人自办的女校陆续出现。随着 1907 年清政府《学部奏定女子小学章程》26 条和《学部奏定女子师范学堂章程》39 条的颁布，女学堂在中国合法

① 凌叔华，《中国儿女》，上海，上海书店出版社，2008 年，第 182 页。
② 鲁迅，《〈新文学大系〉小说二集序》，《鲁迅全集 第 6 卷》，北京，人民文学出版社，2005 年，第 258 页。

化，女学生群体日益壮大。

女学生是中国第一群以合法的名义离开家庭进入学堂读书的女性。这使几千年只能在家内生活的良家妇女进入了公共领域。不缠足、走出家庭、进女校读书、与同龄女性交流、出外旅行、参与社会活动、与男性交往……都是现代女性写作发生的客观条件。如果说妇女走出家庭进入公共领域只是为女性写作提供了客观条件的话，那么五四新文化运动的发生，则提供了一批具有现代主体意识的女性，她们是勇于用"我"说话、勇于发表对社会的看法、勇于表达爱情、勇于内心审视，也勇于向传统发出挑战的新青年。

今天看来，五四时期关于女性价值的讨论多么有意义！鲁迅、胡适、周作人、李大钊、叶圣陶、罗家伦等人都参与了妇女解放的讨论，发表了重要文章。在《美国的妇人》中，胡适提出了他著名的"超于良妻贤母的人生观"："做一个良妻贤母何尝不好。但我是堂堂地一个人，有许多该尽的责任，有许多可做的事业，何必定须做人家的良妻贤母，才算尽我的天职，算作我的事业呢？"[①] 彼时讨论的共识是，一个女性是属于社会的、独立的个人，即使她不是妻子、不是母亲，依然应该受到全社会的尊重，她的生命存在依然是有意义的。想来，我们时代每一位女性的生活都受益于这样的讨论，正是具有鲜明女性立场的社会讨论才最终改变了中国女性命运。人的意识和女性意识的苏醒使中国女性成为现代女性，也使她们中的一部分人拿起笔，以书写照亮自己，也以书写照亮姐妹们喑哑的生活。

---

① 胡适，《美国的妇人》，《胡适全集 第 1 卷》，合肥，安徽教育出版社，2003 年，第 618 页。

"让那些看不见的看见，让那些听不见的听见"

与五四初期的冰心、庐隐、凌叔华等人相比，丁玲、萧红、张爱玲的写作更加成熟和深入——前者的意义在于拉开了书写不为人知的女性生活的序幕，而后者，则早已不停留于此，她们不仅仅书写女性生活，更提供与男性不同的立场和看待世界的方法，视角独特而深刻。当然，相比而言，后来的写作者们的生存环境早已大不相同，此时的她们更为自由，已不再只是女友、妻子、母亲，她们逐渐成为一个挣工资者、独立撰稿人、在战火中奔波的逃难者、到圣地延安的革命青年、自由行走世界的旅人，以及表达不同意见的社会公民。

出版于1941年的《呼兰河传》是萧红的代表作。你很难知道萧红用了什么样的方法或变了什么样的魔术，当她在《呼兰河传》中"话说当年"，读者便会自然而然地回到"过去"，会自然而然地变"小"，有如孩子——像孩子一样感受世界不染尘埃的美好，也会体察到陈规习俗对于一个人的扼杀，对异类的折磨。那是令人难以忘怀的一幕，因为长得不像十二岁的高度，那位小团圆媳妇被她的女性亲戚们"好心地"抬进了大缸里，大缸里满是热水，滚热滚热的热水。"她在大缸里边，叫着、跳着，好像她要逃命似的狂喊。她的旁边站着三四个人从缸里搅起热水来往她的头上浇。"① 这个年轻的女孩子只是因不似"常人"而"被搭救"也被毁灭了。我们只能和小说中那位女童一样大睁着眼睛看小团圆媳妇的挣扎和死亡。萧红目光开阔，她写的是作为受害者的女性、作为迫害者的女性，以及提供这种愚昧土壤的民族性。

---

① 萧红，《呼兰河传》，哈尔滨，黑龙江人民出版社，1979年，第149页。

也是在 1941 年，丁玲发表了她的两部重要作品，《我在霞村的时候》和《在医院中》。《我在霞村的时候》中的贞贞被日本人玷污，同时也为我党抗日队伍送情报。那么，她是贞洁的吗？我们如何理解这位女性的处境？还有《在医院中》的陆萍，这位初到延安的知识青年发现了个人与环境的矛盾和冲突时，她所做的质疑是有意义的吗？她有没有必要把她的困惑和不满写下来，发表出去？文本里的立场和态度矛盾交错，偏僻而不同寻常。为什么学者们如此关注这两部作品及作品中所蕴含的丰富含量？因为这是站在女性立场、边缘立场的作品，更是一位书写者对于生活和时代的深入而切肤的思考。两年后的 1943 年，张爱玲的《金锁记》则显示了另一种能量，它甫一发表便被傅雷视为张爱玲的重要代表作。曹七巧为金钱的锁链所困，被迫嫁给了软骨病病人，多年后，儿女长大成人，她则变成为儿女戴上黄金锁链的人，她限制他们的自由，也戕害他们的人生，《金锁记》为我们勾描了金钱制度下的典型的女狂人形象，直到今天，这位女性形象依然栩栩如生。

40 年代的女性写作，尖锐、锋利、别具洞见，在中国现代文学史上成为不可忽视的路标。如果说 40 年代中国女性写作代表了一种高度，那么新时期至今以来的女性写作则是另一个黄金期。你很难忘记王安忆的《我爱比尔》。女主人公阿三一次次渴望融入这个时代的文化氛围，成为时代文化的一部分。你也很难忘记铁凝的《永远有多远》，女主人公白大省热情、简单、仁义而宽厚，渴望成为深得时代文化精神的"西单小六"，但总是不能如愿。作为艺术人物，阿三的幸运在于她最终没有被时代以及西方文化接纳，而白大省的魅力则在于她与整个时代风潮的格格不入和对仁义美德的守候——缓慢的反应、笨拙的转身以及空怀一腔热情使她成为这个时代的"特立独行"之人。阿三和白大省是文学史上两个令人难以忘怀的"怪里怪气"的女性形象，经由这两个人物，作家王安忆和铁凝表达了她们的冷静思考，即，在时代潮流面前一个女人、一个人如何保持主体性与独立性。

直到今天，我们依然能想起当代文学史中那些出自女性作家之手的作品。宗璞的《红豆》、茹志鹃的《百合花》、张洁的《爱，是不能忘记的》、谌容的《人到中年》、铁凝的《玫瑰门》、王安忆的《长恨歌》、林白的《一个人的战争》《北去来辞》等。当我们把百年来的女性作品连缀在一起，会发现这些女性作家固然书写的是女性生活，但同时也是对那种被时代潮流遗失生活的记取、是对女性精神和女性立场的重申——那些沉默的、那些无故牺牲的、那些处于幽暗之地的种种能最终进入我们的公共生活、历史空间，是因为她们的倾听与书写，她们"让那些看不见的被看见，让那些听不见的被听见"。

刻下另一种女性之音

句子并不只是句子那么简单，它还是声音和调性的寻找。"这就是一位妇女必须为她自己所做的工作：把当代流行的句式加以变化和改编，直到她写了一种能够以自然的形式容纳她的思想而不至于压碎或歪曲它的句子。"[①] 文学史上，独特的属于女性表达的声音和调性在优秀作家那里得以完成。比如在简·奥斯汀那里、艾米莉·勃朗特那里、在伍尔夫那里，以及在诺奖新得主门罗那里。在中国现代早期女作家冰心、庐隐、凌叔华那里，那种来自女性的句式表达是生涩的和别扭的，完美表达需要一代又一代人的不断实践，也需要作家具有开拓的勇气。寻找是持续的，到1940年代，在萧红、张爱玲那里，一种更为自由和成熟的独属于女性的声音与

---

① 弗吉尼亚·伍尔夫，《妇女与小说》，《论小说与小说家》，瞿世镜译，上海，上海译文出版社，2009年，第55页。

句法正逐步形成。

　　我想，当代文学史上令人最为心碎的声音和句式应该属于那位矿工妻子蒋百嫂。她是迟子建《世界上所有的夜晚》中的人物。蒋百在矿难中失踪，蒋百嫂因此便害怕黑夜。有一天镇上停电了。"蒋百嫂跺着脚哭叫着，我要电！我要电！这世道还有没有公平啊，让我一个女人呆在黑暗中！我要电，我要电啊！这世上的夜晚怎么这么黑啊！！蒋百嫂悲痛欲绝，咒骂一个产煤的地方竟然还会经常停电，那些矿工出生入死掘出的煤为什么不让它们发光，送电的人还有没有良心啊。"[1] 因为蒋百嫂家的冰柜里藏匿着戴矿灯的蒋百——在蒋百不能入土为安的背后，有着巨大的冰山一样的悲伤。如果不是迟子建，那位卑微的处于黑暗中的女性的内心哀痛将怎样诉说，将向何人诉说？

　　"向后退，退到最底层的人群中去，退向背负悲剧的边缘者；向内转，转向人物最忧伤最脆弱的内心，甚至命运的背后，然后从那儿出发倾诉并控诉，这大概是迟子建近年来写作的一种新的精神高度。"[2] 那些不可见的人们、那偏僻世界里的叹息、最底层人民不能言说的苦痛都被迟子建看到、听到和感受到了。在当代作家林白、方方、李娟、塞壬、郑小琼等人的作品里，你也会听到自 1919 年以来就一直存在的那种低微、富饶而有强力量的女性声音。一百年来，中国社会和中国女性境遇发生了翻天覆地的变化，当代文学领域，难以计数的女作家们以丰硕的创作实绩丰富了中国当代女性写作，也丰富了中国当代文学本身。

　　2015 年初出现的女诗人余秀华更令人惊讶。很难忘记余秀华

---

[1] 迟子建，《世界上所有的夜晚》，广州，花城出版社，2010 年，第 50 页。

[2] 语出谢冕，为《北京文学·中篇小说月报》颁奖会《世界上所有的夜晚》授奖词。转引自迟子建，《世界上所有的夜晚》，广州，花城出版社，2010 年，第 83 页。

在"锵锵三人行"中读诗的声音，含混、呜咽、痛楚，那是我们时代受伤者的声音，与那种字正腔圆的表达完全迥异。无论你读过多少诗，听过多少诗朗诵，你依然会被这种声音打动。你会强烈意识到，那是有着鲜活人气的声音，不是玩弄诗艺的精英腔调。作为疾病的承受者，她写下了我们感受到的但无法成诗的那部分，她站在我们"不可见处"，写下的是被我们习焉不察的时代之音。这样的声音再次使人意识到，女性写作有独特的个人立场和世界观当然是宝贵的，但更重要的是寻找到属于女性的声音和句法，哪怕是农妇的、疾病的声音。

我以为，女性写作者，或者，更宽泛地说，女性艺术工作者们的女性立场在我们的时代弥足宝贵。看今年春晚时，我无比怀念故去多年的赵丽蓉女士。还记得小品《如此包装》和《打工奇遇》吗？那么多的浮夸、浮华，一摞一摞的金钱，都不能阻挡老太太最为朴素的听从个人内心的表达。也许我们最应该记得的是《英雄母亲的一天》，无论小品中的编导怎样乔张做致，这位母亲都有她接地气的理解力和价值观。小品中的老太太是普通农村女性，也是没有多少文化的人，但是她有看法、有立场、有勇气。在赵丽蓉主演的小品中，借助她有别于普通话的带有浓烈唐山味道的地方口音，借助她独特的属于民间女性的句法，你可以看到彼时流行文化和流行价值取向的浮夸和苍白——赵丽蓉的小品之所以一问世便家喻户晓流传至今，在于小品深植于内的幽默、尖锐、讽刺，以及那种身处低微面对"高处"却不卑不亢独具我见的艺术态度。

作为演员，赵丽蓉的诠释是洗尽铅华、深具民间立场和女性精神的。2015年的春晚中，社会上流行的对女性生活的看法也都被编排进各种小品中，引发了阵阵笑声。但是，这些小品中关于女性的台词大都来自于他人的看法和她们对他人看法的演绎，观众看不到女性如何看世界，观众无法听到女性真正的内心声音——随着赵丽蓉的离世，春晚的女性精神和女性声音出现了严重匮乏，2016年春晚，无论小品编导是否是女性，无论演员是否是女性，都再没有了女性立场。我们看不到下一个赵丽蓉，也听不到"中国帕特丽夏"的声音，这是多么令人遗憾和惋惜的事情。

作为双刃剑的性别立场

重新执起女性精神的火把，站在女性立场言说，于今而言尤为迫切——今天的电视荧屏里，我们能听到那些工厂女工们的声音吗；我们能听到基层农妇们的声音吗；我们能听到那些单身母亲的声音吗？她们的声音是微弱的。与之相对，我们却常在媒体尤其是网络媒体上听到对女性的肆无忌惮的嘲笑——对年老女人羞辱、对大龄未婚女讽刺、对容貌丑陋女性歧视。当一个女性不是妻子，也不是母亲，她的生命和生活是有价值的吗，她应该受到尊重吗？如果是，为什么全社会都在焦急催促她们结婚生子？在我们这个认为"女性也是半边天"的国度里，那百年前早已明确的答案已然变得暧昧诡异，当下的语境里，似乎只有寻找到另一半或者成为母亲的女性才可以受到尊重，这实在是我们这个文明和开放社会该警惕的。

当然，于写作艺术而言，永远激进地手持"性别"火把对女性写作本身可能也是危险的。这需要辨析。女性的愤怒和控诉有可能遮蔽作家对作品艺术品质的追求。

一位真正优秀的女作家，即使不借用性别的火把，依然能够在文学史上刻下属于自己的路标。因为她关注的是所有边缘的和弱势的生存，女人的，男人的，以及全人类的，她的艺术专注力最终转向的是非个人的，她的小说最终要有更多的社会责任和更少的对个人化生活的沉溺。当然，事实上，在中国现代以来的文学史上，上文中提到的诸多作家，丁玲、萧红、张爱玲、王安忆、铁凝、迟子建等，也早已摆脱那支性别的火把——当我们浏览 1919 年以后的作家路标时，会很容易看到她们的身影，因为，她们已经成为火把本身。

如果我们养成了独立思考、坦陈己见的习惯

——关于女性写作

虽然我关注女性写作，但我也坚持认为，在艺术领域，优秀作品和艺术家其实是不分性别的——我们能说简·奥斯汀是最好的女小说家吗？她的优秀不独属于女性写作领域，同理，我们也不能说鲁迅是最优秀的男作家。

不过，话说回来，因为历史文化渊源，相对于男性，一位女性在进行写作时，她有更多的障碍和束缚需要去克服，需要去挣脱。也是在这个意义上，自由书写，对于女性写作更意味深长。我认为，如果一个女人已经拥有了独属于她的房间，那么，养成独立思考的习惯、长成一个强大的自我至为关键。在我看来，不在任何事物面前失去自我，不在任何事物——亲情、伦理、教条、掌声、他人的目光以及爱情面前失去独立思考的能力，是成为一位优秀作家、一位优秀女作家的基本前提，没有这一点，其他都无从谈起。接下来，我就从中国现代文学史上的女性写作说起。

一

今年三月，一位拍摄冰心纪录片的记者问我，为什么早期冰心的写作只是止于家庭，什么原因使她不如后来的那些女作家写得那

么锐利。这个问题很有意思，回答起来也很复杂，因为影响作家创作的因素太多了。我只来讨论影响她自由创作的障碍。《浮出历史地表之前：中国现代女性写作的发生》是我的博士论文专著，它关注的是 1895 年至 1925 年的中国现代女作家写作。在那本书里，我着重分析过冰心的创作。

冰心十九岁开始写作，很年轻就受到读者的欢迎。当时，她在创作谈里写过自己的创作习惯："这时我每写完一篇东西，必请我母亲先看，父亲有时也参加点意见。"[①] 这句话好像随意说的，但研究者不能忽视。我读到这个资料的时候愣了一下——当一位女作家把她的父亲、母亲、弟弟们作为第一读者时，你能指望她抛弃乖女儿、好姐姐的形象？指望她进行"越轨"的创作几乎是空想，她的家庭教育不允许。也是在那个创作谈里，冰心解释说小说中的"我"和作者不是一回事，她的母亲反问她：难道不是你写的吗？当作家明知身边人和读者会将小说人物对号入座时，她写作时、发表以前会不会自我审查？

而且，当时年轻的冰心受到了广大读者的热爱，小说中那种对优雅、纯洁女性形象的刻意塑造和克制讲述使她收到了雪片一样的读者来信，也受到了密集的赞扬。这些来信和夸奖来自大众和传统，它们对于冰心如何成为"冰心女士"也起到了强烈的塑造作用，最终，这种力量内化为冰心的主体性格，进行写作的冰心女士有礼有节、温柔敦厚，从不越雷池一步。

这最终导致了冰心在叙事上的自我清洁，没有情欲，没有越轨，没有冒犯，在写作过程中，她心中始终有一个"冰心女士"，并且要尽力使她完美。所以，正如今天我们所看到的，冰心完成了大众想象中的"冰心"，这是从两性关系中抽离出来的角色，它洁

---

① 冰心，《忆"五四"》，《文艺论丛 第 8 辑》，上海，上海文艺出版社，1979 年，第 8 页。

白、美丽、微笑，但也让人不满足。今天的研究者甚至尖锐地说，那个"冰心女士""不过是披着女性外衣的男性想象物"。

作为现代中国第一位广受关注的女作家，冰心这样写作也是可以理解的，那是一种自我保护，她不想让人说三道四，她的家人也不愿意，所以，她不得不如此。当一位女作家意识到自己作品的第一读者是父亲、母亲和弟弟时，当她意识到万千读者都期待另一个她时，她会泯灭内心的另一个"我"。

那么，这就是我说的那种不自由。这也意味着这位作家没有养成独立思考的习惯。内在的自我限制、自我束缚、自我清洁使青年冰心的写作不自由。在这种情况下，年轻的她能创作出一部与传统抗辩、与世界抗辩、对人们的阅读习惯进行挑战的作品么？答案当然是否定的。所以，年轻的冰心写作只能如此这般。也必须提到，反倒是到了晚年，冰心越来越犀利，越来越敢写，因为此时的她开始懂得了什么是解放自我、什么是自由表达，她开始懂得了"自由表达"对于一位写作者的宝贵。

年轻冰心并不是个案。另一个例子是她同时代的黄庐隐，黄热爱写作，一直在《小说月报》发表小说。这个杂志喜欢刊登书写社会问题的小说，庐隐一直坚持写这样的作品，工人，农民，贫穷者，等等，她因此成为当时著名的女作家。但是，作为女高师的学生，这些人的生活之于庐隐是隔膜的，她最擅长写青年女性生存的困惑。可是，那又不是《小说月报》所爱，我们也知道，主编茅盾非常欣赏庐隐关于社会生活的小说。某种程度上，庐隐的小说创作，深受《小说月报》及其主编喜好的影响。今天看来，庐隐并不是非常优秀的作家，她的作品几乎被遗忘。之所以如此，一方面当然是与她的个人天赋有关，另一方面，也是因为，她为了编辑和批评家的趣味，没有真正打开自我。事实上，即使是写她的青年女性生活时，她也畏手畏脚，怕读者对号入座。

一百年来中国的女性写作史上，像冰心、庐隐这样的女性很多，她们身上未必没有成为优秀大作家的潜质，或者，她们也许可以写得更好，但是，最终却没有能"人尽其才"，我想，很大原因在于环境、道德以及内心对自我的束缚。

　　当然，我们现在的社会环境跟那时候已有很大不同。可是，今天的我们真的能打开"自我"吗？真的能解放内心、不为世俗、不为文学趣味、不为批评家／读者好恶而写作吗？如果有人把这个问题抛给我，我肯定也不能给大家满意的回答。我必须老实承认。

　　流行什么写什么，是当下许多作者的习惯，至少我在杂志上看到的是这样，社会现实如此千奇百怪，但在作品里却千人一面：底层写作，日常生活的描摹，婆婆妈妈式人际关系，又或者，对社会问题的简单勾勒。能冲破当下写作氛围的作品很少，就我目前所见，鲜少有那种有独立判断力和穿透力的作品。我们的写作常常会被时代风潮、外界的看法、杂志的意愿所影响。女作家的作品也不例外。

　　千百年来，妇女是在限制中成长的。"妇女是受条件限制的。她们不仅受从父母和老师那里直接受到的教育和限制，而且也受到她们所读的那些书的限制，受到她们所读的书——包括女作家们所写的书——所传给她们的那些神话的限制。她们受到传统的妇女形象的限制，而她们感到要脱离这种模式又是极其困难的。"[1] 波伏娃说的情况今天依然存在。我们常常以为来到了新时代，我们身上没有了枷锁，没有了限制，其实不然。今天的女性，在成长过程中，依然是处处有限制——什么是美，什么是好女人，怎么样可以讨得爱人欢心……这些话题依然是最受欢迎的。今天的女性，依然在被灌输如何看别人脸色，如何讨好他人和男人。这是不争的事实。因

---

[1]　西蒙·波伏娃，《妇女与创造力》，《当代女性主义文学批评》，张京媛主编，北京，北京大学出版社，1995年，第157页。

此，我想说的是，在我们身上，在我们母亲身上，在我们年轻的下一代身上，那种隐秘的强大的限制依然在。

那么，作为写作者的我们，在写作时是否想到过要冲破藩篱——冲破教育的、世俗的、书本里有关好女人／好作家的形象束缚？大部分时候，作为女性，我们是与这些规则和谐相处的，我们沉溺于好女人／好作家的规则中，以使自己适应这个规则。取悦他人，为身边习俗与惯例所困扰，是大多数女作者面临的障碍。

作为女学者、女批评家又何尝不是如此？当我想到自己一篇论文要给某家杂志时，会要考虑到杂志的趣味，哪个段落可能这个杂志不喜欢。如果杂志不喜欢，我要不要修改？我会纠结。是的，我会纠结，也许我拒绝修改，但是纠结还是有的。还比如，假如我的一个观点和我尊敬的师长、我的好朋友不合时，我心里会不会犹疑，又或者，我会不会告诉自己干脆不表达，沉默了之？坦率说，我会在内心进行长时间挣扎，我要突破内心的巨大困扰。又或者，当你的某一类文章受到表扬时，你内心会不会因为别人喜欢而不断地写下去，进而迷失在别人的掌声中呢？

最近几年，作为写作者的我，深刻认知到，养成独立思考和自由写作的习惯如此之难，养成秉笔直书、坦陈己见如此之难，我恐怕终生要与这样或那样的内心的羞怯、虚弱、虚荣搏斗。也是在此意义上，我以为，养成独立思考、坦陈己见的习惯，是宝贵的开始。没有对自我虚荣与虚弱的克服，其他就无从谈起。

当然，也有女作家，在她最年轻的时候就天然地具有自由写作的勇气。我想到了丁玲。当时的读者回忆说，丁玲《莎菲女士的日记》的到来，宣布了冰心时代的结束。所有读者都意识到一位新锐女作家的到来，甚至一个新的写作时代的到来。这部小说中写了一位现代女性的内心世界，女性在爱情中的两难。年轻的丁玲在写作时，一定没有想过她母亲看过后会怎么样，广大读者会不会将她与莎菲对号入座，她恐怕是毫不在乎的。要知道，那是 1927 年的中国。丁玲当时也很年轻，写作莎菲时，丁玲是完全没有兴趣做什么乖乖女，在当时，她是任性地听从了内心的声音。她也一下子就成为了中国最受人瞩目的女作家，她为什么会受到大家的关注？因为她勇敢地冲破了传统的、道德的、写作惯例的束缚。

二

现代女作家里，我独爱萧红。接下来的时间里，我想说说我对萧红的理解。萧红是好作家，她的好，在于天然的没有边界感，她不仅仅是能解放自我的那种作家，而且，在她生命的后期，她也具有了冲破障碍，向一切成规说"不"的勇气。虽然萧红命运多舛，一生饱受不公，但只要去读她的作品，就会完全明白，她实在是可以称作文学世界的"勇者"。

我写过萧红的随笔，发表在 2011 年第 6 期《人民文学》，在那篇文字里，我对写《生死场》时的萧红做过一些分析。下面就是那篇文章里的部分说法：《生死场》有许多不合常理的、让有洁癖者避过头去的书写。写作时的萧红是"忍心"的。她写曾经美丽的女人月英瘫痪后像个鬼，曾经被男人热爱的身体已经成为小虫们的洞穴。她写金枝对性的复杂感受，因为男人成业的粗暴而深为恐惧夜晚的来临，但是，那痛苦分明又包含着某种欢乐。当然，她也写乡村女人的生产和死亡，很卑贱，看的时候惊心动魄。

《生死场》里有许多惊世骇俗的身体书写。一边是男人和女人的性，一边则是猪的，牛的。在她眼里，全世界都忙着生忙着死。写得如此真切，触目惊心。我想，年轻的萧红面对身体的态度一定是矛盾和惊惶的，她很早就有生育的经验，那些性的、生产的经验，都包含在这样的文字里了。

萧红是那种对疼痛极为敏感的女人，可是，在文字中她又可以如此直视那困扰她一生的伤口、鲜血、哀号、屈辱。当年鲁迅评价她的写作是越轨的笔致，是"力透纸背"，很贴。看萧红，很多人会想到女性写作领域的"身体写作"，但是，萧红的大不同在于，她时时可以跳开"自我"，目光辽阔。比如她一方面写饥饿，说桌子可以吃吗，草褥子可以吃吗？一方面，她也看到屋外的穷人们，衣不蔽体，她并不自怜自艾。

　　仔细去想，萧红的写作实在跟所谓的"教养"二字不沾边——有教养的女人是温婉和柔和的，是有规矩的，可是萧红完全不是，她的色彩是硬的，是横冲直撞的，是浓烈的而不是素雅的。大众意义上的有教养的女作家是什么样子？是像早期冰心那样的，如果她想到自己的书写会导致别人怪异的目光和奇怪的流言便会羞怯地停下笔。可是萧红不。萧红没有，她绝不因为自己天生是女人就要躲闪什么；相反，她像个接生婆一样注视女人的分娩，看着那作为负累的女人身体撑大、变形、毁灭。

　　谁说女性的写作一定是柔软的、温驯的、素净的；谁说女性的写作一定是羞怯的和肤浅的？谁说女性的写作一定是不锐利、不勇猛的？谁说女性写作一定是这样而一定不是那样的？萧红的写作打破了那些惯常印象。在我看来，萧红拿起笔写作，她首先挣脱和战胜的是自己内心的恐惧。我们都是女性，都是从事写作工作的人，想想我们写作时的犹疑不安，对真相的修饰和掩藏——设身处地，我们就会了解这个女作家如何挣脱束缚，也就会了解这位作家的勇气。而在当时，作为她的爱人和伴侣，萧军又是那么庞大的存在，她同时也要忍受萧军对她的不屑与轻视。

　　在萧军那里，男人们因为抗战获得了男人的尊严，可是，萧红看到的是别的。对于《生死场》中进城做了洗衣妇的金枝而言，日本鬼子可以把她抓来羞辱，要求缝裤子的中国男人把门一关照样可以"侵入"。这就是萧红看到的世界，她比萧军看到的世界小，但是深刻而透辟。普通作家，或者，女作家，也不一定没看到，没感受到，战争时代这样的故事并不是个案。但是，她们为什么没有写下来？在抗战文学潮流里，她们是不是因想到要顾全大局而略去不写？

大多数作家在写作时都会自我规训，以使自己的写作更符合潮流和文学惯例，大多数作家，都不敢，也不试图去做那个"不合时宜"者。想一想萧红写作的年代，东北沦陷，举国悲愤。尽管她愿意以书写故乡的方式表达自己的思念和愤怒，但她依然有自己的理解力。她没有完全加入抗战的大合唱，她有她自己的声音，她要寻找到她自己的写作调性。萧红写了战争期间女人的感受和困惑：一切都将会因为战争的结束而发生变化吗？这是她的困惑。她为我们保留下了她的困惑，今天，回过头看，这种困惑多么重要和深刻，她比她的前夫萧军要冷静得多深刻得多，即使在他们的婚姻存续期，萧红的才华被萧军及其朋友低估。

当年萧红把《呼兰河传》第一章给朋友看，朋友说，写得不错，但就不知道这是小说还是散文。萧红的回答是，我不管，只要写得好。这个回答是萧红三十岁的时候，她临死前的一年。她还对聂绀弩说过一段话："有一种小说学，小说有一定的写法，一定要具备某几种东西，一定写得像巴尔扎克或契诃夫的作品那样。我不相信这一套。有各式各样的作者，有各式各样的小说。"[1] 这是萧红写《呼兰河传》之前说的。这些话属于自由自在的写作者萧红。这多么美好。也许，萧红以前在写作中有过迟疑和自我否定，但是，到写《呼兰河传》的时候，萧红内心已经开始养成了独立思考、坦陈己见的习惯。

《呼兰河传》写得比《生死场》好，是因为她完全跨越了写作

---

① 聂绀弩，《序〈萧红选集〉》，《聂绀弩全集》（第9卷），武汉，武汉出版社，2003年，第73页。

文体的界限，她以一种无拘无束的自由的写作样本对那些所谓的文学惯例说"不"。《呼兰河传》也许放不进某种惯常的文体，但这一点儿也不影响它的魅力。《呼兰河传》中大泥坑的隐喻，小团圆媳妇无端地被杀死，出现在彼时彼地的中国，也出现在今时今日。萧红由一己之所见，抵达了辽远，她写出了人类整体的命运和际遇。这个作家写出了"这一个"世界。萧红只活了三十一岁，生命短暂，但是，她文字的生命却远超过她肉身的。《怀念鲁迅先生》《呼兰河传》能为万千读者诵读，能为几代读者共同热爱，实在是一位目光辽远、内心养成自由写作习惯的作家应得的荣誉。

作为作家，萧红为我们提供的经验是，在时代潮流里尽可能去寻找属于自己的写作天地。即使有人批评她立场不坚定，写作没有套路也在所不惜。她绝不自我规训和自我审查以使自己更符合大多数人的审美口味。这也是我喜欢萧红的原因。比如当时开抗战创作会议，别人都在讨论如何写抗日，萧红的发言则是，抗日是必须的，同时她也认为，文学，小说，永远都对着的是人类的愚昧。这样的发言，在那样的场合里，说出来多么不容易！如果我们能回忆起自己在各种场合所做的发言，就知道，在一个强大气场里说出格格不入的话，实在是一种大勇气。我想，这缘于萧红对自我写作追求的确信。

不在任何事物面前失去自我，不在任何事物——亲情、伦理、教条、掌声、他人的目光以及爱情面前失去独立思考的能力，这就是我所理解的写作的自由。我觉得很多人把自由二字狭隘化了，它应该包括作家的自我解放、包括作家对自我虚荣的克服。今天，我们有没有为了获取掌声而扭曲内心最真实的表达——如果有，那是不是另一种不自由，另一种作茧自缚？另一种不自由是隐蔽的，通常被大众认为在追求自由，被大众认为是勇敢。这是题外话。

回到女性写作。即使今天男女平等已经成为常识，但是，女性的地位依然与男人不同，作为女性，我们常常会在日常生活中遭遇各种不平等。以前我很愤怒，现在，我对此有了不同的理解。虽然要努力争取平等，但是，在艺术领域，这个边缘位置有时也能带给我另外的视角和感受。站在弱的一方看世界，站在弱的一方思考；站在女性立场，站在女性角度认识世界，这个世界会显现不同。我想，那是属于我作为女性的感受，承认并尊重这个感受，不掩藏，把我感受到的世界写出来，是对平等的追求，是对写作自由的追求。

不怯懦地表达，即使身处边缘，也要发声，也要勇敢地与全世界进行平等交流。写作需要自我解放，但也需要一种自信——对自由表达的确信，对独立思考的确信，对坦陈己见的确信。

三

优秀作家都是能在精神世界层面冲破束缚和枷锁的人，内在里他们都有对自我表达的确信。还以丁玲为例。《我在霞村的时候》中贞贞被日本人玷污，同时，她也为抗战获取过宝贵情报。那么，这个女人到底是"贞"或"不贞"？丁玲写下了她对民族国家利益和个人身体尊严之间那个模糊和含糊地带的思索。这是女性写作，小说的困惑来自女性身体的感受——丁玲为什么会想到这种古怪的问题，她写出来不怕难为情？当然，这是她本身生活际遇引发的思考，但这不重要，重要的是，她决不让这些灰色的感受流走，她决不因为它是私人的感受而避讳，她不畏惧让这些思考见光。在我眼里，丁玲也是我们文学世界的"勇者"。今天看来，在有关抗战的作品里，这小说独具意义，丁玲的思考也是深入的。

许多人喜欢张爱玲，她有她理解世界的方法，想想《倾城之恋》，想想《封锁》，张爱玲之所以成为现代文学史上独特的存在，与她独特的理解力和世界观密切相关，也与她并不畏惧与潮流相异的秉性有关。"不合众嚣，独具我见"，① 这是鲁迅先生的话，我很喜欢。作为书写者、艺术家，也不单单是女作家，终其一生追求不就是不合众嚣、独具我见？

在《一个人的房间》中，伍尔夫设想过莎士比亚的妹妹，一位女文豪出现的条件——要有一间自己的房间。自由、坦陈己见，独立行走，目光辽阔是这位前辈给予后来女性写作者的期许，多年来，作为读者，我受教于此。

坦率说，今天之所以讨论假如我们养成了独立思考的习惯，也基于我个人内心的困惑，我希望通过交流为自己寻找答案。作为批评家，我希望自己写下的文字能做到听从内心的声音；我也希望自己能做到秉笔直书，坦陈己见。

我知道这些目标并不容易达到，它实在需要我们终生与身体中那个怯懦的"我"进行不屈不挠的搏斗。因此，我想写下伍尔夫的一段话与诸位同行共勉：

> 如果我们已经养成了自由的习惯，并且有秉笔直书坦陈己见的勇气；如果我们从普通客厅之中略为解脱，并且不总是从人与人之间的关系来观察人，而是要观察人与真实之间的关系；还要观察天空、树木和任何事物本身；如果我们的目光超越弥尔顿的标杆，因为没有人应该遮蔽自己的视野；如果我们敢于面对事实，因为这是一个事实：没有人会伸出手臂来搀扶我们，我们要独立行走，我们要与真实世界确立联系，而不仅仅是与男男女女芸芸众生的物质世界建立重要联系，要是我们果真能够如此，那么这个机会就会来临：莎士比亚的妹妹，这位死去的诗人，就

---

① 鲁迅，《破恶声论》，《鲁迅全集 第8卷》，北京，人民文学出版社，2005年，第27页。

会附身于她所经常舍弃的身体。她就会仿效她兄长的先例，从她许多无名先辈的生命之中汲取她的生命力，通过不断的继承和积累，她就会诞生。[①]

①　弗吉尼亚·伍尔夫，《一间自己的房间》，瞿世镜译，上海，上海译文出版社，2009 年，第 171 页。

陈词滥调里长不出新声音

　　每个写作者说到底都是"炼字者"，每个字、每个词、每句话，都需要在我们今天的写作者手中千锤百炼，焕发光泽，我们对汉语写作所做出的贡献，代表着此时此刻写作者们共同的文学尊严。

语言里住着作家的灵魂

今年（2016 年）是鲁迅先生诞辰一百三十五周年。讨论鲁迅给我们留下什么的时候，诸多研讨会都聚焦于启蒙主义、国民性、国民劣根性。而讨论鲁迅与当代文学的关系时，研究者们也常常关注当代作家某部作品与鲁迅小说的相似与相近，比如，会注意到写作者们都会写到故乡、死亡、人血馒头等。这固然是讨论如何继承鲁迅遗产的一种思路，但是，作为作家，鲁迅的文学遗产是否还有被我们遗忘的部分？多年阅读鲁迅的经验使我对鲁迅的语言念念不忘，我希望以鲁迅语言带来的启示为镜，反观当代文学写作的问题。

挣脱"陈词滥调"的束缚

今天，我们的语言每时每刻都面临被玷污的命运。我们的日常生活被语言以及语言带来的诸多有趣、生动但也可能是粗鄙的生活方式所裹挟。我们眼前随时都会出现一个新词，来覆盖我们原本的旧词，我们原有的语言被不断挤压，新词层出不穷，又很快消失。作为汉语使用者，我们不得不惊讶于语言的速生和速朽。

一个满口学术话语的年轻人，你立刻就知道他的生活方式；一个每天都在说着网络话语的人，你会了解他对网络的熟悉程度，甚至会了解到，他很可能失去自我、被网络流行语绑架。具体到文学领域，一个追求去口语化的写作者和一个追求口语化的写作者，代表了他们不同的写作观和审美价值尺度。选择什么样的语言表达是一种审美，一种文学追求。我们所写下的每一句话，所选用的每一种表达都在代表自己的价值观和美学立场。

鲁迅是时时刻刻渴望摆脱"陈词滥调"的写作者，是终生致力于语言革命的人。他通过语言革命来达到他文体的和写作内容的革新。看鲁迅的翻译可能更体会到鲁迅对语言能量的理解和认知。他追求直译，他喜欢把外国人的语言习惯拿过来。孙郁先生很欣赏鲁迅这一点："一个陌生的存在往往改变我们的思维，改变我们的思维就是改变了我们思考问题的方法，改变了我们思考问题的方法，这个社会才真有可能和过去不一样了。这是有伟大的文化情怀抱负的人才有的选择。"[1] 是的，在鲁迅这里，写作不是让汉语读起来更舒服，而是更有力量。他的目的是要改造汉语，给它能量，使之能刺激我们思考。

"当我沉默的时候，我觉得充实；我将开口，同时感到空虚。"[2] 于通常的汉语表达而言，这是陌生化的，其中具有颠覆力。"于天上看见深渊；于一切眼中看见无所有；于无所希望中得救。"[3] 这是多么拗口的话，这句话里当然是有修辞的，但如果我们仅仅看到修辞是不够的。一个人内心所经历的痛楚，全部凝结在这段话里。这是一种表达，同时也是一种思维，"于一切眼中看见无所有，于无所希望中得救。"这是常人不能思考和探究之地，但也是这样的境

① 孙郁，《除了鸡汤或戾气时评，谁还能触碰社会最敏感的部分》，http://www.sohu.com/a/116575229_378279。

② 鲁迅，《野草·题辞》，《鲁迅文集 第2卷》，北京，人民文学出版社，2005年，第163页。

③ 鲁迅，《墓碣文》，《鲁迅文集 第2卷》，北京，人民文学出版社，2005年，第207页。

地，才可以感受到这样的语言表达所带给我们的能量和震撼。

也是在这样的语言里，有一种态度，有一种硬度。这是并不媚好读者的语言，并不试图抚摸你，谄媚你。它深刻、凝练、有反抗性。这样的语言还有一种敏感力，它刺激你，冒犯你，甚至触怒你，让你耿耿于怀。在小学和中学时代，我们都背诵过鲁迅的文章。成长以后，有一天脑子里会突然蹦出他的某段话。他的语言因为不驯，因为拗口而沉积在我们记忆深处，而不是轻易划过。恐怕也正是这种不光滑，这些语词才能穿过尘埃，穿林过海，在我们头脑里野蛮长出来。什么是语言的能量呢，这恐怕就是语言的能量。

"别求新声"

鲁迅是"得天时"的作家，在现代汉语草创时期，他创造了一种独属于他的汉语表达，标识性极强。几乎看不到青涩，一上手就是成熟的。《狂人日记》的文言文与白话文的交替使用，充分表明了鲁迅对语言能量的理解。在《狂人日记》的序中，叙述人使用的是文言文。狂人发病时则使用的是现代汉语。白话文里的狂人是激愤的，他看到史书上写满了"吃人"二字，看到"吃人"的真相。某种意义上，这个狂人是清醒的。但是，越是如此，我们读来也越是悲愤。因为序言中提到，这个清醒而具有反抗意义的人早已被"治愈"，序言提示读者，狂人"然已早愈，赴某地候补矣"。[1]

"赴某地候补矣"——在我们读到《狂人日记》时，那个反抗者回到了原来的生活状态和语言里。这意味着狂人选择进入了另一个社会、另一种生活、另一种政治、另一个系统。每一套话语都是一种体系，每一套话语都是一种态度。作为写作者，鲁迅深知

---

① 鲁迅，《狂人日记》，《鲁迅文集 第1卷》，北京，人民文学出版社，2005年，第444页。

语言的魅性：进入一种语言系统，就代表认同了一种语言政治。反过来，逃离一种语言，也是建造和保持另一种语言的纯粹性。事实上，叙述人以文言讲述狂人的境遇时，也是在表达一种深深的失望和反讽之意——你能指望一个回归旧系统的人重新反抗吗？与此同理，作为读者，面对一位从不谋求革新自己语言的写作者、面对从未想过出逃自己最熟悉话语体系的写作者，你能对他寄予希望吗？我们能指望那些陈词滥调里长出新东西吗？

这是鲁迅在《华盖集·题记》中的一段话："现在是一年的尽头的深夜，深得这夜将尽了，我的生命，至少是一部分的生命，已经耗费在写这些无聊的东西中，而我所获得的，乃是我自己的灵魂的荒凉和粗糙。但是我并不惧惮这些，也不想遮盖这些，而且实在有些爱他们了，因为这是我转辗而生活于风沙中的瘢痕。凡有自己也觉得在风沙中转辗而生活着的，会知道这意思。"[1]

这段话禁得起反复朗读。鲁迅使用的每一个汉字都是我们熟悉的，但连接在一起却是陌生的，那是不流畅的、不光滑的、磕磕绊绊的话语。这种不流畅不仅仅属于语言层面，它也是内容本身。我们对某些事物的理解因为这样的表达发生了反转，从而我们对世界的理解也打开了——转辗的、有些犹疑的表达正代表了写作者的自我怀疑、反诘自问。

"走异路，逃异地，寻找别样的人们。"[2]鲁迅在《呐喊》自序里如是说，这是我们理解鲁迅写作的一个重要起点，但仔细想来，他对语言的追求何尝不是如此？很显然，这个人在写作最初就致力于要成为"别求新声者"，鲁迅深谙语言的意义，深谙语言内部所

---

① 鲁迅，《华盖集·题记》，《鲁迅文集 第3卷》，北京，人民文学出版社，2005年，第4—5页。

② 鲁迅，《呐喊·自序》，《鲁迅文集 第1卷》，北京，人民文学出版社，2005年，第437页。

蕴含的能量。

"人剑合一"的境界

鲁迅的文字里蕴含着一种硬气，一种硬朗，也有一种沉重，一种苦痛。他的语言里，绝没有期期艾艾、左顾而言他，也没有粗鄙和巧言令色。汉语的魅力，在他那里呈现的是直接、有力、深刻、准确、抵达。那显然是千锤百炼的结果。这样的文字里，是写作者对每一个语词的精益求精，其中保有对写作行为的敬畏，也有对汉语言的尊重。

以鲁迅的文字为镜，会发现当下汉语写作的诸多问题。汉语表达在今天出现了某种退化。而与这种退化相伴随的，是叙事上的平庸和写作审美的平庸。今天，有许多作品语言经不起端详，没有个性，语言中更谈不上声音感、色彩感，许多写作者几乎从不顾及汉语之美、汉语之节奏、汉语之语调及汉语之语序这些细小而又非常重要的问题。没有语言追求，没有艺术追求，这让读者不得不想到，那些文字背后是一颗颗平庸和懈怠的心灵。

但语言到底不是死的，它是活的，它有它的生命、腔调、神采，以及神奇的反作用力。作家使用的语言会重新塑造这位作家，也会塑造这位作家的眉眼、音容、表情。每一部作品都在勾描作家的长相。写作者和他的语言互相成就——读鲁迅的文字，会想到文字背后的那个人，会想到他刀刻一样的脸，利剑一样的浓眉，那是严肃的人，有棱有角，绝非一团和气。

一个作家的语言和一个作家的文学形象，乃至一个作家的文学尊严互为表里。作家与他所使用的语言之间最理想的关系莫过于"人剑合一"。在对谈录《牙齿是检验真理的第二标准》中，作家毕飞宇先生和我曾经就鲁迅的语言进行过讨论——鲁迅将他的爱，他的苦痛，他的灵魂深处的不安，他对世界的情感全部藏匿在他的文字中。文字里住着作家最诚挚的灵魂。现代以来小说家中，能达到"人剑合一"境界的作家并不多，鲁迅恐怕是成就最高的那一个。只是，很可惜，对"人剑合一"的理解，在今天的写作者那里并没有得到更广泛和更深刻的认识和理解，也没有更多的作家把作品语言提高到文学尊严的高度去认识。

在很多场合，我都引用过布罗茨基在《致贺拉斯书》的话，"当一个人写诗时，他最直接的读者并非他的同辈，更不是其后代，而是其先驱。是那些给了他语言的人，是那些给了他形式的人。"[①] ——在汉语写作的古老传统里，我们每个写作者说到底都是"炼字者"，每个字、每个词、每句话，都需要在我们今天的写作者手中千锤百炼，焕发光泽，我们对汉语写作所做出的贡献，代表着此时此刻写作者们共同的文学尊严。

正是在此意义上，我认为，面对给了我们语言和形式的人们，今天的我们做得非常不够。今天，无论是批评还是创作，都面临着巨大的诱惑，如果没有一个参照系，我们很容易坐井观天——有必要把鲁迅当作我们理解自己写作问题的一面镜子，当作理解中国当代文学写作的一面镜子。凭借这面镜子，我们将照出我们写作的诸多疑难、困境以及种种问题。

2016 年 11 月 27 日

---

① 布罗茨基，《致贺拉斯书》，《悲伤与理智》，刘文飞译，上海，上海译文出版社，2015 年，第 503 页。

"事物的整体"和一棵树的"与众不同"

文学史上有许多的写作故事让人津津乐道。比如，福楼拜对年轻的莫泊桑说，仔细观察一棵树，直到发现这棵树的与众不同的特点，然后找出能够适当地表达这棵树的特色的字眼来。这位伟大的导师和他的学生以惊人的艺术技巧实现了这个目标。后来的写作者们甚至将这个经验当作"真理"一样去讲述和执行。

福楼拜的经验是对的吗？是完全正确的吗？ 1936年，卢卡契在《托尔斯泰和现实主义发展》中认为，福楼拜这样做是把艺术的目的变狭隘了。就现实主义而论，此路不通。"福楼拜所指定的任务，把那棵树跟整个大自然，把它跟人的关系隔离开来。"[①] 由此，他讲到《战争与和平》中，托尔斯泰描写了包尔康斯基所凝视的那棵光秃多节的橡树。包尔康斯基从罗斯托夫回来以后，一开始找不到那棵树，后来发现那树变了样子，披满了新的叶子。在卢卡契看来，也许这棵树的描述并没有独创性，但这个细节却阐明了一个人非常复杂的心理。

对于一棵树的不同观察，显现了两位作家创作观念的差异。托尔斯泰以他那些史诗性作品告诉我们，史诗作品要求作家关注艺术

---

① 卢卡契，《卢卡契文学论文集》（二），黄大峰、赵仲沅译，北京，中国社会科学出版社，1981年，第327页。

整体，要求作家有总体性思维。一如卢卡契所言，"一部艺术作品的真正的艺术整体，取决于它所提供的、决定被描绘的世界的基本社会因素的那幅图画的完整性。"① 在卢卡契看来，史诗式地表现生活整体，不可避免地必然"包括表现生活的外表，包括构成人生某一领域的最重要的事物以及在这一领域内必然发生的最典型的事件的史诗式的和诗意的变革"。② 正是在此意义上，黑格尔把这种史诗式的表现的第一个必要条件叫做"事物的整体"。"就是说，如果它不包括属于主题的每一重要的事物、事件和生活领域，他的作品就不能称为完整的。"③ 托尔斯泰的作品有一种惊人的整体性。《安娜·卡列尼娜》中，跳舞、宴会、社交、田里的工作，共同构成了一种事物的整体。

当然，更深层次的"整体"还包括作家对世界的整体认知，对个人与时代关系的理解。应该认识到，那些重大的政治事件与我们每个人都是相关的，重大事件的影响反射在我们的身上。大部分普通人是习焉不察的，只有作家，或者我们时代的少数作家才可以认识到并表达出来。并不是所有作家都有能力写出史诗。但是，整体感、总体意识却是每位优秀写作者都需要的。

路遥是有总体思维的作家。很多年前读路遥的《早晨从中午开始》，被一个细节震撼。他谈到他在翻资料时，"手指头被纸张磨得露出了毛细血管，搁在纸上，如同搁在刀刃上，只好用手掌继续翻阅。"④ 路遥用手掌翻阅《人民日报》《光明日报》《参考消息》的场景一直深刻在我的记忆里。这个细节在少年时代的我看来，他为这

① 卢卡契，《托尔斯泰和现实主义发展》，《卢卡契文学论文集》（二），黄大峰、赵仲沅译，北京，中国社会科学出版社，1981年，第333页。
②③ 卢卡契，《托尔斯泰和现实主义发展》，《卢卡契文学论文集》（二），黄大峰、赵仲沅译，北京，中国社会科学出版社，1981年，第338页。
④ 路遥，《早晨从中午开始》，西安，西安大学出版社，1992年，第54页。

部鸿篇巨制付出了艰辛的劳动。而在二十多年后的我看来，它盛满了远比勤奋更多的东西。

这一细节让人意识到，路遥写作这部史诗气质的作品做了大量准备。其一是文字资料，翻阅各行各业的书籍，查阅各种报纸和档案。其二，是他采访上至省长下至普通百姓近百人，与他们交流谈心，他认为这是另一种重新认识生活。为什么要做这两项工作？因为他希望能写出《创业史》这样的作品，希望写出一部优秀的现实主义作品，他希望能成为我们时代的"书记官"。而如果要真实记录我们的时代，总体性视野是必须的，"首要的任务是应该完全掌握这十年间中国（甚至还有世界——因为中国并不是孤立的存在，它是世界的一员）究竟发生过什么。不仅是宏观的了解，还应该有微观的了解……只有彻底弄清了社会历史背景，才有可能在艺术中准确描绘这些背景下人们的生活形态和精神形态。"① ——因为他认识到整体视野的重要性，所以他比任何人都详细记下了那十年的中国历史、中国人民的精神面貌，直至今天，《平凡的世界》都是中国高校图书馆里借阅量最多的当代文学作品。

这些年来，我们一直在讨论"个人化写作"，作家们也总在强调个人写作，但这个"个人化写作"很可能也是有弊端的，如同我们总强调树的与众不同而忽略了它与四季、与大自然、与人的关系是一样的道理。某种意义上，这一提法割裂了人与时代、人与人之间的关系。当然，近几年来，我们也可以看到，新一代作家在重新回到群体来，回到历史与现实中来。

徐则臣的《耶路撒冷》中，他将个人放在一个更为宽阔的场域，那里不仅仅有历史的维度，还有世界的宽度；《慈悲》中，路内的工厂生活往前延伸到了父亲们的有毒气体车间，在那里，父亲

① 路遥，《早晨从中午开始》，西安，西安大学出版社，1992年，第53—54页。

们不只是父亲们，他们还是我们，与我们血肉相联的一代人；《北鸢》中，1925 年来的二十年，不仅仅是一代知识分子的心路历程，更是人民在水深火热中的抗战历史。尤其是在李修文的《山河袈裟》中，这位沉寂十年后重新出发的作家在序中清晰记下了他的创作观念的变化，"我曾经以为我不是他们，但实际上，我从来就是他们。"[①] ——他认识到"人民"的意义，"是的，人民，我一边写作，一边在寻找和赞美这个久违的词。就是这个词，让我重新做人，长出了新的筋骨和关节。"[②] 这是卓有意味的变化，也意味着一位作家的重生——这些作家以他们的写作表明，他们对个人与时代的关系理解发生了变化。他们不再仅仅认识到一棵树的与众不同，更认识到"无穷的远方，无数的人们，都与我有关"。[③]

拥有整体视野，不把自我从浩大的世界中剥离开来对每一位写作者都至关重要。一代人总要开辟新的路。今天，中国土地上所发生的一切巨变对每一位写作者都是巨大的挑战，但也意味着更多的可能。

① 李修文，《山河袈裟·序》，长沙，湖南文艺出版社，2017 年，第 2 页。
② 李修文，《山河袈裟·序》，长沙，湖南文艺出版社，2017 年，第 3 页。
③ 鲁迅，《这也是生活》，《鲁迅全集 第 6 卷》，北京，人民文学出版社，2005 年，第 624 页。

现实主义：作为诗意的镜子

很多年前读过一本书，名字叫《无边的现实主义》。那是一本给我留下深刻印象的书，以至于每次想到现实主义这个词时，脑海里马上跳进一个前缀"无边的"。这个题目形象地说明了现实主义这一名词的宽阔，它似乎是个大箩筐，什么都可以装进去。

但其实不然，现实主义这一概念也不是游动的，模糊的，事实上，它有许多约定俗成的、固定的语义。列宁曾经把托尔斯泰的小说比喻为"俄国革命的镜子"。卢卡契在此基础上指出，托尔斯泰忠实记录了俄国现实的基本的特点，"他变成了反映俄国革命发展某些方面的一面诗意的镜子。"[1] "诗意的镜子"的说法尤其好，让人念念不忘。

所谓镜子，我想，它指的是作家如何面对现实和呈现现实，"作家应当忠实地记下他所看到的周围一切事物，既没有恐惧也没有偏爱。这是伟大的现实主义的必要条件。"[2] 换言之，现实主义作家首先是一个记录者，他要记下他所看到的一切，忠实而客观地反

① 卢卡契，《托尔斯泰和现实主义发展》，《卢卡契文学论文集》（二），黄大峰、赵仲沅译，北京，中国社会科学出版社，1981年，第323页。

② 卢卡契，《卢卡契文学论文集》（二），黄大峰、赵仲沅译，北京，中国社会科学出版社，1981年，第322页。

映他所身在的现实。这似乎已经成为常识，但是，即使是写现实，我们也不得不承认，我们对现实的理解有可能是不够的。一如以赛亚·伯林说，"因此每个人和每个时代都可以说至少有两个层次：一个是在上面的、公开的、得到说明的、容易被注意的、能够清楚描述的表层，可以从中卓有成效地抽象出共同点并浓缩为规律；在此之下的一条道路则是通向越来越不明显却更为本质和普遍深入的，与情感和行动水乳交融、彼此难以区分的种种特性。以巨大的耐心、勤奋和刻苦，我们能潜入表层以下——这点小说家比受过训练的'社会科学家'做得好——但那里的构成却是黏稠的物质：我们没有碰到石墙，没有不可逾越的障碍，但每一步都更加艰难，每一次前进的努力都夺去我们继续下去的愿望和能力。"[1]

有时候，一部作品明明是写现实的，可分明却让人感觉特别虚假。我想，那便是我们对地表之下区域的感受力出了问题。而这恰恰对一位写作者至关重要，那是属于真正作家的现实感——现实感是感受世界的能力，但它与现实不一定是1:1关系。如果把这个时代比作怪兽，每个写作者都在企图接近它的核心，渴望找到它的大心脏，摸到它的脉搏。但大多时候我们被表象迷惑，我们摸到它的牙齿、尾巴、腿，却以为是心脏。

现实感是作家和读者借助文本共同完成的一种情感对接，是他们自觉凝结而成的神奇的"感觉共同体"。它出于作家对这个时代的独一无二的感受力，它存在于宏大的、蹈空的形而上的公共经验之下的灰色地带。当年，契诃夫、陀思妥耶夫斯基写了那么多繁杂的作品，表明他们内心对认识所在时代的渴望，对传达个人经验的渴望。但他们可能也并不知道自己的作品是否具有现实感，他们只是书写，不断地书写出他们的困惑或焦虑。在当时，这样的书写乖

① 以赛亚·柏林，《现实感观念及其历史研究》，潘荣荣、林茂译，南京，译林出版社，2011年，第22页。

张偏僻，不招人待见，甚至被认为是"疯言疯语"，但多年后我们发现，它们写的正是属于俄罗斯乃至全人类的记忆和境遇——我心目中的好作家是独特的民族记忆的生产者，是"这一个"记忆的见证者和书写者。

现实感还与作家如何理解个体与社会的关系有关。在一位现实主义作家那里，个体不是孤立的个体，一间房子房租上涨了，这并不是一个孤立的事情，它与房价与购房政策有关，也与每一位公司员工、工薪阶层以及城市外来人口有关。这也正如卢卡契所说的，"在一位伟大的现实主义作家的作品中，每一事物都是跟别的事物联系在一起的。每一种现象表明许多成分的多音曲，个人与社会、肉体与精神、私人利益与公共事务的交错关系。"①

想一想中国现代文学史上的那些作品，阿Q的命运绝不是阿Q本人的命运，他既是个体的，但又分明具有高度概括性。未庄哪里又只是未庄？至今都难忘对《子夜》的阅读。那些在金钱旋涡里的人们的生存，他们的突然狂喜和突然挫败，突然一夜暴富又突然一夜之间一贫如洗跳楼自杀……茅盾有着惊人的对个体与整体命运的理解力，有着对整个中国社会的理解力，所以才有了那样跌宕起伏的作品。近八十年后重新读，也许我们需要对这部作品的文学价值重新估量。

当然，还有《平凡的世界》。今天，无论多少人对这部作品的艺术价值持怀疑态度，但你不得不承认，它在总体意义上写出了一个特殊时期的中国，特殊时期中国人的热情、悲伤以及昂扬向上。这得益于路遥对个体命运的关注，更得益于他渴望写出一个时期的历史，写出属于当代人的史诗。为此，这位作家采访多位普通人，翻阅当时大量的党报和日报以及普通晚报，以使自己的写作有一种

---

① 卢卡契，《卢卡契文学论文集》（二），黄大峰、赵仲沅译，北京，中国社会科学出版社，1981年，第330页。

整体感，以及整个社会气氛的敏感。路遥对当时的社会与时代有宝贵的现实感，也有宝贵的总体性认知。

今天，哪一位作家不渴望讲述自己所在的时代和社会，又有哪一位作家不渴望描绘下自己眼中的现实呢？但是，每一个人也恐怕都对它的难度深有体察。不仅仅在于勾描个体精神生活之难，还在于勾描整个变动的社会之难，这种总体性的思考能力，是每一位写作者的难局。

当然，与这一难局并在的还包括"诗意的"。今天，有许多作家写的作品常常被人诟病不够文学性，不够诗意，这是另一个巨大的困境。

先锋文学的回响与困窘

　　我将新一代作家作品作为检视先锋文学影响的镜子。从这面镜子里，可以看到先锋文学当年的文学观、文学趣味如何被扭曲，如何被继承。换言之，如果我们把先锋文学视作文学之钟，那么，从年轻一代作家那里，我们可以听到它的回响，当然，也可以看到它的困窘。

　　回响之一是，先锋文学建构了80年代以来成长起来的青年读者的文学趣味，尤其是70一代作家的文学趣味。先锋文学三十年，正是70一代作家从孩童成长为中年，由文学少年成长为新一代作家的三十年。如果有兴趣去读70一代作家的读书随笔和小说讲稿会发现，他们阅读和喜爱的作家作品百分之八十与先锋作家们喜欢的作家作品相同或相近，而另百分之二十，则非常有可能是当年那代先锋作家。一个作家的少年期和青年期的文学趣味如何建立？无外乎是阅读和模仿。一方面喜欢他们所喜欢的，一方面渴望写出他们那样的作品——先锋文学对70一代作家的影响是渗透式的，年轻一代的成长得益于对文学偶像的学习。正是在这样的学习过程中，一代作家的文学趣味逐渐形成。

　　这是新的、与传统现实主义文学价值观完全迥异的文学观。尤其是新一代对纯文学这一概念的认领。"纯文学"与先锋派紧密相关，它看重语言，叙述方式，讲究语法和句法，致力于摆脱政治话语而回到文学本身。70以后出生的作家们对"纯文学"是全盘接受并深入内心的。这是硬币的一面，而另一面的反映则是年轻作家笔下历史背景的逐渐模糊，他们沉迷日常生活，看重个人生活和个人成长而不愿去触及"社会题材"。换言之，先锋文学之后，有关宏大的、社会的、政治的思考成为新一代作家所刻意躲避的。

如果说"纯文学"观念是先锋文学在70作家一代那里的重要回响，那么另一个回响则是关于"写什么"和"怎么写"的认识。新一代作家通常在访问中会刻意强调他们看重"怎么写"。尽管在写作手法上也未见有何重大突破，但这一认识却深植于心。而"写什么"在他们那里则变得没那么重要。题材决定论在这代作家那里早已失效。与此同时，他们中很少有人认为作家是知识分子，更很少有作家认为文学写作也是一种社会行为。

当然，70一代作家也不是铁板一块，他们对写作的理解也非一成不变。大约2010年前后，又一批新的70后作家出现，比如阿乙和曹寇。在媒体的讨论和介绍中，他们被认为是先锋的、深具先锋文学精神的新一代，尽管这种评价不乏出版推广的因素，但得到读者和公共媒体的广泛认同也值得关注。为什么其他70后作家并不被认为是先锋的，而只有他们被贴上这样的标签？

重要的是他们面对现实的态度。在现实面前，这两位作家与以往70后作家的不同在于，他们的作品表现出强烈的不认同、不屈服、不妥协。他们并不致力于一笔一画去描摹现实。在他们的笔下，现实与文本呈现了某种奇特的关系——文本为现实提供了某种镜像，它是现实的一种反映，但这种反映并不是直接的。他们关注当下生活，也有非虚构作品。在当代中国，"非虚构"突然出现缘于写作者强烈"回到现场"的写作愿望，但那种流行的"非虚构"与阿乙、曹寇的"非虚构"有明显差异：前者显然追求一种对现实的介入，其中有某种强烈的济世情怀；后者的写作则是，没有济世，没有启蒙，他们追求的是极简、深刻、零度写作，注重事物逻辑，呈现出来的文本则有一种荒诞感。

阿乙和曹寇对文学的理解使我想到余华当年在《虚伪的作品》中所说："当我发现以往那种就事论事的写作态度只能导致表面的真实以后，我就必须去寻找新的表达方式。寻找的结果使我不再忠诚所描绘事物的形态，我开始使用一种虚伪的形式。这种形式背离了现状世界提供给我的秩序和逻辑，然而却使我自由地接近了真实。"[1] 当然，让人想到"先锋"二字的也不仅仅是以上两位，在弋舟、廖一梅、李浩等人的作品里，也能感受到他们与80年代及先锋文学之间的亲缘关系。也许年轻一代作家并非人人都愿意承认自己受益于先锋文学，但是，读者却往往从他们的文本中感受到先锋派在某一瞬间的复活。

与现实的对抗与紧张关系、疏离感是先锋文本的重要特征——如何理解虚构与真实／现实的关系是先锋文学遗留下来的至为宝贵的文学财富，也是一代作家在形式探索外壳之下所做出的最核心的文学贡献。余华、格非、苏童在年轻时代完成了向惯例和写作成规的挑战，从而也为自己开出了一条新路。但是，今天的新一代作家只是偶有几位意识到如何理解文学与现实这一问题的重要，大部分作家面对现实的态度是缓和的，亲密无间且不带反思意味的，这也意味着先锋文学的重要财富并未在更多年轻人那里得到回响，年轻一代也谈不上找到了属于他们的创新之路，这是纪念先锋文学时我深感遗憾的。

以上谈的是先锋文学的回响。但这样的回响也与先锋文学的困窘相伴。这种困窘首先在于，脱离历史语境后，它注定要被不断

---

[1] 余华，《虚伪的作品》,《没有一条道路是重复的》，北京，作家出版社，2014年，第165页。

地误解和误读。比如，前文提到的纯文学这一概念。今天，"纯文学"在新一代年轻人那里被认为是远离政治的，是去政治化的。但是，在最初，先锋文学的纯文学概念并非如此，它有它的面向，有它的所指，正如吴亮先生所说，先锋文学的出现有它的时间和空间。而且，当年的他们在文本中提到"个人"，与我们今天所理解的"个人"也有重大差别。当年，纯文学既是文学的概念，也有自身的思想内涵，它甚至影响了当年人们对个人与社会责任的重新认知。换言之，当年先锋文学的"去政治化"姿态也是政治行为的一部分——今天，如果我们只将先锋文学理解为纯粹的文学形式的探索，那是我们理解问题的偏颇而不是事实本身。

不过，此刻，在这样的场合，作为中国当代文学史的讲授者，我要坦率指出先锋文学阅读史上一个令人不快的事实。当我在课堂上不遗余力地讲述先锋文学时发现，90后一代虽然愿意了解这一文学事件，但在阅读当年的先锋文本时表现出极大的不情愿。先锋文本与当下学子之间存在着很深的隔膜。相对而言，他们更乐意去阅读《平凡的世界》，因为那里的生活和情感更容易让人产生亲近与认同。这是先锋文学在文学阅读史上遇到的尴尬。我们当然不能简单粗暴地把这一困窘全部推到年轻人阅读趣味的保守，先锋作品在更年轻一代读者那里被冷落的事实显然也说明：先锋派当年的作品并不完美，这些作品走出文学史课本很有可能经不起时间的检验。所以，今天的我们看到，先锋文学只是作为一种潮流一种观念被认识，我们只能对作家们如数家珍。

那么，我想说的是，站在三十年后返观，在先锋文学正盛的三四年间，先锋文学提供的是一种文学观和写作观，而并未产生经典代表作。因而，如何使先锋的形式不流于"空转"，如何将一种先锋的形式与内容进行完美结合是困扰先锋作家至今的写作难题。

三十年来，余华、格非、苏童一直在努力克服这一难题。正是他们持续不断地自我探索和自我完善，才有了《活着》《许三观卖血记》《河岸》《黄雀记》《江南三部曲》。他们在80年代以后以更为完善的作品与更广大读者产生了共鸣，这些作品不需要依赖历史语境、不需教科书的解读便可独立存在。正是这些优秀作品的出现使今天的我们和未来的文学史需要不断地回想先锋文学之于当代中国文学的意义，使今天和未来的读者不能忘记和忽略这三位优秀作家"其来有自"。

我曾经在《先锋派得奖了，新一代作家应该崛起》一文中提到，衡量一代作家的贡献不在于是否获奖，而在于他们是否推动过中国文学的发展。今天，无论看到了怎样的困窘，我都坚持认为，先锋派文学对中国文学有重要的推动作用，作为新一代的作家和批评家，我和我们以后的许多青年人都是这个推动的受益者。

"首先出现的是叙述语言，然后引出思维方式。"[1] 余华在《虚伪的作品》中引用过李陀所说。这段话我一直印象深刻。我以为，如果没有先锋文学的极端的形式探索和语言实验，就没有先锋一代作家的成长。但这句话今天想来也可能有沦为"美丽修辞"的危险——三十年后，我们新一代的思维方式真的被叙述语言引出了吗？站在今天返观，我是不安的，因为我的答案远不乐观。

---

[1]　余华，《虚伪的作品》，《没有一条道路是重复的》，北京，作家出版社，2014年，第167页。

从小说到电影：如何建立情感共同体

一

关于"从小说到电影：艺术形式的转换与生成"这一话题，我首先想说的是，把一部优秀小说改编成一部优秀电影，难度很大。因为，好小说已经生成了独属于它的气质。所以，有经验的导演在选择经典小说时往往会慎重，因为很难抵达文学读者的阅读期待。当然，文学史上经典小说改编成经典电影的案例并非没有，那显然是作为导演的迎难而上。

以中国当代文学作品为例，我们所知道的，小说《红高粱》很成功，电影改编也很好，《活着》作为经典小说的地位不言而喻，改编之后的电影也很经典，当然还包括《芙蓉镇》《阳光灿烂的日子》《推拿》，都很成功。由这些案例，我想说的第一个看法是：小说是小说，电影是电影，小说有它自己的一套表现形式，电影也自有它的表达渠道。小说和电影各自具有独立的艺术表现形式、艺术地位，也各具魅力。

二

　　把好的小说改编成好的电影，对于每一位导演都是挑战，这个挑战是，如何在那个小说"好"的基础上做出独属于电影的"好"。

　　比如《推拿》。小说《推拿》中，作家充分使用了文字的美妙去传达盲人世界的真实。比如，男孩子是先天的盲人，天生没有色彩感，而和他相爱的女孩子是后天盲人，她是在看到这个世界之后才慢慢"盲"的，她有颜色感。那么，后盲的女孩跟先盲的男孩谈恋爱的问话自然便是："我好看吗？"她不断发问，渴望从爱人那里得到确实的回答。但男孩子无法说出好看，因为他没有色彩感，难以说什么是好看。最终他的回答是：像红烧肉一样好看！这个回答很迷人，这个比喻是属于先天盲人关于好看的感觉，因为他用触觉和味觉感知美。

　　小说中另一个让人难忘的细节是另外两个青年男女的激情做爱，一般而言盲人脱衣服要有序，这样起身时才可以知道衣服放在了哪里，但是激情做爱时衣服丢乱了，那么，当激情结束，他们各自赤裸身体找衣服以及帮对方找衣服时，小说中便有了既甜蜜又酸楚的味道。这是小说《推拿》的好。但这两个场景在电影里很难呈现出小说中所具有的气质。

　　娄烨深为了解这样的难处。我曾经跟娄烨导演有一个对谈，题目叫做"电影制作更接近另一种书写"，这句话是娄烨自己说的，非常好，深合我心，所以对谈就用它做了标题。面对一个强调没有色彩的小说，电影怎么呈现盲人的世界？这是难题。因为电影是色彩与光影的艺术，它强调画面感。娄烨最终找到了表达盲的方式，他表现了一种真切的盲，也表现了象征意义上的盲。

　　人要推门进去的时候，电影采取的是先局部有一个门面，然后拍到一个把手，这强调的是触感。娄烨用的是手摇，这是他的擅长。电影中，整个世界是晃晃悠悠的。电影在用盲人的视角，从放映厅出来，每个人都觉到了轻微的晕眩，感受到自己的视角受限。走出电影院，每位观众都意识到电影讲的是关于盲人的故事，讲的是如何站在盲人的视角看世界。《推拿》之所以改编成功，在于娄烨意识到不能照搬小说情节，而要表达小说中他所认同的那种精神气质：每个人都是有局限的。所谓受限与不受限，正常和不正常，正常的美和非正常的美，等等，都是有语境的。重要的是，两部作品用不同的表现方式共同到达了一个精神高度：每一个人，不管是盲人还是普通人，我们都是受限制的；不管你是看得见还是看不见，这个限制有时候在偶然之间也是可以转换的。我的意思是，一部小说改编成电影，至关重要处是尊重原作的精神高度与精神追求。

三

因此，我想强调的是，小说和电影本是两种艺术，两个系统，我们没有必要说，电影从小说中来；也没有必要强调它们之间要有所交会。当然，交会很重要，有小说气质的电影，有电影镜头感的小说都特别有意思。但更重要的是独立表达，应该充分尊重每个艺术门类的独立性与独特性，应该如何保持小说之所以是小说，电影之所以是电影的那部分特质。

电影是直接的艺术，直接触动我们的身体感受，它是身体艺术，同时也是情感和精神的艺术。这种情感与精神方面的追求跟小说是共通的——小说和电影的共同处在于要达到与受众的结盟。小说家要和他的读者、电影要和它的观众凝结成一种"情感共同体"。换言之，在某一个特定的时间段里，小说家和读者、导演和观众在情感上要达到共鸣和共振。好的电影和好的小说要有和读者／观众共情的能力。如此，小说才会是好小说，电影才是好电影。

多年来我一直喜欢去电影院看电影，好的不好的电影都看。尽管我对中国电影有诸多不满意，但以我的观看经验来说，关于现实生活的电影并不少，青春片，爱情片，喜剧等，但是，为什么我们依然觉得没有表现当下的电影，为什么我们看完了那么多关于现实的电影后依然觉得很虚假；一如当代小说创作领域，很多写现实的，但读者觉得写得假模假式，假得让人尴尬，原因是什么呢。我想，是现实感，是艺术家感受现实的能力，是我们的艺术家感受现实的那个通道发生了问题。他们以为他们表现的是现实，但在我们看来其实不是。这个当然是属于感受无能的问题。

另一个重要原因在于艺术家的表达能力。不论我们是否完全喜爱《我不是药神》，但我们不得不叹服，这是表现我们所在现实的电影，这是表现了我们当下生存的电影。还比如贾樟柯的《山河故人》，这也是表达现实的电影。长久以来，贾樟柯电影被诟病的问题是"理念先行"，但是，在《山河故人》里边，他非常圆润地融合了他的理念，并贯彻到电影里边。

他回到了熟悉的汾阳，切实表现了当代人的情感。怎样在人的行为和人的行动中充实应该充实的东西？人不只是社会事件中的人，还是社会关系中的人，一张请柬，一副墨镜，一把门锁，一罐西红柿汁，一串钥匙，在《山河故人》里都是一段情感的隐秘入口。正是那些细密的情感使观众和剧中人物一起凝聚成了"情感共同体"，电影说到底是导演借助影像与外界进行的一次内心交流。无论你是贫穷还是富贵，作为同时代人，在面对女主人公三十年人生际遇时，你很难不与她在某个时间节点上达成共鸣。因为，那些向往，那些震惊，那些错愕，那些悲伤……我们都曾经有过，或者正在经历。

因为有现实感和良好的表达能力，电影中的人变成了活生生的人，人不再是导演演绎观念的"符码"。另外，"站在未来看"是《山河故人》中有意味的一笔。多年以后，儿子已经不记得母亲，跟父亲也没有很好的沟通，爱上一个大他很多岁的很像他母亲的女人。引入"未来"看，今天我们追求的所谓美好很可能是黑洞，我们情感的黑洞。换句话说，我们被金钱所裹挟的、以为最有价值的东西，在未来可能一钱不值，反倒是那些最珍贵的东西被我们遗失或者破坏了。

假如你是一个病人，假如你真的生活在与病魔搏斗的旋涡里……电影《我不是药神》设身处地，把这个时代我们作为人的为难，人的遭际毫不遮拦地表达了出来。

今天，观众在电影院里并不愿意看让人落泪的电影，观众的趣味在于喜欢看宫斗，看贵妃怎么赢。可是，恰恰是《我不是药神》把我们拽到了电影院——为什么有那么多的观众愿意去看这部电影呢？我想，是电影作品内部蕴含的现实感，是它切实的表现能力。它表达的东西与我们感受到的东西之间有共通，既没有拔高，也没有降低，它触到了这个时代人的"情感点"，从而，在不到两个小时的时间里，万千观众在不同的电影院里共同动容、唏嘘、落泪，凝结成了属于中国人的"情感共同体"，那是属于中国的此刻，也是属于我们的电影时间。

2018 年 9 月

如何使中国文学成为中国文学

一

在我的阅读经验里，外国文学占重要比重。因此，2006年，当顾彬以他的汉学家身份说"中国当代文学是垃圾""中国文学不属于世界文学"以及"我们德国人从不这样写小说"时，我是震惊的。因为，在此以前，我一直认为中国文学是世界文学的一部分。之后，我读了他的《20世纪中国文学史》，并写下了一篇论文，《世界文学的想象与传媒意识形态》。我的另一个震惊经验则是莫言获得诺贝尔文学奖。我对颁奖词里面的两句话印象深刻，一句话是说，莫言是继拉伯雷、斯威夫特和马尔克斯之后比很多人更震撼人心的作家。还有一句是，莫言在世界文学里发出的吼声淹没了很多同代人的声音。我想，这两句话的重要性在于，它缓解了当代文学工作者内心的焦虑。

无论是顾彬事件还是莫言获奖，都让人想到，今天的我们内心极为渴望"世界"的嘉许、与"世界"接轨，当然，同时又渴望拥有"中国精神"和主体性。今天的我们，都深刻认识到以西方为中心的"世界"标准的强大，不得不以这个标准为参照。既然满足西方的东方主义是西方中心主义使然，那么，试图强调自我经验是不是潜在迎合西方世界的东方想象？这是今天我们两难的处境，当然，这种面对西方话语时既尽力排斥又不自主地被吸纳的处境，也是全球化语境下第三世界国家共有的处境。不管我们承认不承认，我们都是在世界文学想象之下的汉语写作，自晚清以来，我们就在这样场域之中，今天，没有哪个作家可以逃脱这样的想象。

二

现代文学发生初年，写作者的焦虑没有那么严重。也许，这与作家本身的译者身份有一定关系。鲁迅是译者，本身也是小说家。他翻译《域外小说集》，使用的是"直译"。那是把外国人书写习惯拿过来的一种翻译。某种意义上，当他使用这种语言的时候，也是在改变自己的思维，改变自己思考问题的方法。这是鲁迅写作深具现代性的一个原因。当然，在使用欧化语言时，他也有很好的古典文学的底蕴，这最终成就了他独特的表达。"当我沉默的时候我觉得充实，我将开口同时感到空虚。"① 于通常的汉语表达而言，这是陌生的，其中具有颠覆力。这样的表达，既是欧化的，同时也是中国本土的，在这样的语句中，鲁迅完成了一种对汉语的改造。

在鲁迅那里，写作不是让汉语读起来更舒服，而是更有力量。他的写作目的在于改造汉语，给它能量，使之能刺激我们思考。他寻找新的语言表达方式，来探底汉语言的深度，探底汉语言深处的能量，这位写作者，要在不能抵达处抵达。某种意义上，作为作家，鲁迅有一个庞大而消化能力很强的"胃"，他把欧化语言、古代汉语全部融汇消化在他的表达中。

在当年，不仅仅是鲁迅，事实上周作人、老舍、巴金、林语

<hr>

① 鲁迅，《野草·题辞》，《鲁迅文集 第2卷》，北京，人民文学出版社，2005年，第163页。

堂等人都是优秀的译者，甚至林语堂和老舍也都曾经用英语进行写作。你很难在这样的作家身上看到那种"让我们走向世界"的焦虑。也是在这样的背景之下，我想特别提到今天上海文学带给我们的惊喜。新一代作家小白、黄昱宁、周嘉宁都是优秀的译者，他们翻译过许多优秀文学作品。而近年来上海国际文学周及思南读书会也使我们看到了上海文学的国际化形象。中国新一代作家与国外同行更为畅通地交流与对话，对我们的写作无疑是有益的。这一国际化形象不仅仅与一种更为开放的国际都市形象有关，更与一种包容、多样、活跃与自信的文学气质有关。这些新的优秀作家的出现，这些更为活跃的文学活动的充分展开，促使我们对世界文学与汉语写作的关系更有了别种思考——今天，谈世界文学与汉语写作，要反观我们不自觉的内心焦虑，同时，恐怕也应该思考克服这种焦虑的可能。

三

作为文学批评工作者，我每天都要阅读大量当代作品。我想，我与许多批评家同行的感受是共通的。读某些作品，马上会意识到，这位小说家有他走向"世界"的渴望，他所讲的这些故事，我们可以在脑子里立刻翻译成英文，作为读者，你甚至会猜出，这部小说翻译成外语可能会更受欢迎。还有一种小说家，他的语言是完全欧化的，若是把小说里面的人名去掉，他写的则完全是外国人的经验，外国人的故事。读这些作品，我的感受极为复杂。我并不完全排斥。因为，我和我们这一代人都是读外国小说长大的，一如余华所说，我们都是喝着外国文学的奶长大的。

但是，最近几年，我也越发认识到，那种刻意欧化或者"世界化"的写作方式需要反省。在这些作品中，中国文学的内核在哪里，使中国文学成为中国文学的那部分在哪里？坦率说，这些作品是欠缺的，即使是翻译成外国语种，即使拥有为数不少的国外读者，它依然是有问题的。当然，在全球化的今天，完全排斥外国文学的影响几乎是不可能的，也毫无必要。但是，如果被同化，或追求与之相同则是不明智的，文学或文化的发展固然有求同的一面，但恐怕"相异性"更宝贵。

《狂人日记》《阿 Q 正传》中，固然有欧化的语言，但文本的内核依然是中国的。鲁迅以他的写作向我们做出了表率，即，如何在世界文学想象下进行汉语写作。鲁迅在汉语世界里是开天辟地者，他对汉语进行了颠覆式的改造，才有了我们今天的汉语。在现代文学传统里面，每一个写作者其实都是汉语的"炼字者"。汉语如何在我们的文字里被锻造，我们如何使之千锤百炼、焕发光泽，是每一个汉语写作者的使命。

一个追求流行语词的作家，一个恪守旧词语的作家，代表了他们不同的选择与追求。每一种语词都是一个系统，代表着我们的文学观、汉语观、写作观、价值观。今天不仅仅要看到我们从外国文学那里所汲取的营养，更要思考我们如何在汉语写作中保有"中国文学之所以是中国文学"的那部分东西。我们对汉语写作所做出的贡献，代表了此时此地写作者们共同的文学尊严。

2017 年 11 月

一百年，我们文学生活的变与未变

一

什么是属于一位作家的文学生活？这是个有意思的问题。我想到九十年前的春天。"退稿大王"沈从文遇到了他的文学伙伴"海军先生"。他们旨趣相同，爱好文学，文字变成铅字是他们最大的心愿。二人相识后，海军先生带来了个女孩子，圆脸、长眉、大眼睛，不施脂粉。这位女性喜欢画画，多愁善感。三位"北漂"住在西山脚下，买菜、挑水、淘米、读书、投稿。生活自然是贫苦的，但是，在他们眼里，哪个刊物登了好诗远比从当铺里当了多少钱更具意义，或者说，他们对新小说、新作者、新书封面的关心远大于对金钱的看重。

现在，我们知道了，被称为海军先生的帅气青年是小说家胡也频，也是左联著名五烈士之一，而那位有感伤气的女孩子则是丁玲，胡也频后来的妻子。而这些故事场景和细节则出自30年代沈从文撰写的长篇回忆文章《记丁玲》。

我想，这三位年轻人之间的见面、讨论便是属于一位准作家的文学生活了。今天我们讨论文学生活时，固然要讨论成名作家们的新书发布会、视频直播、作品研讨会、作品朗诵会、国际文学周、某地的文学节……但也要讨论那些表象之下的"暗生活"。——要讨论一位青年作家如何逐步为人所识;讨论一位作家的成名与哪些人、哪些因素有紧密而内在的联系。往往是那些看不到的活动构成了一位作家成名的推动力。

为什么沈从文会被称为"退稿大王"?因为他在成名之前经历了太多的投稿与退稿,也正是在那样的不断打击和磨砺之下,他最终成长为真正的作家。当年,在胡也频、沈从文频频给杂志投稿以换取稿费与文学声名时,丁玲还沉湎于阅读。她读《茶花女》《父与子》《羊脂球》,尤其酷爱《包法利夫人》。写小说之前,她去上海读过书,也有过情感波折,比如与瞿秋白若有若无的暧昧情愫,比如与王剑虹深厚的姐妹情谊,当然还有与胡也频之间的感情,以及与冯雪峰"情感的散步"。丁玲甚至也有过短暂的明星梦,她曾经去过片场,在那里她看到了许多人,男人、女人、男演员、女演员……慢慢地,她看到了那双无处不在的"男性的/欲望的"眼睛。

生活和阅读成就了丁玲。事实上,她已经做好了成为作家的准备。1927年,丁玲将小说《梦珂》寄给现代中国最著名的文学杂志《小说月报》。很幸运,著名编辑、作家叶圣陶读到了这篇自然来稿。没有人提醒叶圣陶这位名叫丁玲的作者是谁,叶当时甚至怀疑作者是胡也频或沈从文化名,因为稿纸上的涂抹方式与那两位文学青年太像了。

无论如何,敏锐的叶圣陶意识到,《梦珂》是中国文坛的崭新收获。他将这位无名作家的作品放在显著位置发表。很快,署名丁玲的另两篇小说《莎菲女士的日记》《阿毛姑娘》也相继在《小说月报》重要位置刊出。从此,中国文学史上开始写下"丁玲"。几乎与此同时,批评家和读者们都意识到,属于一位令人惊异的女作家的文学时刻已经到来。

二

百年中国文学史上，有许多著名期刊推动了中国文学的发展，比如《新青年》，比如《小说月报》，比如《晨报》，比如《人民文学》，比如《收获》……在作家的文学生活中，遇到一位著名文学大师、一份著名文学期刊、一个慧眼识珠的文学编辑都意味着宝贵的机会与可能。此处仅以几位女作家成名道路为例。

1923 年 9 月，在燕京大学教书的周作人收到了女学生凌叔华的信，她希望成为一位女作家。这封信让人心生好感。彼时的中国，有如此清晰女性意识的女学生太少了，凌叔华的志向令人眼前一亮。寻找著名推荐人的青年作家不独凌叔华一人。1934 年，萧红和萧军写信向鲁迅先生求助；1943 年早春，张爱玲完成《沉香屑·第一炉香》后，拿着姑姑的信去拜访著名作家周瘦鹃……

有才情的年轻人终于得到了文坛大师的帮助。周作人回忆说，凌叔华"所寄来的文章是些什么，已经都不记得了，大概写的很是不错，便拣了一篇小说送给《晨报》副刊发表了"。[1] 二萧的长篇小说《八月的乡村》和《生死场》是在鲁迅做主编的《奴隶丛书》中推出的。当年萧红的稿子没有名字，只写了"麦场"，胡风为其起名为《生死场》并写了后记。序言则出自鲁迅，"这自然还不过是略图，叙事和写景，胜于人物的描写，然而北方人民的对于生的坚强，对于死的挣扎，却往往已经力透纸背；女性作者的细致的观察和越轨的笔致，又增加了不少明丽和新鲜。"[2] "越轨的笔致"的评价追随了萧红一生，直至今天的文学史依然要提及。

---

① 周作人，《几封信的回忆》，《周作人文选》（卷四），广州，广州出版社，1995 年，第 494 页。

② 鲁迅，《生死场·序言》，哈尔滨，黑龙江人民出版社，1980 年，第 7 页。

周瘦鹃在读完张爱玲小说后颇为欣赏，不仅将《沉香屑·第一炉香》登在《紫罗兰》1943 年第 2 期发表，还写下了他的评语："请读者共同来欣赏张女士一种特殊情调的作品，而对于当年香港所谓高等华人的那种骄奢淫逸的生活，也可得到一个深刻的印象。"①"特殊情调"的小说很受读者欢迎，于是，《紫罗兰》又分三期连载《沉香屑·第二炉香》。当然，张爱玲的小说也在其他杂志刊登，不到一年时间里，这位新小说家迅速为上海滩瞩目。

　　在杂志发表作品，找出版社结集出版，若是有名家赏识作序真是再好不过，当然，还要争取进入年选或大系……其中每一步都是一位作家作品经典化的重要步骤，也与作家声名息息相关。在当年，这些对于最初一代女作家是否能浮出历史地表尤其关键。1923年，冰心的《繁星》《超人》由上海商务印书馆出版、《春水》则由新潮社出版；庐隐的《海滨故人》由上海商务印书馆出版；冯沅君的《卷施》由北新书局出版；凌叔华和陈衡哲的小说集由新月书店出版。当然，冰心和庐隐作品作为文学研究会丛书出版，冯沅君小说则是鲁迅主编"乌合丛书"之一。

　　进入"新文学大系"有着某种"进入纪念碑"意味。《新文学大系》的作家名录，收录了九位女作家的小传，她们是袁昌英、凌叔华、陈衡哲、陈学昭、冯沅君、黄白薇、黄庐隐、谢冰心、苏梅。这份名单今天看来并不起眼，但在当时它意味着最初的遴选，是第一代女作家群最基础名录，此后几十年间，讨论现代文学发生时期的女作家作品时，文学史家们几乎都以此为参考。

---

① 　周瘦鹃，《写在紫罗兰前头》，《紫罗兰》，1943 年第 2 期。

三

应该提到文学批评对于作家作品的重要性。尽管一些作家直言从不看文学批评也不介意文学批评，但中外文学史作家们的回忆录、书信集及作家生平传记提供佐证，这些所谓直言里包括了虚言成分。因为，每一位作家都深知，其作品的经典化道路都与他同时代批评家密切相关。

一如张爱玲，在她成为重要作家的道路上，有两篇评论奠定了她的文学家地位，一篇出自傅雷之手，另一篇则来自胡兰成。胡的《论张爱玲》发表于1944年《杂志》月刊第13卷第2期、第3期，当时的他三十八岁，正与张爱玲热恋。在评论中，胡兰成将张爱玲视为鲁迅的继任者："鲁迅之后有她。她是个伟大的寻求者。和鲁迅不同的地方是，鲁迅经过几十年来的几次革命，和反动，他的寻求是战场上受伤的斗士的凄厉的呼喊，张爱玲则是一种新生的苗，寻求着阳光与空气，看来似乎是稚弱的，但因为没受过摧残，所以没一点病态，在长长的严冬之后，春天的消息在萌动，这新鲜的苗带给了人间以健康与明朗的、不可摧毁的生命力。"[①] "鲁迅是尖锐地面对着政治的，所以讽刺、谴责。张爱玲不这样，到了她手上，文学从政治走回人间，因而也成为更亲切的。时代在解体，她寻求的是自由，真实而安稳的人生。"[②] 还原到文学批评现场，将崭露头角的张爱玲与鲁迅相提并论，胡兰成的比附未免让人吃惊。此篇评论的热烈赞美与傅雷的《论张爱玲的小说》冷静克制形成鲜明对照。但是，胡的评论也可说是一种预言，其中分析也有一定说服力，这一倾情夸赞不仅为张爱玲的崛起起到了推动作用，也影响

---

① ② 胡兰成，《评张爱玲》，《杂志》，1944年第13卷第3期。

深远。

今天，文学批评活动包括书评，也包括新书推广会，作品研讨会等，但于作家而言，恐怕还是需要被真正懂得其美学价值的批评家发现。有时候那双慧眼属于批评家，有时候则属于更具声名的作家前辈，比如鲁迅之于萧军、萧红，比如周扬之于赵树理，比如茅盾之于茹志鹃……

1956年，文学编辑茹志鹃创作了短篇小说《百合花》。辗转在《延河》发表。最初，《百合花》并没有得到重视。1958年，《人民文学》第6期发表了茅盾的评论《谈最近的短篇小说》。在一万多字篇幅里，茅盾以二千多字的篇幅高度评价了茹志鹃的《百合花》，在他看来，《百合花》有着清新俊逸的风格："我以为这是我最近读过的几十个短篇中间最使我满意，也最使我感动的一篇。它是结构谨严，没有闲笔的短篇小说，但同时它又富于抒情诗的风味。"① 特别要提到的是，《人民文学》发表茅盾评论时，还少见地全文转发了《百合花》。由此，茹志鹃成为当时文坛的新星。

讨论文学生活之下的"暗生活"时，难免会触及人与人之间的关系，文人之间的圈子化等问题，但是，它不该被庸俗化。不必说鲁迅与二萧、傅雷与张爱玲、茅盾与茹志鹃素昧平生，评论纯粹基于文学审美的欣赏。即使是身为情人的胡兰成对张爱玲极尽赞美，同样也是基于共同的文学审美追求。他们后来的文学趣味和文学发展也都充分证明了这一点——如果一位作家写得不够好，她的亲属或情人发出分贝再大的赞美又如何？重要的是作品本身。在时间和文学史面前，批评的妄言、作品的苍白永远无法藏身。

---

① 茅盾，《谈最近的短篇小说》，《人民文学》，1958年第6期。

四

与以往不同，我们时代作家的成名路径更多元了。一位作家只依靠有限的文学评论或期刊的大力推荐而爆红已经很困难。最有效的方式可能是评奖，一个重要的民间奖或政府奖都可能加速作家的成名，也可以迅速使一位默默无闻的青年作者受到同行关注。当然，影视剧改编、豆瓣评分、微信朋友圈刷屏也已成为推出新作家的有效方式。

这些都是令人鼓舞的，许多人就此会赞叹此时代文学生活的丰富，文学活动的多样。可是，讨论文学生活与生态，不仅要看到外部的热闹，恐怕更要看到热闹之下的清冷。比如读者见面会，即使是人头攒动，又有多少人是真正热爱文学而专程参加的，又有多少人不过是偶尔路过，未必对作品抱有真正的兴趣？还比如作品研讨会，分明是研讨会上有着尖锐的批评，但新闻出来为何变成一团和气？

讨论文学生活似乎轻易可以得出结论，靠单打独斗、以一己之力成名的作家已经很难。但反过来说，一个在朋友圈里游刃有余、呼风唤雨的作家，若没有优秀代表作品，也不过是昙花一现，到头来被喻为社会活动家吧？说到底，文学生活、文学活动、文学平台是帮助作家成名的辅助方式，而非最根本的方式。换言之，一位作家的文学生活无论有多丰富，一个作家的交游无论有多广阔，一个作家与批评家的关系无论有多密切，如果没有优秀作品，一切都终将是过眼烟云。一个时代的文学生活有表象上的风风火火，但毕竟也有其背后的底色。一个好作品可以享受属于它的风光与热闹，但作为写作者，应该始终认识到，真正的创作永远是"一个人的战争"，它多数时候是艰苦与孤独的。

还是回到九十年前吧。那位叫丁玲的女孩子何以一亮相就让世人惊艳？因为在成为作家之前，她已经有足够的准备，她阅读《新青年》《尝试集》《女神》，她来到上海大学中国文学系读书。与一群热爱文学的伙伴们一起成长固然重要，但是读书写作则更为关键，那是独属于一个人的"暗功夫"。——丁玲"熟读法国作品"。《包法利夫人》译介到中国后，她爱不释手，"至少读过这本书十遍"，"她喜欢那个女人，她喜欢那个号称出自最细心谨慎于文体组织与故事结构的法国作家笔下的女人，那女人的面影与灵魂，她仿佛皆十分熟悉。"① 在沈从文看来，丁玲从《包法利夫人》中"学到了许多"。一是跟书上的女人"学会了自己分析自己的方法"，一是跟作书的男人"学会了描写女人的方法"。② 唯其如此，她才能在后来的写作中展现卓异与不凡。

从福楼拜和《包法利夫人》这里起步，年轻的丁玲开始懂得什么是好作家，什么是好作品，并且努力在写作中实践——唯有写作，是一位写作者真正的安身立命处；唯有写作，也才是一位作家最大也最珍贵的文学生活，一百年未变。

2019 年 1 月 17 日

---

① ② 沈从文，《记丁玲女士》，《国闻周报》，1933 年第 10 卷第 32 期。

有所评有所不评

　　只有拥有强大精神世界的批评家，才有可能不被新作品牵着鼻子走，才会有能力建设自己的批评谱系。好批评家是珍惜羽毛的、有品质的写作者，他必须要有所评有所不评，有所写有所不写。

我和我们的十年

感谢每一位 70 后作家，因为读了他们的作品，才有了这样一部书。

已经是十年前了，我刚刚博士毕业，开始着手做当代文学批评。我希望以自己的方式进入文学现场，认识那些新作家和新作品。我希望"空着双手进入"，不依靠推荐和向导。

在当年，对一位渴望成为"未受文学偏见腐蚀的读者"的青年批评家而言，选择从 70 后作家入手无疑是最好的选择。因此，从 2007 年下半年开始，翻阅文学期刊，翻阅刊登文学作品的都市报纸，翻阅以书代刊的新锐杂志成为我日常生活的一部分。而在其后几年时间里，我沉迷于寻找那些陌生而新鲜的面孔：一个一个辨认，写下密密麻麻的阅读笔记，也写下最初的惊异、喜悦、感慨，或者失望。

每一位作家都是新的，每一部作品都是刚刚出炉的。要怎样判断这部作品的价值；要怎样判定这部小说的艺术品质；应该怎样理解这位作家的艺术追求；他的写作道路是怎样的；他以前是否受到过关注；要如何理解这位作家的受关注或受冷落；前一年他写了什么，下一年他又写过什么……日复一日，年复一年。在我的电脑里，建立了许多以 70 后作家命名的文件夹，几年下来的追踪记录，已然变成了他们最初的文学年谱。那真是美妙的、难以忘怀的、被好奇心鼓动的阅读旅程。那些被辨认出来的作家作品、那些不经意间形成的庞杂文学记录，是构成这部"'70后'一代文学图谱"的重要素材。

多年的工作逐渐使我意识到，我要试图以自己的方式为那些新作家画下最初的文学形象；我要寻找到他们作品里那些潜藏着的、正在萌芽的艺术品质并进行阐释；我要尽可能及时地给一位新作家最初的、最为合适的理解和定位；我要以与作家一起成长的态度来理解他们。我深知，我的批评出自同时代人视角，属于同时代人的批评——在此书中，我记下的是十年来他们如何一个字一个字把自己从庸常生活中"救"出来；我记下的是十年来他们如何以文学立身，如何一步步成为当代文学中坚力量的创作历程；我也以此记下我的"自救"，记下我与一代作家的同生共长。

每一篇文字都非迅速写就，它们经历了长时间的观察、沉淀、反复打磨。尽管有的文字是一万字，有的只有短短的三千字，大部分作家论的写作时间都跨越多年。比如路内论。2008年，我曾经写下《少年巴比伦》带给读者的惊喜，也写下自己的好奇："十年之后，路内的路是怎样的，他会写出什么样的作品？"之后几年，我读到《追随她的旅程》，读到《云中人》，也读到《花街往事》……直至八年后《慈悲》出版，这篇作家论才得以完成。

另有一些作家，我写了两次，因为这位作家的创作变化极为明显，而我以前的看法已经不能概括。关于冯唐的是《这一个青春黑暗又明亮》（2009）和《与时间博弈》（2013年）；关于徐则臣的是《使沉默者言说》（2008）和《重构人与城的想象》（2013）；关于鲁敏的是《不规矩的叙述人》（2008）和《穿越岁月的重重迷雾》（2009）；关于葛亮的是《对日常声音的着迷》（2014）和《以柔韧的方式，复活先辈生活的尊严》（2016）；关于李修文的是《多情者李修文》（2009）和《和"无穷的远方""无数的人们"在一起》（2017）……在章节排列上，我选择将其中一篇文字附录在另一篇之后，以呈现我对这位作家的全面理解。当然，还有几位作家，我十年来一直在读她/他，一直想写，却苦于找不到恰当的切入点，于是，有关他或她的理解只能在我的文档里，等待来日完成。

"你写这些有什么意义？""你这样做是值得的吗？"十年间，总有些刺耳的声音时不时响起，有时候这声音很微小，但更多时候它们很尖锐，刹那间就会击中我，使我深感无助。无数次在心中与那个声音搏斗，无数次在虚无中挣扎再爬起。最终，我选择不争辩，写下去，一如既往。

时光是什么呢？时光是淬炼者，它锻造我们每个人，并把痕迹重重打在我们的脸上，我们的身体里，我们的作品中。每一部作品都是写作者灵魂的拓印，每一部作品都代表写作者的尊严。多年的文学批评工作使我越来越谨慎，要对自己的每一个字、每一个判断负责，要庄重、严肃、不轻慢，即使这些文字的读者寥寥无几。

也许，我们并不是幸运的一代，但是，那些曾经用心写下的文字依然会在某一时刻闪光，它会向每一个读到的人证明：在此时此地，有过一些严肃的写作者，他们认真地写过，认真地活过，从来没有因为困难放弃过。是的，此书中每一篇或长或短的文字里，记下的都是我们这代人的文学生活，其中包含我们挣脱"泥泞"的渴望，也包含我们向着文学星空拔地而起的努力。

此书名为《众声独语》。首先，它是关于"众声"之书，书中收录了二十多位70后作家的声音，范围跨越海峡两岸，也跨越文体边界。我希望尽可能不遗漏那些低微的、边缘的、偏僻的声音，那有可能是被我们时代忽略的、最有力量的声音。事实上，此书中写到的一些作家，廖一梅、余秀华、绿妖、刀尔登、缪哲、谭伯牛以及来自台湾的甘耀明、来自澳门的太皮并不是我们常常谈起的作家，却是我喜爱和珍视的同行。因此，无论篇幅长短，我都将每一位作家单独列出，尽可能呈现他们最独特的那一面。这也意味着这本书的趣味芜杂、多元、广博，它致力于呈现作家们文学追求的"差异"而非"相同"。在这里，"众声"意味着声音的高低起伏、嘈杂多样，而非众人一腔，或众人同奏一曲。

"独语"则来自书中《先锋气质与诗意生活》一节。"它们不是高亢的，响亮的，它们是由人心深处发出的。这种低弱的、发自肺腑的声音与高声的喧哗，构成一种强烈的比照关系、对抗关系。"①我喜欢"独语"一词，在我心里，它是一个人的兀自低语，是一个人的刻舟求剑，也是一个人的秉烛夜行……"每一个灵魂是一个世界，没有窗户。而可爱的灵魂都是倔强的独语者。"②是的，扰攘浮世，倔强的独语者们在各说各话，各有所思，各有所异，此为文学中最迷人的风景。当然，以"独语"为题还有另一层意思：它是我一个人对"众声"的描摹，是我个人对70后一代写作的呈现与理解，是属于我自己的"独语众声"。

今天，文学式微已是不争的事实。但是，即便如此，文学也从来不该自认是小圈子的事情。它是我们文化生活的一部分，它应该与我们的社会生活血肉相连。事实上，中国新文学向来就有与大众传媒密切互动的传统。这是我对文学与传媒关系一以贯之的理解，也是我十年来一直为报纸撰写专栏或书评的重要动力。我希望尽可能拓展文学批评的平台，尽可能使新锐作家获得更广范围的认同。因此，书中的大部分文字都选择在《新京报》《南方都市报》、"澎湃网""腾讯网"、《北京日报》《北京青年报》《信息时报》等受众

---

① 张莉，《先锋气质与诗意生活》，《众声独语》，上海文艺出版社，2017年，第169页。

② 何其芳，《独语》，《何其芳散文》，杭州，浙江文艺出版社，2016年，第22页。

广泛的大众媒体上发表。当然，这些文字近年来也在微信上流传。

值得欣慰的是，今日重读，我对大部分 70 后作家作品的理解依然未变；而书中关于 70 后研究的两篇综论及魏微、冯唐、鲁敏、徐则臣、张楚、李修文等人的作家论引用率颇为可观，已经成为相关研究的基础文献。

是为序。

2017 年春

（注：本文为《众声独语——"70 后"一代人的文学图谱》序言）

重新确定文学批评的对话性

——重新认识书信、演讲、对话录等批评文体的意义

谈论文学批评文体时，我们通常想到的是论文体与随笔体，或者，再开阔一点，加上"序言"，这已然成为我们理解文学批评文体的定见。其实，文学批评的文体样式颇为丰富，它包括论文体、随笔体、序言、书信、演讲、对话录，等等。今天，序言体文学批评已经为诸多读者接受，但多数人对于书信、演讲、对话录等文学批评文体的意义与价值却并不敏感。这颇令人遗憾。

坦率说，对文学批评文体的单一理解限制了我们对批评文体多样性的认知，那是一种画地为牢。今天，重新认识文学批评文体的丰富性卓有意义，它将使我们重新思考文学批评的语言、文学批评的态度，以及文学批评本身的性质，为已然僵化的批评写作样式松绑，焕发文学批评的活力。

亲切自然，娓娓道来：讲稿类文学批评的魅力

"语言不只是一种形式，一种手段，应该提到内容的高度来认识。"[①] 这是汪曾祺在 80 年代中期引起广泛影响的观点，出自他的

---

① 汪曾祺，《中国文学的语言问题——在哈佛和耶鲁的演讲》，《中国当代文论选》，陈思和主编，上海，上海教育出版社，2010 年，第 117 页。

《中国文学的语言问题》一文，这篇文字不仅是理解汪曾祺文学观的重要窗口，也多次选入"当代文论选"，只是很少有人注意到，这篇发表在《浙江文艺》的文字，副标题是"在哈佛和耶鲁的演讲"，它是1987年汪曾祺在两所大学的演讲记录。

在此篇演讲里，汪曾祺从语言的思想性与文化性角度论述语言的本体性，也从语言的暗示性和流动性层面论述了语言的审美特征。语言是专业问题，既抽象又深奥，但汪曾祺选择了一种亲切近人、朴素易懂的讲述方式，比如他谈到语言之美，"语言的美不在一句一句的话，而在话与话之间的关系。"还比如他说，"流动的水是语言最好的形象。"[①] 这篇讲演录表述形象，生动有趣，令人耳目一新。这样的文学批评风格，自然与汪曾祺作家的身份有关，但也与演讲稿这一文体的内在要求有关。所谓演讲稿，要致力于讲者与听者之间的直接沟通，因此，它首先要求引发读者兴趣，让听众听得懂。

伍尔夫的《一个人的房间》是世界文学史及女性写作研究领域的经典之作，同样，它也基于伍尔夫的两次演讲。八十年前，伍尔夫受邀在剑桥大学某女子学院作演讲，主题是《女性和小说》。在当年，因为身为女人，伍尔夫不被允许单独进入图书馆，甚至还被从草坪上赶了出来。演讲的开头便由这一故事展开。在这篇文字里，伍尔夫从"假如莎士比亚有个妹妹"这一话题说起，谈到那些制约女性写作成就的因素，经济的、社会的、习俗的、来自男性的，以及来自女性自身意识的，从而，她提出，如果一个女人有独立的房间和五百镑的年收入，她的写作前景将与以往大不相同。伍尔夫并不是慷慨激昂的演讲者，她的表达魅力在于娓娓道来，润物无声。

---

① 汪曾祺，《中国文学的语言问题——在哈佛和耶鲁的演讲》，《中国当代文论选》，陈思和主编，上海，上海教育出版社，2010年，第119页。

近年来，作家讲稿式文学批评深受读者欢迎。国外作家如纳博科夫的《文学讲稿》，中国作家如王安忆的《小说世界》，毕飞宇的《小说课》等，这些讲稿剖析作品的途径独到，理解方式及分析思路与学者、批评家极为不同，引发了读者阅读热情。某种程度上，作家讲稿式文学批评对当代文学批评写作范式构成了有力的挑战，冲击了我们对文学批评的认知。

书信体文学批评：语意诚恳，润物无声

提到书信体文学批评，很多人会想到略萨《给青年小说家的信》。略萨的开头如此让人难忘，"亲爱的朋友：您的信让我激动，因为借助这封信，我又看到了自己十四五岁时的身影，那是在奥德亚将军独裁统治下的灰色的利马，我时而因为怀抱着总有一天要当上作家的梦想而兴奋，时而因为不知道如何迈步、如何开始把我感到的抱负付诸实施而苦闷，我感到我的抱负仿佛一道紧急命令……"[1] 以"亲爱的朋友"为指代，《给青年小说家的信》的写作是亲密的，恳切的，也是自然的，写信者与读者之间毫无隔阂，它对文学的理解、对小说的认知滋养了一代代文学作者的成长。

并非所有书信体批评都是和风细雨。书信体批评也会狂风暴雨，雷霆万钧，最有代表性的应该是别林斯基《致果戈理的一封信》。早在果戈理出版《彼得堡故事》《密尔格拉得》时，别林斯基就称颂他"拥有着强大而崇高的、非凡的才能"，甚至称其为"文坛的盟主，诗人的魁首"，[2] 而这位文坛新秀也不负期待，之后写出

---

① 马里奥·巴尔加斯·略萨，《给青年小说家的信》，赵德明译，上海，上海译文出版社，2004年，第1页。

② 别林斯基，《论俄国中篇小说和果戈理君的中篇小说》，《别林斯基文学论文选》，上海，上海译文出版社，2000年，第173页。

了经典名作《死魂灵》。但是，在读到果戈理的《与友人书简选》后，别林斯基意识到二人之间政治观点完全不能相融时，他异常愤怒地写下了《致果戈理的一封信》，在信中，这位批评家言辞之锋利、态度之鲜明，震动了整个俄罗斯文坛——别林斯基和果戈理之间固然有私人之谊，但是，他们书信争论的问题却并未受制于私人情感，那是在大是大非问题上的分毫不让。别林斯基与果戈理的往复书信保留了文学批评所应有的率性、激情，同时，他们的认真与诚挚、他们的分歧与固执也得以清晰保存，那是既属于俄罗斯文学，也属于世界文学的宝贵财富。

在古代中国，书信是作者们常常采用的一种文学批评文体，它一度成为现代文学史上的重要文学批评手段。五四时期，借由通信进行文学批评的方式甚为普遍，影响也深广。在当年，人们有时候以一封信的方式讨论一个文学问题，有时候则以一组书信的方式来完成；通信之人有时候是两个人，有时候又是多人。胡适关于"八事"的《寄陈独秀》一经《新青年》发表便成为了时人关注的文学问题，很快也得到陈独秀的响应。1917年1月的《新青年》上，胡适发表了《文学改良刍议》。1917年2月，陈独秀的《文学革命论》在《新青年》发表，他明确地提出了"三大主义"。钱玄同在致《新青年》的信中，则从语言进化的角度论证白话取代文言的必然……如此往复，参与论争的人越来越多——回顾"文学革命"的来龙去脉，不得不说通信体文学批评功不可没。

现代文学史上，鲁迅、沈从文等人都曾以书信方式留下了大量文学批评文字，进入80年代以来，书信体文学批评也一度颇为常见，比如孙犁、李子云等就曾多次写信给许多青年作家，谈对他们作品的看法，既有真挚的赞扬，也有诚恳的批评。在当时，报纸杂志登载书信体文学作品也较为常见。批评家和作家以公开的书信方式进行交流，批评家对作家的新作品进行分析阐释，作家也会就批评家的分析谈自己的认识和体会。比如《光明日报》1985年8月15日就曾刊载过何志云的《生活经验与审美意识的蝉蜕——〈小鲍庄〉读后致王安忆》和王安忆的《我写〈小鲍庄〉——复何志云》的一组书信，此后这些书信成为王安忆研究领域的经典资料。因为对新作家作品追踪及时，同时态度真诚恳切，书信体文学批评在公共平台一经推出便深受关注，引发读者的热情。而这样的书信体批评确实也拉近了文学批评和大众读者的距离。

某种意义上，20世纪80年代，书信体文学批评在满足读者参与文学热情的同时，也寻找到了它自身发展的契机。遗憾的是，90年代以来，文学批评越来越学科化和体制化，书信体文学批评虽然平易近人，但却很难算作"学术成果"，也显得不那么学理化，因此，许多高校批评家会从现实层面的考量而选择放弃，这恐怕是书信体文学批评逐渐衰落的重要原因。

对话录：鲜活现场，众语喧哗

谈到对话录式文学批评，不得不提到陈平原、钱理群、黄子平的"三人谈"。1987年，他们以对谈形式提出了"二十世纪中国文学"的概念："所谓'二十世纪中国文学'，就是由上世纪本世纪初开始的、至今仍在继续的一个文学进程，一个由古代中国文学向现代中国文学转变、过渡并最终完成的进程，一个中国文学走向并汇入'世界文学'总体格局的进程，一个在东、西方文化大撞击大交流中，从文学方面（与政治、道德等其他方面一起）形成现代民族意识（包括审美意识）的进程，一个通过语言艺术来折射并表现古老民族及其灵魂在新旧嬗替的大时代中新生并崛起的进程。"[1] 围

---

[1] 黄子平、陈平原、钱理群，《二十世纪中国文学三人谈》，北京，人民文学出版社，1988年，第1页。

绕这一构想，三位学者进行了一系列谈话，分缘起、世界、民族、文化、美感和文体、方法六篇，引起读者广泛关注和讨论，后来，"二十世纪中国文学"这一概念也逐渐为中国现当代文学研究者所接受并使用。

那是深具文学史意义的对话录，在对谈的《写在前面》，三位对谈者提到了他们心目中完美的学术对谈形式，"理想的学术对谈录既有论文的深邃，又有散文的洒脱，读者在了解对话者的思想时，又可领略对话的艺术。"[①] 今天看来，《二十世纪中国文学三人谈》为一种好的文学对话形式提供了一个经典范例，它以独特的对话录形式参与了中国文学发展的进程。1993年第6期《上海文学》发表了王晓明、张闳、徐麟、张柠、崔宜明等人的对话《旷野上的废墟——文学和人文精神的危机》，以此为开端，爆发了一场持续两年多的全国性的人文精神大讨论。这一对谈构成了90年代文学的重要景观，也是90年代文学研究领域深具节点意义的事件。今天，重新阅读这些宝贵的文学对谈，会深为感叹，它记录了当时批评家们的困扰、忧虑、争辩、搏斗、挣扎，那是一代知识分子对时代问题的认识与思考，痛苦和纠结。

好的对谈至关重要处在于"言之有物""引人遐思"。陈平原、钱理群、黄子平说，在他们看来，那些讨论中的碎片有时候正是激发人不断思考的创造的动力，也因此，他们在这个三人谈中写下了期待："我们渴望见到更多的未加过分整理的'学术对话录'的问世，使一些述而不作者的研究成果社会化，使一些'创造性的碎片'得以脱颖而出，并养成一种在对话中善于完善、修正、更新的理论构想的风气。"[②]

对话录看似容易，但背后付出的工作极为繁重。它需要对谈者

①② 陈平原，《写在前面》，《二十世纪中国文学三人谈》，北京，人民文学出版社，1988年，第4页。

双方既有共同的旨趣，也要保有个体思考的独立性，只有在此基础上，对话录才能既生动活泼又言之有物。近年来，报纸期刊上常常看到研讨会现场实录，但是，多数是呆板的、被压缩过的观点，在一个主题框架下每个人各说各话，既没有碰撞也没有激发。如何使对话录保留活生生的现场感同时又卓有思考空间与文学意味，是近年来对话录式文学批评要面对的问题。

作为对话的文学批评

"文学批评从根本上说就是一种对话。文学史的研究也是如此：研究者与现、当代的文学作品、文学现象互相交谈。不是替作品说话，也不是自说自话，而是不同主体之间的精神交流。用对话形式发表的文学研究，是否可能在文体上也响应了这种开放的批评观呢？"[①]三十多年前，陈平原、钱理群、黄子平谈到他们对对话形式文学批评的理解，也提出了他们的疑惑，今天看来，这个问题的答案无疑是肯定的。

强调文学批评的对话性深具意义。对话性意味着文学批评本身的开放性质——文学批评何尝不是一种导体与渡引呢，它连接作品和读者，它是一个隐性的交互平台，在这个开放的平台里，我们讨论何为好作品，何为好作家，哪些是我们时代不应忽略的作家和作品，归根结底，文学批评的目的在于加深读者和作品、读者和作家之间的沟通与对话。因此，它应该欢迎商榷、质疑、询问、争辩。而从具有对话性质的文学批评中，读者应该不仅能读到一种看法、一种认识、一种理解，也将读到对话的过程本身。换言之，这些文体样式不仅传达评论们的理解，也将激发读者、同行、普通读者

① 陈平原，《写在前面》，《二十世纪中国文学三人谈》，北京，人民文学出版社，1988年，第8页。

的参与热情，使他们有话要说。

文学批评并非高高在上、不食人间烟火的工作，它应该和普通读者在一起。好的文学批评与作品将心比心，与读者共情，而不是在小圈子里自言自语。今天，文学批评的问题在于僵化、程式化，它导致了作家的不满，读者的不满，甚至包括批评家群体的自我懈怠。批评家何平认为，"我们正在失去自由自在、澎湃着生命力的批评"，① 笔者对此一看法深以为然。某种程度上，程式化写作正在钝化和吞噬文学批评从业者的敏锐度、艺术直感以及真率的行文。

那些没有文学气息、没有人的气息的文学批评文字让人倦怠，它们缺少生命力与鲜活气，不过是纸老虎、塑料花而已。批评家是人，不是背书机器。好的批评家应该有自由意志、独立判断和美的表达。今天，有没有勇气为自己松绑，写出生动活泼、自由自在的文学批评，实在是对批评从业者的一种考验。当然，近年来也有一些批评家同行在试图从中国文学传统中汲取营养，追求散文随笔体写作——这是努力摆脱文学批评教条气的努力，也旨在重建文学批评与普通读者之间的关系。

尽可能使用平易朴素的语言，尽可能用交流和沟通的语气。好的文学批评应该丰富多样，或真挚，或明晰，或锐利，或平易，或激扬，而它们共同的特点则在于有识见，有思想，有创造。好的批评本身就是一种创作。它并不满足于给以读者新的信息、重新表述前人的思想，它还反映作者的脑力素质，具有对文本进行探秘的勇气与潜能。好的批评有人的真气、人的血气、人的骨气。好的批评里有人的声音，"正如一切伟大著作一样，它带着鲜明的个人印迹；它以人的声音说话"②。是的，好的批评会在批评者与读者之间构造

① 何平，《自我奴役的文学批评能否"文体"》，《文艺争鸣》，2008 年第 1 期。

② 苏珊·桑塔格，《作为英雄的人类学家》，《反对阐释》，程巍译，上海，上海译文出版社，2003 年，第 82 页。

平等、诚挚、坦然的对话关系，也会使那些附着于文学批评之外的条条框框瞬间分崩离析。

2018 年 7 月

我为什么想成为"普通读者"

一

"我想成为普通读者。"我对自己说。旋即心里涌起好几个声音："你现在的职业是批评家，你居然想做普通读者？""你的意思是，你现在不是普通读者而是特殊读者？""普通读者不是很简单吗，还需要成为？"

我所说的普通读者是特指的。"我很高兴与普通读者产生共鸣，因为在所有那些高雅微妙、学究教条之后，一切诗人的荣誉最终要由未受文学偏见腐蚀的读者的常识来决定。"[①] 这是约翰逊博士为普通读者下的定义，第一次读到，我就被那个"未受文学偏见腐蚀的读者"的命名击中。

二

2008 年开始做当代文学批评时，我曾经写过一篇题为"以人的声音说话"的批评观。在那篇文章里，我认为，自 20 世纪 90 年

---

① 约翰逊《格雷传》中语，转引自弗吉尼亚·伍尔夫，《普通读者（一）代序》，《伍尔夫散文》，马爱新译，北京，人民文学出版社，2003 年，第 1 页。

代以来，当代文学批评形成了新模式：批评者们喜欢借用某种理论去解读作品——西方理论成了很多批评家解读作品的"拐杖"，甚至是"权杖"。另一种模式是，批评家把文本当作"社会材料"去分析，不关心作品本身的文学性，不注重自己作为读者的感受力。这使文学批评沦为阐释理论或阐释"社会材料"的工作———部作品是否具有"文学性"，是否真的有感染力完全被忽略。

我当然不反对文学领域的学术研究，也不反对研究者对理论的学习与化用。但是，我反对教条主义。那些囿于理论与材料的批评文字只有理论的气息、材料的气息，而没有文学的气息、人的气息，它们是僵死的——假如专业读者赞美某部作品是基于它符合某种创作理论或创作理念，假如专业读者的文字必须长篇累牍让人读来云里雾里，假如专业读者总是刻板得像个机器人……那么，我为什么要做那个专业读者？

批评家是人，不是理论机器。在批评领域，在占有理论资源的基础上，人的主体性应该受到重视。文学批评不能只满足于给予读者新信息、重新表述前人思想，它还应该反映作者的脑力素质，应该具有对文本进行探秘的勇气与潜能。

正是在此意义上，我渴望成为"普通读者"。那种不受文学偏见和定见腐蚀的读者。在我心目中，这位普通读者看重作品的文学性，也看重批评家的主体性。因而，他／她的文字不是冷冰冰的铁板，它有温度、有情感、有个性、有发现。这位普通读者内心坦然、忠直无欺，他／她可以热烈赞美一部作品的优长，也能坦率讨论一部作品的缺憾。更重要的是，他／她深知文学批评也是一种创作，是一种文体；好的批评文字须生动细腻，须丰润丰盈，须缜密严谨，须"以人的声音说话"，须写得美。

三

这个世界上，每个人都有秘密。艺术家是幸运的一群，他们将秘密掩埋在作品里，用以和时代，和黑暗，和人性对话。我相信那个秘密是被层层包裹的，每代批评家都有责任掀开其中一层。当然，这秘密不只是作家本人的秘密，也是时代和人类社会难以言传的隐痛。

批评终极意义就是发现并勾描那个艺术的秘密。莫言小说中奇幻的民间性；贾平凹作品中难以转译的"中国性"；余华叙述声调里的秘密；铁凝对人性内面的洞察；王安忆对日常生活的重新发现；毕飞宇作品里的"寻常与不寻常"；格非小说中那种迷人的智性色彩和优雅气质；刘震云对存在意义的执迷；苏童作为现实世界的凝视；阿来作为藏族作家的异质经验与普遍感受；韩少功的"重写人民性"；林白如何把"自己"写飞；迟子建怎样面对温暖又寒凉的世界……

在《持微火者：当代文学的二十五张面孔》的上部，我勾画了当代十三位有代表性的作家。当然，作家的轮廓和形象都来自文本而非现实世界。最早一篇写于 2007 年，当时我制订了计划，希望每一年都系统读两至三位当代作家，写下笔记——总希望找到不同的入口去认识；总希望找到最适合的腔调和表达；总希望画得准确一点，再准确一点。几年过去，竟也写下了许多。这些文字一直在电脑里，从未发表。我的这些文字到底是写给谁呢？我一时说不清楚，大概就是写给我自己，又或者，是写给那些和我一样热爱文学的读者吧。

2012 年夏天，在吉林延边开会时我遇到《名作欣赏》时任主编续小强先生，他邀请我开设随笔专栏。因为他所提供的作家名单与我的阅读笔记颇为吻合，于是，2013年这些作家画像便以"张看"的专栏形式在《名作欣赏》发表。读者们的热烈反馈真是出乎意料，于我，那是寒冬夜行时遇到的最暖心鼓励。

四

这些年来，我着迷于茫茫文字之海中的相遇。于我而言，每一次阅读都是一次寻找，都是一次辨认——漫长旅途，如果运气够好，会遇到同路人的。那就有如荒原游荡后的久别重逢。当我们终于照见似曾相识的面容，听到久远而熟悉的言语，触到频率相近的心跳……真是再开心不过。也许就是一秒、一瞬，但已足够。

《持微火者》下部关于十二位当代新锐作家的创作。周晓枫文本里那颗"起义的灵魂"；陈希我的"非常态"写作；魏微小说中的异乡感；廖一梅写在"生活之上"的剧作；冯唐如何用写作与时光博弈；鲁敏对暗疾之景的探取；徐则臣对人心最深最暗处的推进；张楚关于小城人民内心生活的讲述；曹寇关于生活本身常态与意外的理解；葛亮笔端"隐没的深情"；郑小琼诗歌中号叫的力量；纳兰妙殊文字中的一往情深……当我写下这些作家名字，我能清晰记起他们曾经带给我的惊异。

我看重并珍惜我遇到的每一位当代作家（并不只是这二十五位）。他们常常促使我点燃内心，反躬自省。因而，《持微火者》不仅仅是关于作家面影的勾描，也是我个人阅读生活的"结绳记事"。多年过去，我已视文学批评为自我教养、自我完善的重要方式。

特别感谢我的责任编辑徐晨亮先生的耐心，2013年他和我约定出版这一系列文字的随笔集，以推动当代文学作品的普及。一等就是三年，直至我完成下半部分，十二位新锐作家的勾描。毕竟，因为有了他们，关于这个时代"持微火者"的意象才更为完整。当然，非常遗憾的是，一些我深为喜欢的作家论未能按时完成。好在，这种随笔式评论我会一直写下去。

五

《持微火者》中，一个一个作家面孔在我眼前闪过，那是美好的文学此刻；当二十五个人的面孔排列在一起，那是当代文学瞬间与瞬间的连接，片刻与片刻的交汇。而之所以以"持微火者"作书名，缘于我对写作的理解。在我眼里，每一位作家手里都有个神奇的火把，它吸引读者一起闯进晦暗之地。最初，读者往往被那些最耀眼的火把吸引，但慢慢地，我们会发现它的刺目。我更喜欢微火，这是我的个人趣味使然。微火的姿态是恰切的，它的光线也更适宜。读者有机会观察被微光反射的作家面容，注意到他的脸上有隐隐不安划过。

是的，《持微火者》是我渴望成为普通读者的开始——我提醒自己不以"见山不是山，见水不是水"的专业读者自居；我提醒自己与批评家自身的虚荣、教条与刻板搏斗；我尝试放弃论文体和"学术腔"而使用随笔体和"人的声音"……将我们时代生活中属于文学的"微火"聚拢，我渴望它们成为一种心灵之光：在这个光亮面前，我希望与读者一起感受文学本身的美；我希望和读者一起勾画有血有肉、有呼吸的文学图景，辨认此时此刻作为人的自我、认清作为人的自身。

虽不能至，心向往之。

六

突然想到很多年前的夜晚，在一个乡下的旅游景点。繁星点缀的天空，冲天的焰火，满山遍野的欢呼声。节目结束后我选择另一条路下山。就是在那里，我看到了微暗的火把。它们在不远处的角落，星星般跃动，借助那些微暗之火，我看到新鲜的树林、草丛、花朵、山石以及斑驳的暗影。那是我白天未曾见到、夜晚也从未留意过的场景。

我固执地认为，与璀璨火光有关的欢呼属于每一个人，而角落里微光带来的惊奇则属于我自己。我迷恋微火，更迷恋被微火照亮的山色。

2016 年 5 月 4 日于天津

远行人必有故事

在 2017 年世界文学年度报告会上做中国文学年度报告，我不免要多思考"世界文学"这个词。诸位报告人的题目实际暗含了今天我们对"世界文学"的想象：非洲、欧洲、美洲、亚洲、大洋洲，以及阿拉伯世界。"世界文学"如此辽阔，促使我也要重新思考何为"中国文学"。我希望以选取关键词的方式呈现 2017 年中国文学的"别有所得"，当然，这些看法很可能是偏见，实属一家之言。我将从"四个年度故事""三位年度作家"、"两个年度关键词"说起，最终，在"世界文学"的语境里我想讨论的是：为何说"远行人必有故事""为何中国作家如此热衷于讲故事"，在此，我提供的不是答案，只是思考。

2016 年给我们留下深刻印象的长篇作品是书写时间和历史的，比如《望春风》《北鸢》《茧》；2017 年，给我们留下深刻印象的作品则关乎某位普通人的生活起伏，他们远在边疆，远在茫茫人海深处，远在过去或未来……这些作品让我想到那句欧洲谚语："远行人必有故事可讲。"

四个年度故事:《心灵外史》《奔月》《离歌》《大乔小乔》

2017 年最令人惊喜的长篇作品是《心灵外史》,小说首发于《收获》杂志,作者是石一枫。这是发表之初即引起广泛关注的作品,它讲述了大姨妈的一生之"信"。大姨妈五六十年代信仰革命,八九十年代痴迷气功,后来追随"传销",新世纪则信仰上帝……大姨妈具有典型性,她的生活轨迹随我们的时代波涛而起伏。某种意义上,《心灵外史》是一个人甚或一代人的"盲信"史,作品思考的是我们时代人精神的信仰缺失以及如何重建。这是卓有意义、极富眼光与洞见的作品。它具有穿透力和思考力,识见与美学并存。读这部作品,会想到百年新文学传统——作家不仅仅要写出人民的悲欢,更要写出他们心灵与精神的重重疑难。《心灵外史》的发表让人看到百年优秀文学传统在新一代作家这里得到了切实而卓有意义的回应。正是在此意义上,我认为,《心灵外史》是 2017 年度中国长篇小说美好而重要的收获。

第二个年度故事是《奔月》,作者鲁敏。小说关于一个女人的自我消失。小六在车祸后假装已死,离开家乡南京开始新生活。在乌鹊,她遇见新的人,新的事,但是,生活的本质没有变,想要的自由没有找到,却发现生活的荒诞越来越叠加。鲁敏不是复现生活的作家,她的卓尔不凡在于进行形而上的追求——在当代中国,很少有作家像鲁敏这样对"脱轨者"有如此强烈的好奇心。她的人物总是渴望脱离正常轨道。脱轨使不可能的变得可能,使风平浪静的生活变得痛楚不堪。于脱轨处,她笔下的人物"死去"又"重生",有如灵魂的"出窍"与"奔月",由此,鲁敏和她的人物一起站在了平庸生活的对立面,也一起直面了人性的无尽深渊。

第三个年度故事是《离歌》,作者周晓枫。《离歌》是 2017 年最为杰出的长篇非虚构作品，收入散文集《有如候鸟》。屠苏曾经春风得意，名校毕业，在机关工作，成为家乡的骄傲；但又处处不如意，婚姻解体，最终与父母亲朋生疏。《离歌》之好，在于逼近我们的生存真相，照到我们身上的黑暗和苟且，以及人性黑暗的深不可测。某一刻，你不得不承认，我们每个人身上都住着一个"屠苏"。

第四个年度故事是《大乔小乔》（中篇小说），作者张悦然，收入小说集《我循着火光而来》。作品关于一对姐妹。妹妹非法出生，因为她的到来，父母失去工作，生活没有出路。长大后妹妹来到北京，努力抓住一切机会让自己生长，姐姐则留在父母身边，被他们的痛苦和灰暗吞食，绝境之中的姐姐来到北京，向妹妹求助。但妹妹害怕因帮助姐姐而失去现在的生活。小说语言绵密、饱含汁液，张悦然的故事沉静中有波澜，跌宕而山重水复。这是有关历史节点的作品，关乎一代人在困境中的挣扎，同时，也关乎普遍意义上的姐妹情谊。

当然，今年还有一些年度中国故事令人难忘。《王城如海》（徐则臣）中，你不得不思考在雾霾重重的天气里我们该怎样呼吸；《寻找张展》（孙惠芬）中，对张展的寻找不只是对一位青年的寻找，还是对我们时代痼疾的重新面对；《梁光正的光》（梁鸿）关乎梁光正命运，更关乎别一种农民形象；《好人宋没用》（任晓雯）中，宋没用真的没用吗，她身上分明是我们时代症候的强烈映射；《芳华》（严歌苓）中，刘峰何以由英雄堕落为可怜人，他从什么时候开始被时代甩开？这些作品，几乎无一例外地关注我们时代的个体与个人，经由书写，这些人如巨大镜子般立在我们眼前，一个、一个、又一个……最终拼贴出属于中国人的生存图景。

三位年度作家：李敬泽、李修文、双雪涛

所谓年度作家，指的是新鲜的、对当代文学格局形成冲击的力量。《青鸟故事集》和《咏而归》两部作品的先后推出使李敬泽成为 2017 年度作家。《青鸟故事集》关于东西方文化交流，《咏而归》则关于经典作品的重新诠释。这是令人耳目一新的作者，在此之前，李敬泽是当代具有广泛影响力的批评家，在此之后，他是跨越文体边界的先锋写作者。两部作品都有辽阔驳杂，泥沙俱下之美，为我们打开了理解世界的新路径。作家讲述东西方文化的劈面相逢尤其让人惊艳，眼光独到，力透纸背。在这些作品中，他找到了属于他的"显微镜"，他看到精神的证物，见证一个个卑微和软弱的人；他看到他们用双脚丈量大地，前仆后继为我们绘制世界地图。当然，他也找到属于他的"望远镜"，时间之远到清末、唐宋、春秋战国；地域之远到波斯、意大利、英国、古罗马、美国、古巴……李敬泽的写作关乎一个有中国之心的写作者试图回到传统内部重新发现中国，也关乎一位当代写作者如何于历史深处理解人类文明推进的难度。

另一位年度作家是李修文，他是沉寂十年重新出发的写作者，《山河袈裟》是 2017 年广受欢迎的散文集。《山河袈裟》每一篇写的都是普通人，贫穷的人、失意的人、无助的人，但也是不认命的人、心里有光的人。也许，在另一些人看来，这个世界是残酷的，但是，李修文着意使我们感受到这无情之外的"有情"。他把世间那如蚁子一样生死的草民的情感与尊严写得浓烈而令人神伤——他使渺小的人成为人而不是众生，他使凡俗之人成为个体而不是含混的大众。《山河袈裟》中，你能感受到李修文的修辞之美，那种凝练、跳跃、悬置，那种旁逸斜出、突然荡开一笔，那种强烈的情感

凝聚力与爆发力，以及一种与古诗意境有关、令人着迷的戏剧性场景复现……都在《山河袈裟》中出现了。由此，《山河袈裟》脱颖而出；由此，那些日常生活场景在李修文笔下生成了熠熠闪光的有情瞬间；由此，我们对散文文体的认识得以拓展，我们重新理解散文写作的诸多可能。

第三位年度作家是双雪涛，他的年度代表作品是小说集《飞行家》。他是一位80后作家，来自东北。他的笔下有艳粉街、光明堂以及红旗广场，它们坐落在那个寒冷而遥远的北方之城，那里分明已经成为双雪涛的文学疆域。而他笔下的人物也多是久违的，他们被这位作家用一种独属于文学的魔法召唤而出。正如双雪涛所言，他在"为那些被侮辱被损害的故乡人民留下虚构的记录"。[①] 这些故乡的人民如此令人亲近，他们有血、有肉、有骨头，眉目清晰，活生生。双雪涛的语言简洁、有力，如刀刻般，有属于寒冷北方的凛冽之魅。语言最重要的是准确，或者说是接近准确。在这位作家那里，你能感受到他与词语之间的融合关系，在他充满某种奇妙魔幻色彩的笔调中，夹杂丰饶的隐喻、象征，以及对现实的抵达描述，此一文学风景在当代中国独树一帜，殊为难得——以《平原上的摩西》《聋哑时代》和《飞行家》为代表作品，双雪涛一跃成为当代中国文学最受瞩目的新作家。

两个年度关键词："远行人"与"故事"

两个年度关键词是"远行人"和"故事"。"远行"之于今天的我们如此重要——一个凭借网络或新媒体理解世界的人，与一个行走于大地与民间的写作者，文学气质必然相异。

---

① 语出双雪涛《飞行家》，南宁，广西师范大学出版社，2017年，封底。

今年，有两位作家作品让人想到远行人与故事之间的密切关系。《西南边》，作者冯良，一位沉默的文学编辑，一位有着彝族血统的作者。《西南边》长达五十万字，讲述了彝汉之间近六十年来民族融合的故事。这是拓荒之作。现代以来的文学史上，还没有哪位写作者为大凉山以及这个"害羞的民族"写下如此厚重的作品。她的语言陡峭、凌厉，与所写之地紧密贴合，因为那里地势山高水长，那里人民朴素、纯粹、有性格。这是作家命中注定的作品——她讲述自己民族的历史，关于"彝娘汉老子"的故事。民族关系的历史映照在三对夫妻那里，尤其令人难忘的是上海医生夏觉仁与彝族女子曲尼阿果之间的情感纠葛：她纯洁、美好、执拗而不知变通，他被她的美深深吸引。然而，炽热的爱一点点被日常、光阴、运动、利益及肉欲磨损。阿果对婚姻的失望，在常人看来是丈夫肉体出轨，但更大的伤害则来自男人精神上的背叛，来自"大难"面前他的"趋利避害"，以及，对她信仰的内在不尊重。男女之爱岂止男女之爱？它象征着征服与接纳，分离与融合，亲近与反抗。你能想象蛮荒之地爱情的热烈吗？作为文学世界的远行者，冯良写下了我们时代最为偏远之地的爱恨悲喜，它有野蛮的性感，同时也是动人心魄的。

《青苔不会消失》是袁凌十多年来记者生涯中最具代表性的非虚构作品，那里有十二则惊心动魄的灵魂故事，更浓缩了中国社会灰暗阶层人物的运命。那些生活在煤矿里的工人们，那些事故的幸存者们，那些被生活抛弃的人，那些残病之人，那些穷苦之人，那些流离失所者……他们身上的光热都凝聚在此一作品里。作为写作者，袁凌"诚实地面对他们的沉默，感受其中质地，保留被磨损掩盖的真实"，[①] 记下了我们时代地表之下的艰难与疑难。他的文字诚

---

① 袁凌，《青苔不会消失》，北京，中信出版社，2017年，第9页。

挚、朴素、有力量——在困苦时刻书写沉默者的作者，如同大地上辛苦劳作的农人一般值得尊重。读《青苔不会消失》会认识到，在今天，做到完美修辞并不是写作者最大的挑战，勇敢正视眼前之事并诚实抵达地表现才是我们时代写作者应该具有的美德。

当然，远行人并不只是前面所述那些作家，还有另一些未出现在聚光灯下的作品。《驱魔》是韩松长篇系列小说《医院》的第二部。那是我们常人难以想象的未来：在21世纪中期，名为杨伟的病人从病床上醒来，发现世界已被人工智能统治。那么，人是什么，病人又是什么？人是被用来计算的，而人的病痛则是敌人外力所植。在李宏伟的《国王与抒情诗》中，对那位黎普雷而言，他有多看重人与人之间的情谊，便对另外一个世界有多无望。你，是要这个人类，还是要一个人？这是哈姆雷特式的问题。读这些作品，你不得不为远行人这一身份着迷，认识到"优秀写作者必然是远行人"这一事实。那么，什么是"远行"呢？它固然指足迹之远、想象之远，更重要的，是指作家眼光之远与思考之远。

一个年度文学问题：中国作家如何讲故事

此时此地，不管我们承认不承认，我们都是在世界文学想象之下进行汉语写作，没有哪个作家可以逃脱这样的想象。世界文学的趣味已然浸润在我们的血液中。读某些作品，你马上会意识到，这位小说家有走向"世界"的渴望，他的文字诱使你在脑子里立刻翻译成英文，你甚至会猜出，这部作品会受外国译者欢迎。这种刻意欧化或者"世界化"的写作方式实在需要反省：使中国文学成为中国文学的内核在哪里？

近几年，中国作家开始回到文学传统中寻找资源，他们中许多人致力于将中国传统资源进行创造性的转化。诸多写作者意识到，当代写作与中国传统文化、传统故事、神话及戏曲相结合是一种可能。一如《奔月》，它让人联想到嫦娥奔月，也想到鲁迅的小说《奔月》；《山河袈裟》中引入了传统戏曲元素；《青鸟故事集》中，"青鸟"一词自然来自中国传统，而《咏而归》也是古人生活的形象表达；《藏珠记》中，"不死"的绿珠身上藏有我们文化中迷人的传说。而当《中国奇谭》和《厌作人间语》等作品与"当代新聊斋"这样的评价相连时，属于中国传统的小说特色也便呼之欲出。在这样的艺术追求背后，隐含的是写作者们的思考与实践，即，中国文学何以成为它自己？

前不久，在一个小型研讨会上，有同行引用了德国汉学家顾彬的话："欧洲的小说家不再写什么真正的故事，对小说而言，不再是讲故事的时代。唯独还在写故事的是中国人和美国人。这也是美国和中国小说受德国读者欢迎的原因，但严肃的德国知识分子不喜欢。"① 这一看法引起了在座作家的回应。石一枫提到一个问题：今天，为什么是中国和美国还在讲故事？因为无论中国还是美国都处于大时代。作家是否要讲文学故事决定于他所面对的"文学滋养"，由此，他说："文学滋养是可遇不可求的。或者说你既然在这一个国家，那就完成这个国家、这个时代的文学任务，可能这个时代的文学任务就是这样的。"② 我对此深以为然。

作为作家，生在哪个时代和哪个国家是不容选择的，写作者唯有领受自我的文学命运。中国作家讲述中国人生活和中国人故事自然是对的，这是硬币的一面；另一面则是如何寻找最佳的讲述方法。真正对中国文学寄予期待的读者，抱怨的并非中国作家执迷于

---

① 顾彬，《他们根本不知道人是什么》，《河南商报》，2009 年 2 月 23 日第 A18 版。

② 语出石一枫，《他们的小说里有中国人心灵的真实——弋舟、张楚、石一枫作品研讨会实录》，《青年文学》，2018 年第 4 期。

讲故事，他们的困惑与不满更在于，在这个"故事遍地"的时代里，我们的大部分小说为何看起来如此虚假肤浅而又不令人信服？正是从这个意义上讲，我以为，今天，写作者如何写出自己命中注定的故事、如何不辜负读者和时代的信任殊为迫切，远比得到"世界文学"的认同与嘉许更紧要。

2018 年 1 月 6 日初稿，2018 年 1 月 11 日修改

有所评有所不评

我们当下的文学作品中，陷在利益网络、尽最大可能追求升职与实利的人物形象是普遍的，这些人困在各种人际关系和利益关系中，他们是认同和趋从流行价值观的，这也表明，大部分作家并没有建立完整的精神世界，那种对时代流行观念的辨析能力、思考能力不够。作家主体性不强，作品的精神品质不够是当代文学创作的痼疾。

这样的写作现状已经有很多人批评过，包括我自己。近两年，当我批评写作者面对时代没有主体性、对世界的看法不够锐利时，我同时也会想到作为文学批评从业者的自己，以及我们当下的文学批评，因此也就很想说说文学批评家的主体性问题。

我想到十年前在北师大读博士时和同学一起讨论问题的场景。当时，我们最热衷的话题是用什么样的理论解读哪个作家、哪部作品、哪个文学现象、哪场文学事件。我们经常会羡慕地说，谁谁用了福柯、谁谁用了公共空间理论、谁谁用了女性主义观点……在彼时，我们会为寻找到一个合适的理论做拐杖而拍手，会认为那样的博士论文是顶时髦的！而从没有想过这样做也可能是有问题的。

后来，我的导师王富仁先生跟我们谈博士论文的写作，他问我们，如果把那些理论放下，你们是否会觉得这部作品美、动人，具有文学品质？如果你们阅读中觉得它并不是美的、不是动人的、没有文学品质，那么，你用最好的理论来阐释它又能说明什么？（大意）那段话使我受到触动。毕业多年，我时常会想到这些。我想到文学理论的边界和限度，想到研究者的主体性。作为研究者，理论修养是必备的，可是，理论不能控制人的感受力和判断力。文学研究最重要的还是应该回到文学本身，研究者还是要尊重自己的感受吧？

当年我们写博士论文时也还有一种研究风潮，就是做史料研究。近年来，研究者的个人辨别力迷失在史料的汪洋大海中的情况，已经被很多同仁都批评过了。前阵子我看完《黄金时代》写影评，非常深刻意识到它对萧军朋友圈立场的倚赖，这让人警惕。事实上，我相信对文学史稍有常识的人都会意识到电影的这个问题，"采信""采信能力"于传记电影、史料研究都是挑战，它考验研究者的主体意识和辨别能力。

当然，做当代文学研究还有更重要的部分，现场批评。毕业后，我从现代文学研究转向做文学批评。我常常问自己，我们这些更年轻的，做当代文学批评的人，在今天的文学时代，要何以自处、如何确证我们自己。我想到孙犁。"文革"结束后，孙犁写过大量的读书笔记、读作品记。如果把孙犁的文学批评文章放在一起，会发现他有他的批评谱系。他不用当时的时髦词语，也不追赶风潮。但熟悉他的读者会很快分辨出，一些作家肯定是孙犁欣赏的，一些作品他肯定是不喜欢的，也不会为某一类作家或作品写一个字的评价。作为批评家的孙犁，他有他的趣味，甚至也可以说是偏见。正是因为有了趣味和偏见，他最终形成了他的批评风格、批评谱系，建立了属于他的作为批评家的精神品质。孙犁是对世界有理解力和判断力的人。

把别林斯基的批评文字梳理在一起，把巴赫金、本雅明、桑塔格、伍尔夫、艾略特甚至纳博科夫、毛姆等人的批评文字归纳在一起，我们很难用"公正"二字来评价他们的批评品质。他们各有个人趣味，各有个人偏见——他们并不负责对世界上所有好作家好作品进行点评，他们是有选择地评价，只评那些与他们的价值观和艺术观相近的作家和作品，他们遵循他们的理解力和判断力。在我的理解里，世界上的优秀批评家，其实都是挑剔的，绝不可能"捡进筐里都是菜"，这最终使他们成为有个人标识的批评家、世界公认的优秀批评家。

今天我们的当代文学领域，一部大作家的长篇作品出来，批评家们跟进阐释。文学评价与新书的间隔有时候连一周时间都没有。读者会发现，是大作家的新作品在牵着批评家走，读者看不到批评家的个人选择和个人趣味，看不到批评家的筛选能力，看不到他的主体选择能力。很多时候，批评家就有如作品的"服务生"。

这是不是目前当代文学批评面对的最大困窘呢？我以为是。怎样重建批评家的主体性，其实就是重建批评家的精神世界、精神品质。我想，只有拥有强大精神世界的批评家，才有可能不被新作品牵着鼻子走，才会有能力建设自己的批评谱系。好批评家是珍惜羽毛的、有品质的写作者，他必须要有所评有所不评，有所写有所不写。当然，最后我要特别说明，这些是我最近对文学批评可能性的几点思考。所谓思考，就是说我个人的实践能力也不够，需要努力。

2015 年 2 月 27 日

"无穷的远方，无数的人们，都和我有关"

——"文学批评的中国视野"笔谈

我想从我的具体经验谈起。那已经是十一年前了。我去参加一场博士入学考试面试。当时海外汉学著作很流行，主考老师问我，那些海外汉学研究的问题在哪里。我愣了一下，回忆起阅读时的困惑，便如实回答。我很感谢那场面试，它将一位迷失在汉学研究中的年轻人唤醒。

我喜欢高彦颐的《闺塾师》，博士论文写作受益于此书。她之后的《缠足》也很有影响，通过翻阅大量原始材料，这位汉学家把缠足和一种金莲文化解释得极为透辟。她是在更广阔视野里讨论缠足史和金莲崇拜的复杂性，同行都赞扬她跨越了国界和民族去考量缠足问题。可是，我却很难认同她的分析。我不认同缠足只是习俗，我认为那是对女性身体的酷刑。因而，我不能认同她对女性缠足时所表现的主体性和能动性的分析——在四五岁时即被哄骗缠足，有何主体性可言？我曾目睹过朋友奶奶被毁坏的脚，看到过她直至终老都要遭受的脚之疼痛。因而，我不接受一度流行的关于缠足跟今天的女性穿高跟鞋相近的说法。今天任何一位女性都可以跟高跟鞋说"不"，但是，在当时，却没有哪个汉族女性可以拒绝缠足，这有本质区别。

以上是我看到"文学批评的中国视野"这个题目时所想到的。

我知道，我的质疑基于我没有能跳出我的中国女性身份，没有以更为客观的视角去理解问题。缠足与中国女性的生命相关，是切肤关系，我无意跳出，也不能超脱。但是，我愿意承认这一研究工作的意义，她以隔岸者身份提供给我们理解问题的新入口。可是，我们不能将其理解为唯一的和完全正确的入口。作为此岸的研究者，我应有我认识问题的立场和角度。我想，只有站在不同的角度和立场去讨论同一问题，互相争辩才能互相启发，也才是学术讨论应有之义。

我也想到一度流行的非虚构作品《打工女孩》，作者是美国记者张彤禾。她追踪了一位中国打工女孩子的成长。在她看来，打工、传销等生涯使这个青年女性拥有了更多的自由和幸福生活，这个女孩子甚至都可以使用奢侈品了，她为此惊叹。此书在国内出版后争议不断。尽管她的写作态度严谨，但诸多中国读者不能认同她的结论——如果我们想到与此同时，这片土地上曾经发生过富士康青年工人的"十三连跳"，你便会发现她对中国打工者幸福生活理解的偏狭。她没有站在这个土地上、没有站在更广大打工者角度设身处地想问题，在她的论述里，劳动者的尊严和代价被有意无意忽略。

中国视野不只是中国立场，还是如何全面地、纵深地、设身处地地理解中国及其土地上发生的事情。不能把自己从这片土地上抽身而出作壁上观；不能把这里的历史和现在只作为"审美对象"，只作为"研究对象"；不能把"他们"只视为"他们"，而要用切肤者和在场者的经验去认识。尽可能地感受这片土地上发生的一切，认识它层峦叠嶂的复杂性；诚实地记下作为我们身在此山中的所见所闻；尽可能不遗漏，尽可能不把那些声音打包、压缩，这便是我理解的"文学批评的中国视野"。它不是宏大的，而是具体的、细微的，是一点一滴从自身做起的，我以为，唯其如此，也才踏实。

当然，在我看来，"文学批评的中国视野"还包括文学批评写作的方法。在当下文学研究领域，轻批评重研究，重理论轻感受，这需要反思。应该认识到研究与批评是两个不同的领域。文学批评更应看重感性和艺术感觉。什么样的批评是好的批评，什么样的批评家不仅仅让同代人服气，也会被后代读者念念不忘？也许有三种方式。一类是提出了重要的文艺理论，一类是以文体名世，当然，还有一类本身就是作家，其评论因人而名，如艾略特、鲁迅等。但无论哪种，好的批评都与艺术直觉和艺术判断力有关。中国传统批评家对文学有很多经典的看法，没有学理分析，只用最简短的话表达他们的感受，但是，这些评论往往能够如钉子一样把一部作品和作家钉到墙上。作为批评家，原初感受最重要；作为同时代人，他的第一眼感受、第一个判断，那种属于直感的东西尤其宝贵。

许多人认为现场批评是速朽的——不是现场批评必然速朽，而是没有个人感受力和艺术直觉的现场批评才会很快消亡。好批评会和好作品永远在一起，如影随形。比如别林斯基和果戈理；巴赫金和陀思妥耶夫斯基；本雅明和波德莱尔等。这些批评文章深具个人洞见，有敏锐的艺术感觉，也有自觉的文体意识，能将一种感性和理性恰切地平衡在一起，并且以一种亲切生动的方式，"以人的声音说话"，表达。好的批评特别强调一种文体的建设。优秀批评的最高境界是，当我们想到一位评论家，马上会想到他的文体，想到他评价的那位作家和那部作品，想到他的艺术判断尺度和价值体系。我以为，一个具有中国视野的批评家，要珍惜他的艺术直感，也要有他独特的文体表达方式，他将由此确立属于他的中国批评家的"自我"。

很显然，这个"自我"不会"躲进小楼成一统"。今天，作家的现实感需要强调，批评家的现实感也需要强调。微博、微信、校园和书斋是生活，菜市场、建筑工地、城中村也是生活，是我们身在的现实。批评家的现实感，不是从理论到理论，不是从资料到资料，也不是从作品到作品。建设批评家个人的现实感受力是讨论"文学批评的中国视野"的重要路径——站在中国现实的土地上，想到"无穷的远方，无数的人们，都和我有关"[①]。

在我看来，"文学批评的中国视野"是如何回到中国现实和中国语境上去理解中国文学本身；是如何将文学批评的中国传统随笔式表达与精准锐利的观点相结合；是如何确认批评家个人的现实感受力。当然，我也想特别强调，无论批评家心有多大，无论批评家对中国问题的认识有多迫切，也还是得回到文学内部，作品的艺术品质是所有讨论的前提。说到底，我们讨论的是文学批评，而非其他。别林斯基说，"诗首先是诗"，诚哉斯言。

[①] 鲁迅，《这也是生活》，《鲁迅全集 第 6 卷》，北京，人民文学出版社，2005 年，第 624 页。

审美信任最珍贵

与 80 年代相比，整个社会对文学批评的信任度正在下降，这是一个事实。今天，作为文学批评从业者，给予一部新作品恰如其分的判断也的确变得非常难。比如，当我们讨论一部作品优秀时，我们是在何种尺度里说它好？放在现代以来的文学框架里，还是中国古代以来的文学框架里；又或者，把这位作家和国外的同代作家相比呢？还比如，如果这位新作家模仿了最新的拉美文学、欧洲文学，或者日本、俄罗斯文学呢；如果这位作家从当代最新的美剧、韩剧里获得了灵感呢？那么，批评家如何理解这位新作家的新作品？作家的涉猎面宽广，相应对批评家的要求也越来越高。今天的文学批评，要求批评家要有广泛的阅读，要有敏锐的视野，要有雅正的趣味，要有审慎的态度。

我知道，很多批评家同行越来越倾向于不给一部作品下判断，但我对这种看法存疑。我的看法是，现场文学批评是文学史的重要组成部分，它是奠定一部作品文学史地位的第一个声音；文学批评家的判断意味着一种标准与尺度，它很珍贵。

今天的文学评价标准是多元的，有豆瓣评分，有网友投票，有发行数指标，更有各种各样的大数据支持。在有如此多数据的情况下，还需要批评家的判断和评价吗？这是一个问题。但这也不是一个问题。有许多标准是由机器和大众参与的，有许多标准取的是平均值和高点击，而与真正的艺术判断无关。越是在大数据流行的今天，越要不追随大众和大数据，越要有批评家应该有的判断、应该有的主体性。今天，更需要无数个文学批评同行共同努力，建立一个文学的尺度、一个雅正的文学标准——要给未来的文学史写作留下我们这个时代批评家的声音，未来人们读今天的文学作品时，他不仅能看到数据、看到网友感受，也要看到严肃的来自批评从业者的判断。

就在上个月，我回清华大学参加了"朱自清先生诞辰120周年研讨会"。研讨会上，许多研究者都提到，朱自清不仅仅是一位优秀散文家，一位大学教授，还是一位学者和批评家。1929年，朱自清在清华大学国文系课堂上开始讲授"新文学"。在他的讲义里，既有鲁迅、沈从文的也有冯文炳、叶绍钧、丁玲的作品，他将正在发生着的中国文学带到了课堂上。当年，朱自清讲授新文学史是冒风险的选择，可能会让许多人认为时间间隔不够，今天看来却是功德无量的事情。朱自清是给现代文学作家垫下第一块评价基石的人。九十年之后，我们如此感兴趣他的评价，他为何如此评价鲁迅，如此评价沈从文，如此评价老舍……我们会发现，朱自清的判断深刻影响了后来人的认知。不得不说，朱自清当年的拓荒工作有着重要的文学史意义。

每一段文学史都不是自然形成的。它是由不同阶段、不同年龄和不同身份的文学批评家共同努力写成的。文学批评家最重要的工作是以自己的现场判断参与文学史的建构。我以为，今天我们的批评从业者对文学批评的重要性认知不够，很多批评家并没有意识到自己本身就是文学史的构建者，也没有意识到自己的每一句话、每一个判断都很可能会影响未来读者对一位作家的认知。

当然，整个社会对文学批评的审美信任度下降，也在于批评家自身的表达。学院化体制导致很多批评家已经不以"人的声音"说话了，大家似乎不约而同地喜欢"论文腔"。这也是许多作家会说看不懂当下文学批评的原因，甚至批评家同行也说自己不看文学批评——好的文学批评是平易近人、娓娓道来的。今天的文学批评以使用一种"非人的声音"写作为荣，这意味着批评家不把普通读者视作自己的理想读者、不再看重自己批评文字与广大读者之间的沟通。用什么样的语言和腔调与读者沟通，也代表了批评家如何理解文学批评的功用。当文学批评乐于"躲进小楼成一统"时，是需要每位批评从业者反省的。

批评家与作家之间，不是粉丝与偶像的关系，不是追随者与被追随者的关系，他们是同行与同道关系。他们之间需要真挚坦诚、直言不讳。在一个采访中，李敬泽谈起过一个观点，"作家要让同时代的聪明人服气"，我深以为然。事实上，一位优秀批评家也要让同时代的聪明人服气——他要让同时代读者相信他的每一个评价、每一个判断；不仅仅大众读者相信他，同行也相信他；他要有能力让作家们相信他说的那部作品是真的好，要让批评家同行认可他给予的作品评价并不浮夸。这样的信任并非一时一势，它需要终生地积累，作为批评从业者，要时时刻刻有反省精神，不能有一丝一毫的偏差和懈怠。只有不断地信任累积，才能最终实现真正的审美信任。

真正让人有审美信任的批评家应该是什么样子的呢？我想，他首先得是中国当代文学的"同时代人"。所谓同时代人，不是同龄人。不是说70后批评家就一定要写70后作家，80后批评家一定要写80后作家，不是这样的。所谓同时代人，要与当代文学同生共长。这位"同时代人"要有足够的、广泛的阅读，要有能力和当代文学构成对话关系，与当代写作者构成对话关系。一位批评家可以不评价某位作家作品，但是，他要了解他的创作概况，只有充分了解当代文学创作现状，才可以做出谁是出类拔萃者的判断。

文学批评是与时间博弈的工作，此刻我们做的每一个判断，十年或者更长时间以后有可能成为一个笑柄，当然也有可能是极好的、闪闪发光的预言，因此，批评家终生的工作都是在和时间较量——一个优秀的批评家固然要写好的批评文章，但另一项重要工作还在于发现优秀作家，而这些作家在未来则会以文学成就证明你的判断是正确的。因此，这位"同时代人"，不仅仅要了解当代文学正在发生什么，还要了解当代文学以前发生过什么，预言未来有可能发生什么。当然，同时代人的概念来自阿甘本，阿甘本关于同时代人的另一个意思是说，这个人在时代之内，但又在时代之外。他能够在这个时代看到晦暗，但其实晦暗也是光的一部分。他要在黑暗中感受到光。我以为，这个同时代人要有定力、有耐性，不能随波逐流。

"文艺虽小道，一旦出版发行，就也是接受天视民视，天听民听的对象，应该严肃地从事这一工作，绝不能掉以轻心。"① 这是孙犁先生的话，我尤其喜欢"天视民视，天听民听"这几个字。它提醒我要充分认识文学写作及文学批评的庄重性和严肃性。我以为，批评家的每一个评价、每一个用词都应该是审慎的、反复考量的而非轻逸的和任性的。即使文学批评的读者寥寥无几，即使没有一个人看，批评从业者也要谨慎严肃，时刻意识到"人在写，天在看"。

这是新媒体时代，是一个以讲"惊人之语"为荣、以文字刷屏为荣的时代，但也是需要每个写作者都要有省察与自律精神的时代。作为批评家，要做到"不虚美，不隐恶"何其难。要与自己的虚荣心做斗争，要有职业的良知——当众人都说此部作品好时，唯独你讨论这部作品的缺点，这当然是一种勇气，但是，这是为了证

---

① 孙犁，《文集自序》，《孙犁全集》（第 10 卷），北京，人民文学出版社，2004年，第 465 页。

明自己与众不同还是真看到了作品的问题？又或者，如果人人都知道这个作品质量很差，而你独独要写一篇关于这部作品的赞扬之文，那么，有没有勇气问一问自己，此刻的书写是否为了满足自己的欲望、显示自己的标新立异？如果为了显现自己的"与众不同"而并不基于作品本身的本质，那么批评从业者就严重背离了自己的职业律条，也便辜负了读者与作家的审美信任。

基于以上种种，我以为，建设文学批评的审美信任至为重要，也是今天文学批评要面对的难局。当然，这并非一个人或几个人的问题，而是整个批评家群体面对的难度。也许我们终生不能克服这个难度，但是，要为跨越它而努力。所谓"虽不能至，心向往之"。正是在此意义上，我认为，普通读者与批评家之间、作家与批评家之间、批评家与批评家之间的审美信任最珍贵。

2018 年 12 月

图书在版编目（CIP）数据

远行人必有故事／张莉著. -- 北京：作家出版社，
2020.3

ISBN 978 – 7 – 5212 – 0435 – 3

Ⅰ.①远… Ⅱ.①张… Ⅲ.①中国文学 – 当代文学 –
文学评论 – 文集 Ⅳ.①I206.7 – 53

中国版本图书馆 CIP 数据核字（2019）第 049769 号

远行人必有故事

作 者：张 莉
责任编辑：李宏伟
装帧设计：合和工作室
出版发行：作家出版社有限公司
社 址：北京农展馆南里 10 号 邮 编：100125
电话传真：86 – 10 – 65067186（发行中心及邮购部）
 86 – 10 – 65004079（总编室）
E – mail: zuojia@zuojia.net.cn
http: // www.zuojiachubanshe.com
印 刷：三河市紫恒印装有限公司
成品尺寸：145 × 210
字 数：202 千
印 张：8.25
版 次：2020 年 3 月第 1 版
印 次：2020 年 3 月第 1 次印刷
ISBN 978 – 7 – 5212 – 0435 – 3
定 价：45.00 元